山乡隐味

著 | 杨晓东

四川文艺出版社

图书在版编目（CIP）数据

山乡隐味 / 杨晓东著. — 成都：四川文艺出版社，2022.10
ISBN 978-7-5411-6379-1

Ⅰ.①山… Ⅱ.①杨… Ⅲ.①中国文学–当代文学–作品综合集 Ⅳ.① I217.2

中国版本图书馆 CIP 数据核字 (2022) 第 117273 号

SHANXIANG YIN WEI
山乡隐味
杨晓东 著

出 品 人	张庆宁
责任编辑	朱 兰　蔡 曦
封面设计	严春艳
内文制作	史小燕
责任校对	段 敏
责任印制	桑 蓉
封面题字	寒 石
封面插图	希 丹
内页插图	星 河

出版发行	四川文艺出版社（成都市锦江区三色路 238 号）
网　　址	www.scwys.com
电　　话	028-86361802（发行部）　028-86361781（编辑部）

印　　刷	四川五洲彩印有限责任公司		
成品尺寸	147mm×210mm	开　本	32 开
印　　张	10.25　插页 5	字　数	260 千
版　　次	2022 年 10 月第一版	印　次	2022 年 10 月第一次印刷
书　　号	ISBN 978-7-5411-6379-1		
定　　价	56.00 元		

版权所有·侵权必究。如有质量问题，请与出版社联系更换。028-86361795

说明

我以为，我写下了不远的过去和此刻（When）在故乡那片土地上（Where）生活、生长的人们（Who）记忆中的某些食物（What）。

为什么（Why 1）不写写更远地方的更多美食呢？因为我去过的地方很有限，我对那些地方的食物和食物背后的故事知之甚少。

为什么（Why 2）用文字记录？因为我不会作画；也不懂拍摄技巧，拍不出食物想要诉说的话语；还有就是同图像和视频相比的话，文字占有的存储空间很少。

文章怎么（How）写呢？天天吃的川菜给了我很好的借鉴，套用一句形容川菜风格的话，语言"一菜一格，百菜百味"，川菜的优点在于善"借"天下之味为己用，"中国文化真正值得引以为荣处，乃在于有容纳之量与消化之功"（许倬云语），当我不知道下一篇该怎么写的时候，我就去抄，换不同作家的抄。

一份完整的"说明"，还应该详述"使用方法"，放在这里是"阅读指引"，但我没这样做，因为我不知道这些文字有多少价值（How much），值得去指引阅读者。

我避开了最核心的问题：为什么（Why）写这些文章？

目录

第一季 开春了

折耳根 003; 春 笋 007; 肉煎饼 011; 苍溪雪梨 015; 山葵 020; 厨 房 023; 请客（一）028; 我家的宴客食单 032; 面 条 038; 一碗面的秘密 041; 皮 蛋 046; 柴火饭 050; 菜籽油 054; 油勺儿 057; 刺茄包 061

第二季　麦黄了

喝茶——绿茶 *067*; 油　旋 *071*; 盐胡豆 *076*; 蘑　菇 *079*; 老家的端午吃食 *084*; 端午节，我们谈谈吃包子的事 *087*; 包　子 *093*; 清汤素面 *096*; 麻辣素面 *099*; 豆浆、豆花与稀饭 *107*; 菜瓜子 *112*; 冬　瓜 *116*; 南瓜角角 *121*; 热凉粉 *125*

第三季　稻子熟了

酬　酢 *131*; 喝酒与社会层次 *135*; 时间的味道 *138*; 阳光的味道 *142*; 味道——习惯 *145*; 味道——距离 *149*; 四川泡菜 *153*; 回锅肉 *158*; 苞谷疙瘩 *166*; 嫩苞谷馍馍 *169*; 红　苕 *174*; 烩　面 *178*; 糍　粑 *182*; 炕面子 *186*; 米豆腐 *190*; 苍溪红心猕猴桃 *194*

第四季 天冷了

喝茶——红茶 201；酒 席 205；忌 口 210；"鲜"入歧途 215；宴席上的短剧 220；米凉面 226；一个被冷落的"白富美" 231；农民的西餐 235；炖 肉 239；臊子面 244；酸菜面鱼子 248；油 茶 252；虾米汤 257；豌豆颠儿 262；米缸馍馍 266；几个老菜 269

第五季 过年了

请客（二） 275；女儿的饮食爱好 279；萝卜荚儿 282；腊 肉 287；酸水豆腐 291；酸菜炒灰菜 295；醪 糟 301；鲊 肉 305；酥 肉 309；汤 圆 314；包 面 318；一顿饭、一个年 323；归家的年货 327

开春了

打春是好天，强似活神仙。

折耳根

"二娃儿哎,莫贪耍了,去剜点'猪鼻孔'回来,中午凉拌哈。"母亲在厨房里忙碌着午饭。

"好嘛。"玩得正高兴的二娃子无奈地答应着。不去,怕是又少不了一顿"老笋干熬肉"。

一会儿,屋后面圈里的猪叫了起来,并且一声比一声叫得凄惨。"这是咋个回事?"母亲赶紧放下手里的活儿,向猪圈碎步跑去。

"你在干啥子呢?"看到眼前发生的一幕,母亲气得喘粗气,抓起墙边的一根柴棒就朝猪圈里扔过去。

"是你喊我剜猪鼻孔的嘛!"二娃子扔掉手里的镰刀,飞快地跳出猪圈,边跑边叫道。

第二天,母亲又叫二娃子:"去扯些折耳根回来凉拌,搞快点!"

二娃没答话就跑出去了。几步路的工夫,母亲又听到猪在嚎叫。跑过去一看,二娃子正攥着猪耳朵不放,在"折耳朵根子"呢。

母亲又气又无奈地一遍遍骂着二娃,看看圈里的猪没事,才渐渐消了些气。是娃娃嘴馋,好久没吃肉了,母亲心里清楚。

上面故事里的"猪鼻孔"和"折耳根",学名叫鱼腥草,可以入药。一些地方,比如我的家乡,有用它作野菜食用的习俗。

这个故事从什么时候流传下来的，不知道，但是在老家人人都会讲，以至于大人叫孩子们去剜猪鼻孔或者折耳根时，都要专门交代一句"不要跑到猪圈里去了哈"，也因此我在写这篇文章时，考虑良久，还是不敢用猪鼻孔作题目。我们老家还有个叫法——臭老婆儿，因为有人认为它散发出来的是一种"臭"味。可是命题"鱼腥草"吧，又太正式了，不是开中药铺的，也就不用拿《本草》一类的词条来唬人。最后定题为折耳根，愿意吃它的人大概都知道。

阳春三月，懒洋洋的风掠过，大地在健忘中迅疾地醒来。山坡上，树开花了发芽了，河边的草地冒出淡黄的绿色了，穿了一个冬季的臃肿和沉重可以脱掉了，让阳光软绵绵地照射在我们已经开始泛白的皮肤上。无数文人骚客歌颂和叹息过的春天终于来了！相约而行，到郊外踏青去。在生机勃勃的春草中，找寻一些野菜吧！

春天是一个慷慨的季节，没有播种，没有孕育，仿佛在一夜之间，她就奉献出如此之多，还敞开了胸怀让你采摘。枸杞头、马齿苋、荠菜、野蒜头、蕨菜，还有春笋和折耳根，渐次呈现在开始温暖的大地上。

这是片湿润的沙土地，折耳根在疯长。略带点紫色的叶子在微风中娇嫩地绽放，揪住它，可别用劲把它扯断了，顺着根缓缓地向地下掏去，它的根向旁边伸出去很远呢。连叶子带根一起刨出来，黑色泥土裹挟着雪白的根，朝上顶着淡紫色的叶子，那是春天的色彩和纹路；拿到鼻子前面闻闻，一股浓烈的气味散发开来，香味中带着泥土味道，那是春天的味道。现在，我对春天的描述竟然来自于多年以后怀念少年时采挖折耳根留下的味道。

回家，把寻来的一堆野菜打理一番。折耳根通常用来凉拌。叶子和根到底吃哪部分呢？都可以吃，有人喜欢叶子的清脆，也有人喜欢吃它的根，因为有嚼劲。清理淘洗干净，放在盆里，加自己喜欢吃的调料。基本味以酸辣为主，折耳根服醋；凉拌折耳根放不放糖呢？看自己喜好，不过放一点或许更佳，春天是养肝的季节，宜多食甜。拌匀就可以上桌子了，这叫作"活捉折耳根"，因为没有提前用盐杀一下水分，看起来咋咋呼呼的一大盆，其实没多少。其他的野菜也不能落下，切几片肥肉烧个春笋，做份枸杞头烘蛋，野蒜头用来炒腊肉，再来碗荠菜汤，一桌子清香烂漫，多么惬意的春天味道！这就是"吃春天"。

而现实常常与浪漫的文采截然相反。困难年代，吃野菜度日子是不得已的事。在冬天，地里的出产很少，去年秋天存下的粮食必须省着吃，这季节正是青黄不接的时候，为了一家人不断炊，就得挖些野菜回来搭配着吃。我想那时候的野菜味道和今天定会完全不同，尽管我们在同一个地方挖着同样的野菜。

野菜好吃吗？或许是不错，但是野菜，甚至野味，如果有想象中那么好吃，以人类的智慧，还有天下吃客的毅力，早就大面积栽种和大量养殖了，成为食物中的蔬菜，或者家禽家畜。至今还是叫野菜的，其味必不甚佳，也就不值得满世界大力推广种植，于是它只有寂寞地远离主流社会，只有"当春乃发生"，等闲待君识。常常见到有人说这样野菜多香啊，那种野菜好吃啊，这种人当是矫情，仿佛别人都不识味，暴殄天物一般，只有他才是慧眼识珠。不错，吃久了精细美食，偶尔尝点山野粗菜，那独有的清香味自然让人回味，可是天天让你吃，是受不住的。

折耳根好吃吗？有人说好吃，有人却是完全不能接受。汪曾祺先生曾经认为自己什么都能吃，好像他以前不吃苦瓜，经过一个同学的整治后，开始吃苦瓜了；对芫荽的接受过程大致也是如此。可汪先生仍然承认，自己是不习惯鱼腥草的。我想这苦瓜，无非是因为味苦，多数人无事何必自讨苦吃呢，于是不愿意吃，但是苦味依然是五味之一，是能接受的。而鱼腥味，每个厨师做菜时都想尽办法要除掉它，还有人愿去品尝？在中国，似乎以川黔等少数地区接受度最高，或许是由于这些地方嗜辣，用辣椒和醋的刺激去盖过鱼腥味，不如此处置似乎不成，总不至于凉拌个折耳根加料酒去腥味？拌出来会是什么味道。有白油折耳根吗？没有。白油春笋是有的。也因此，在这些地方，折耳根已经进入人工栽种阶段，一年四季都可以吃到。

生活中，什么味道都应该尝尝，"如人饮水，冷暖自知"，不然你会失去很多感受。不过，也允许人家有些东西不吃，比如折耳根，至今很多人还是不吃的。

春 笋

　　周日登雾中山，夜雨过后的山路有些泥泞，时过晌午，行至半山腰，看见三三两两的村民下山来，个个满身泥土，背着鼓鼓囊囊的一袋东西。趁歇息的时候，同老乡们聊上几句，得知他们是挖春笋回来，袋子里装的是刚刚出土的鲜笋，下山卖给商贩，再运去成都的菜市场或者加工厂。

　　老乡从袋子里掏出几根春笋来，个个挺拔玉立，细长洁白，"秋波浅浅银灯下，春笋纤纤玉镜前"，古人用春笋形容妇女手指之美真形象！同平时超市出售的清水竹笋大不一样，那些笋长期待在塑料袋里，浸泡得软软的。女儿第一次见到如此新鲜的春笋，好奇不已。

　　一路向上，密密的竹丛愈来愈多，俯身却不见春笋的影子。来到一平缓的山坡，两位老乡正在处理刚刚从土里挖出的春笋。这是一对老年夫妻，家就在山下我们停车的旁边。妻子用小刀划去外面的笋衣，笋衣上有密密的绒毛，干这活是需要戴上手套的；丈夫再剥去余下的笋衣。坐下来休息会儿，一边看他们熟练地干活儿，一边聊天。老两口告诉我们，每年这个季节，附近的村民就会带上工具，到山上来挖春笋，卖给商贩。这活路最好的时间就一个月左右，大概可以挣到四五千元。春笋是不需要你去种它的，头年挖过后，第二年春天一到，它自然又会长出来，这就是靠山吃山。不过，挖春笋又脏又累，你得钻进竹丛里去找，路边的早早就被人挖走了，难怪我们一路上都没找到呢！老乡指给我们看竹丛里的小笋，刚刚冒出土的，因为太小还不能挖，真是不少，女儿仔细地数了数，巴掌大的地面就有七根，下过雨会更好挖，雨后春笋嘛，比平常长得快。蔡澜说居住在山里时，夜深人静会听到竹笋生长的声音，好像大地在动。他们把笋子拾掇干净，背下山，当天就交给商贩；如果下山晚了来不及，就得把笋子全部煮过，第二天再卖。这么新鲜的春笋，不尝尝太对不起大自然了，于是叫大叔下山后留一些，我们买回家吃。

从山上下来，找到老乡家，他们正在做晚饭，在朋友的强烈建议下，决定在这里吃完饭再回家。因为是临时说起，老乡家也没有备菜，就吃刚刚挖出来的笋子，加上农家的老腊肉，再从菜地里摘些青菜做个汤。很快饭菜就做好了，笋子真嫩，吃起来鲜脆，带着甜味，同平时吃到的袋装清水竹笋完全不同。尽管厨师水平还需提升，但胜在食材好。坐在山中小院，吃过最新鲜的春笋，喝下三两三钱三的"蜀汉皇"，打道回府。爽哉！

第二天从冰箱取出春笋，时隔仅一日，又长出一些笋衣，口感也老了许多，到第三日吃时，那种新鲜和清脆已无法同当天出土的相提并论。鲜笋是无法保存的，放在冰箱也不管用，因为竹笋水分充足，离地后也不会停止生长。放上两三天的笋，已经不是鲜笋了，纤维变粗，吃起来满口是茎，夸张点的说法是竹子会伤到嘴和舌头。怎么保存春笋呢？得把鲜笋在清水中煮过，让它再也不能长出新笋衣，这样处理后也就少了一份鲜笋的清脆。要吃到美味春笋，最好就是当天出土当天吃。

鲜笋怎么做好吃，各人有各人的好。我认为吃春笋，要的是那份鲜脆。清炒、做汤均可，当然凉拌也不错，至于四川人常吃的牛肉烧笋子，用鲜笋来做就有点暴殄天物。竹笋做菜一定要用猪油才好吃，笋子是至清至素之食材，"素菜荤做"就是这个道理。家里不备猪油，说能做出好吃的笋子，我不信，当然用肥肉来烧例外。

李渔谈饮馔，蔬食第一，菜重于肉，是谓"声音之道，丝不如竹，竹不如肉，为其渐近自然。吾谓饮食之道，脍不如肉，肉不如蔬，亦以其渐近自然也"，菜中首推又为笋，"论蔬食之美者，曰清，曰洁，曰芳馥，曰松脆而已矣。不知其至美所在，能居肉食之上者，只在一字之鲜"。他是对笋给予至高待遇的。

梁实秋认为"中国人好吃竹笋"，考证出中国人很早就视竹笋为上好的蔬菜。好吃会做的东坡先生一语道尽："宁可食无肉，不可居无竹。无肉令人瘦，无竹令人俗。"有一个笑话说，一财主请老秀才为私塾先生，极为尊重，餐餐鱼肉相待。几日后，老先生想吃清淡点，于是说"无竹令人俗"，财主听后即以竹笋伺候。又几日，老先生吃得口淡，叹道"无肉令人瘦"，财主不知所措，直言问老先生想吃点什么，答曰"若要不俗也不瘦，餐餐笋煮肉"。

春笋之至味在于鲜。"庖人之善治具者，凡有燀笋之汤，悉留不去，每作一馔，必以和之，食者但知他物之鲜，而不知有所以鲜之者在也"。袁枚《随园食单》中更有"笋油"一节，"笋十斤，蒸一日一夜，穿通其节，铺板上，如作豆腐法，上加一板压而榨之，使汁水流出，加炒盐一两，便是笋油"，想必这笋油鲜得没法了。

以前是诗人，最近在窄巷子开了"上席"餐厅的石光华，谈到鲜笋还有一个妙处，就是可以解决泡菜生花（因杂菌过度生长导致泡菜表面出现白色泡沫）的烦恼。扔几根在坛子里，有花灭花，无花保盐水。他将此秘诀告诉汪曾祺老先生时，后者恍然大悟，因为他被泡菜生花困扰了一辈子也没找到好办法。翻遍汪老先生谈吃的文章，通篇却没有谈到竹笋，谈蘑菇倒有好几篇，什么原因呢？不清楚，看来也不是所有的文人都喜欢竹笋，同样，也并非所有的中国人都好吃竹笋，至少在我的家乡，以前没有几个人去弄这东西吃，可能同蘑菇一样，要大量的肥肉或者猪油来做才香，而那些年代，猪肉和猪油是很紧俏的。

肉煎饼

三月的一天，天气甚好，出门去找张大爷喝茶摆龙门阵。

坐在他家小院里，旁边几株梨树已经鲜花盛开，暖洋洋的阳光透过花瓣洒下来，落在身上，不冷不热的好时节，难得啊！

东一句西一句，龙门阵摆着摆着就摆起了肉煎饼。

"天气热的时候，尤其是暑热天，胃口不好，熬一锅酸菜豆浆稀饭，炕几个肉煎饼，捞两根泡豇豆切碎，淋几滴红油，嘿，这样嘛，看起来简单得很，吃起来巴适得板。"

"肉煎饼确实好吃，那你晓不晓得哪个传下来的呢？"

"这个就摸不到了。张大爷见多识广，你给说说看。"

"说起家家都会做的肉煎饼嘛，和门前这柳池坝的皇帝包、关门石的山歌还有点关系呢。"

自古柳池远扬名，
君点九包建皇城，
点包之人包上坐，
少数一包气死人。

张大爷摆着摆着就唱了起来。多媒体时代，此处应该插入一段视频，不过我不喜欢这样做，会让你的阅读不连贯；而且呢，如果有空的话，带你去现场听张大爷唱山歌，这样岂不更安逸？要知道，张大爷七岁时上川北专区会演，还受到过在场的中央领导的表扬呢！

唱完一段，张大爷言归正传了：

"话说西晋末年，司马懿的曾孙子，叫啥名字记不起了，平息了长达十六年的八王之乱，势力逐渐强大，本来他继承的是他父亲琅琊王的封号，不过这小子不甘心，打算自称皇帝，于是要选地方建皇城。手底下的大臣就跟他讲，这些年来皇族内乱都是因为现在这地方风水不好，要另选个地方才能谋求江山一统。正巧有一天遇到了云游到此的汉昌云台山张道长，琅琊王就让他推荐个地方，道长观星象问诸神，算出来在蜀地剑门关东北有一个百包群居之地，是块宝地，可以建皇城。

"琅琊王立马派了一个姓樊的来找地方，樊大人顺着张道长指点的方向就找到这儿来了，在永宁铺到伏公铺这块龙脉宝地上，从梁上往下一看，柳池坝上峰峦叠嶂，紫气升腾，樊大人想是不是就这里了？于是命令随队人马分开调查，他本人嘛，装扮成书生来到村子头打探。

"五月麦子黄满山，
　劝哥一遍又一遍。
　劝哥早些割麦子，
　误了时间没好天。

"樊大人忽然听到了山歌声，这歌儿唱得是又脆又甜，樊大人被歌声迷住了，跟到歌声走到唱歌人跟前一看，嘿，人比歌还巴适！这个唱山歌的女娃娃就是柳池坝的柳青姑娘。

"高山采茶叶叶青,
照在水中绿茵茵。
打个石头探深浅,
唱支山歌试妹心。

"樊大人是个文臣,本来也会唱几首,一来二去,两人对上了歌不说,樊大人还借宿在柳姑娘家里。天天柳姑娘出门干活儿,两人就在梁上对歌;回到家里,柳姑娘就为樊大人煮饭做菜。这樊大人从北边来,喜欢吃面食,柳姑娘每天换着花样做给他,今天蒸馒头,明天炕火烧馍,后天刷油面子,还给他包包子。你晓得这包子是诸葛亮发明的,莽张飞镇守保宁府时把川北人都教会了,他老樊可是第一次吃到,高兴得不得了。这樊大人住下了就没说走的意思,柳姑娘也舍不得赶他走,只是时间一长,柳姑娘能做出来的面食差不多都做给他吃遍了,咋办呢?

"一天,柳姑娘调好了面,正打算炕饼子,又犹豫起来,前天才做过煎饼得嘛。一抬头看到灶屋壁头上挂的腊肉,就取了一块下来,洗干净,想一下是给老樊炒个腊肉?不过也是才吃了没隔两顿得嘛,得换个花样,并且去年猪养得大,肥多瘦少,老樊还有点嫌油大呢。她边考虑边把腊肉切成了一片一片的,摆在案板上。一堆腊肉,一碗调好了的面,放在柳姑娘面前,她脑袋瓜子一动,抓起腊肉放在调好水的面里,把腊肉一一裹上匀匀的一层面,然后往热锅里倒一些菜籽油在锅底抹匀,把裹了面的腊肉放进去,用柴火慢慢地炕,炕好一面再翻过来炕另一面,火不能烧大了。炕成型后,里面的肥腊肉开始往外面渗油出来，腊肉本来就有盐味，盐味顺到油一起渗出来，面也就有味道了。炕熟了后，面变得黄酥酥的，还有点脆脆的，腊肉的油基本上渗到面里头了，所以吃起来也不会太油。

"柳姑娘给老樊舀了碗酸菜稀饭，盛了一盘子肉煎饼。你不晓得，这顿饭把老樊吃得那个舒服哦，简直不摆了。当场就对柳姑娘说，明天还整这个吃。

"柳姑娘才聪明呢，第二天偏偏不做这个，把个老樊馋得，缠着柳姑娘直说好话，又唱起歌来把她夸一番：

"太阳出来照山岩，
金花银花采下来。
金银花儿与妹比，
莫有妹妹好人才。

"第三天，柳姑娘又给他炕肉煎饼了，不过这次她把面粉换成了米面子，炕的方法还是一样的，只不过，吃起来口感又不一样了，更香脆。"

"张大爷，你这是冲壳子不花本钱啰，不说那时候有莫得腊肉，樊大人吃不吃得来酸菜稀饭，又是哪本书上记录了樊大人来数包的事嘛？还不是瞎编的。肉煎饼好吃，故事也编得好哦……"

"格老子，你是信我这个活人说的，还是信那些死人写的？有本事你让他们起来给你炕一盘肉煎饼吃。中午各人去弄饭！"

苍溪雪梨

在大都市混迹多年，一副土头土脸仍然没磨光生，常被问起："老家哪里？"

"苍溪。"老老实实回答。

"哦，你们那里产雪梨。"带着些赞许的语气。

小地方确实没啥值得为外人称道的，苍溪雪梨算有点小名气，早该写一篇文字歌颂一下，开了头却写不下去。前几天看到同学的论文，有些段落论述苍溪雪梨，征得同意，讨巧直接抄录如下，略有删节。

苍溪雪梨的特点：果实特大，单果平均重500克左右，最大果重1900克，即3斤多。果实倒圆锥形或葫芦形。果皮黄褐色，有蜡质。果点灰褐色，大而稀。可食部分占全果90%以上。糖酸比为92.4：1，品质优良。《苍溪县志》记载，雪梨"八、九月果熟之期，味甘而香美，嚼之无渣，入口即化"。《四川简阳、苍溪与西康汉源之梨》载："苍溪梨果肉细密，白如雪，洁似玉，果汁丰富，具强烈香气，味甘美，食之清爽无渣。其品质之优美，远于他梨之上……"历代获殊荣众多，不悉数之。

苍溪雪梨的起源及栽培历史等，说法不一，有说是从省外引进的,有说是苍溪原产的。据宋俊、吴伯乐等同志通过对历史的考证和现实的调查,初步认定苍溪雪梨原产于四川苍溪县境内,是明末年间苍溪县天观乡一位姓施的农民在当地梨中发现的。当地流传一些关于雪梨的民间传说。苍溪雪梨的栽培历史要比苍溪县内其他梨早。

苍溪雪梨的品种名称由来已久。明末时期它的名字叫"施家梨",是由于当时发现该梨的人姓施,在我们小时候很多人还这样叫。光绪三十四年(1909)苍溪县令姜秉善奏报上出现了"雪梨"(即原施家梨)的名称。后被全国各地大量引进栽种,为避免同名异物现象,人们就在"雪梨"的头顶戴上"苍溪"的衔头,就有了"苍溪雪梨"的盛名。苍溪雪梨的名字就是由"施家梨——雪梨——苍溪雪梨"这样演变而来的。

苍溪雪梨的种植范围广泛。不仅在县境内、省内普遍栽种,也被外省大量引种,其黄金时代是20世纪八九十年代,当时县里有一批人不仅栽种、贩卖梨苗子,还到外地帮助嫁接梨树,他们是勤劳致富的带头人,成了当时人人羡慕的"万元户"。柏杨乡保宁五组卢履清是全省有名的雪梨种植户,共栽植苍溪雪梨107株(其中结果树61株),从1982年到1984年连年增产,1984年产雪梨2万斤,收入8000元,在四川省专业户代表大会上被赞誉为全省的"雪梨大王"。

在论文末尾的"致谢"一章中,有几段读来比前面的文字更有人情味,一并抄录下来:

"梨花节"后第三天,李学长安排我们在"梨博园"见面

苍溪雪梨

果肉细密，白如雪，洁似玉，果汁丰富，具强烈香气，味甘美，食之清爽无渣。

聊苍溪雪梨往事。开幕式当天如织的游人早已散去,三三两两的游客点缀在梨花的花海中,沿着弯曲的小道踏向梨园深处,淡淡的幽香飘过,刚深呼吸想要细细地品味,她却与你捉起了迷藏。

"酒满金杯花在手,头上戴花方饮酒。学弟这是提醒我们今天要好好喝几杯啊!"李学长爽朗的笑声从远处传来,抬手一摸脑袋,掉下几朵雪白的花瓣,不知梨花何时悄然飘落头上,人无意梨花有心,也正合了此时的"戴花折柳心情"。

安坐在百年梨树下,早春的阳光穿过梨花,不远处嘉陵江水"绿如蓝",一杯绿茶的轻烟中,听阳老师娓娓道来:"这片梨园以前属于大地主陶友三家。有记载讲,苍溪雪梨成林经营者,当推陶友三氏园,就是指这一片。再往前推,陶氏远祖陶景初于明洪武初年因军功自浙江金华迁镇苍溪,任苍溪百户守备所百户,后以军功累官至三品。'陶将军景初令军户各皆栽种',并于县城西回水坝军田种梨三百亩。"

李学长回忆起中学时代在雪梨山劳动的情景:"我们入学通知书上特别注明每个学生到校要检查的东西——一把锄头、一个背篼,缺少就办不了入学手续。课程表上每周有半天劳动课,听老学长讲他们上学时还是一周上山劳动一天呢!劳动课的教室就是雪梨山。春天,上山给花授粉,那时候梨树还没矮化,一个二个爬到树上,脑壳伸得多长,有女同学穿一件红衣服,坐在树枝上颤颤悠悠的,在白色的梨花丛中,印象很深,只可惜当年没有照相机。夏天,给梨树疏果,乒乓球大小的果子摘下来,同学们当手榴弹互相扔来扔去,打到脑壳上青痛。秋天,该摘果子了,得小心翼翼的,雪梨娇气得很,摔一下就莫法保存了,摸着熟透了的雪梨闻一闻,以前的果子香得很,好想吃,园艺场老师盯得紧得很，根本莫机会。有一次看四周没得老师，偷偷拿一个啃，刚咬两口，就听到背后大声喊：'在干啥子？'原来老师站在山顶往下看一目了然，哪个的手没放下来就晓得在搞鬼。摘完果子后要剪枝、施肥，当时力气小，都是两个人抬一桶粪水，上坡下坡滑上滑下，一不小心踩到石头上摔一跤，粪水洒一身。回想起来，正是雪梨山上让我们养成的劳动习惯现在都没改。"

王学长则给我分享了一个小故事："收到高中录取通知书的那个暑假，要去雪梨山园艺场看守两个星期雪梨，分成白班和夜班。白天没事满梨园转。雪梨山上除了雪梨外，还有二宫白、鸭梨等品种，好像还有从日本引进的梨树。有个隔起来的小园子，是嫁接育苗场，里面品种更多。半山腰水塘旁边有两树苹果梨，外形像苹果，口感像梨，我为啥晓得味道，白天不敢偷吃，先看好了晚上下手，不到季节梨子没熟透，白天选好看起来熟了的留意到，可是晚上死活都找不到，山上没得灯光又不敢射电筒找，啃两口不好吃随手就扔到草丛里，糟蹋了不少。有一天我夜班，一个人睡在山顶的小棚子里，半夜被爬上山耍朋友的一对城里小年轻赶出来了，我跑到山下跟园艺场老师报告，他们去把两个人捆下山审查。后来我担心被报复，不敢晚上值班，提前回家了。"

抄录结束，顺带在中国某网上做了个查重，前面引用的大部分来自知网收录的期刊，不知道他这篇论文能不能通过。

山 葵

朋友送来一罐山葵粉，从海拔两千多米的广元山区产地带下来，用保温杯密封冷冻着。打开杯盖，颜色灰绿灰绿的，散发出一股不很浓烈的辛辣味。

第一次见到山葵粉，又听说是好东西，值得花点时间对它做个探究。资料上讲，山葵野生于海拔1300—2500米冷凉潮湿的高山和野溪谷，具有喜阴、喜湿、喜透气的低温、寡阳、背阴寄林的生物特性。因为对生长环境的要求很高，全世界种植山葵的地方不多，主要集中于日本和中国的台湾、云南、四川等极少地区。

山葵的味道和芥末很相似，都带有强烈的刺激味。这种辛辣同辣椒或者姜蒜的辣味感觉是不同的，俗语"辣椒辣口姜辣心"，芥末的辣味却直奔鼻子而去。芥末作为"辣"调料，早在宋代就广泛出现在餐桌上。浦江吴氏的《中馈录》里有"芥辣"的说法，而《东京梦华录》里的"辣菜"应该指用芥末调味的小菜；"蜀芥"在古代就闻名全国，不过在现代川菜中，芥辣已经很少使用，只是偶尔每年春天出现在春卷馅里，还不为很多人接受。另一种香辛料——胡椒，也大致在宋代开始成为中国烹饪的调料。

山葵是什么时候成为中国菜调料的呢？

知道山葵是因为日本料理中的刺身被愈来愈多的人接受和喜欢。

初次接触山葵的人多会被"感动"得泪流满面，如果一见钟情，或许就一生难离了。多年以前，一位西安的朋友作陪，宴请从汉中远道而来的贵宾。开席上刺身和白灼虾等，朋友热情地为客人酱油碟里加了许多"青芥辣"。这位朋友本人十分喜欢芥辣的味道，并且是愈烈愈爽。谈笑间，客人突然一言不发，站起身来离席而去。众皆愕然，以为哪句话不小心得罪了这位贵客。过了好一阵，客人又回到席上，眼睛红红的，摇着头说："这家伙太厉害，一口进去，鼻涕眼泪一下就冒出来了。"原来刚刚吞下去一口蘸满"青芥辣"的刺身，被刺激得眼泪鼻涕奔涌而出，为不失体面，去厕所擦眼泪了。

山葵用来点刺身是完美的搭配，不仅仅因为山葵能抗菌和杀虫，还因为刺身原本很清淡，被芥辣攻鼻的味道一刺激，在口里幻化出美妙的感觉。这种极清淡和极刺激的混合，让味道充满着新鲜奇妙的变化。不知道中国古代的"脍"，是不是也有用芥辣作调料的呢？

"青芥辣"这种碧绿色的调料，因为和芥末的味道很相似，也有人叫作"日式芥末"，其实它不是芥末，是山葵粉做的，里面只加了少量真正的山葵，有些产品的配料表里甚至只含有辣根，不知道混合了什么化学物质，做出来那么漂亮和刺激。用山葵根磨成的粉末，加水调成膏，呈现出来的是自然的颜色和味道，很舒服。新鲜的山葵根现磨成泥，配刺身调料，只有极少的高档料理店才这样做。日本人用一种磨泥器，专门来磨山葵泥，用鳄鱼皮手工做成，从图片上看起来都值得拥有一件。

山葵的正确吃法，是不要和酱油混合在一起。山葵的辛辣味会迅速溶于水中，放更多在酱油里也不够味。在刺身的一面点上山葵，不用太多，翻过另一面再蘸点酱油，碧绿的山葵，乌黑的酱油伴着或淡红色或白色的鱼生，食材色彩的搭配就是一种美的享受。放进嘴里，让味道尽情地碰撞。

家中宴客时，备新鲜的鱼虾刺身，配上山葵粉化成的膏，让客人享受一次真正山葵带来的刺激。有人在鱼生上放了些山葵，入口后感觉不够味道，复又加更多，或许是味蕾还不够刺激，又或者是觉得麻烦，干脆将山葵混合在酱油中了，一碟子混浊，美感尽失，不知道是吃鱼生还是吃冲鼻的刺激呢？

吃久了"青芥辣"带给的强烈刺激，会觉得真正的山葵味道平平。我们很容易适应从平淡走向浓烈的生活，而从浓烈的刺激回归到平淡，很难！

厨 房

细想来，厨房是一个奇妙的地方，小小空间，自有天地。

一种传统的观点中，水、火、木、金、土五行，为自然界的基本物质，并且是运动和变化的。"……天有五行，水火金木土，分时化育，以成万物。其神谓之五帝。"五行有相生：水生木、木生火、火生土、土生金、金生水；有相克：金克木、木克土、土克水、水克火、火克金。生中有克，克中有生，在相生相克中，保持着一种平衡。

一间厨房里，要有水，要生火，有案板（木），有锅和刀铲（金），还要有灶台（土），有了这些最基本的设施，才能做饭做菜。它们是不是对应着中国最朴素的一种物质观——五行？

所有的饮食中，必先有水，这也是为什么饮食两字，饮于食前的原因。天一生水。《周礼》云：饮以养阳，食以养阴。水属阴，故滋阳；谷属阳，故滋阴。人的先天只是一点水，靠后天的滋养得以成长，后天的滋养就来自于饮食，故云"以后天滋先天，可不务精洁乎"，因此，厨房之水一定要干净。没有自来水之前，家家有水缸，贮水有来自于山泉、江湖，还有雨、雪、冰、露等。古人认为不同的水有不同的气和性，比如烧茶和煮饭就要用不同的水。贾铭在《饮食须知》中，提出贮"神水"，也就是节气水。不同节气采集的水用处可不同。记得小时候，每年立秋时，孩子们挤在井口，等着立秋的那一时刻到来，争先恐后地打第一桶立秋水。这井水有什么用？父亲特地发了个短信给我："立秋后的井水，泡咸菜不生花，不长虫，做豆瓣也一样……喝了生水肚子不痛，抹在身上不长痱子。" 有那么神奇吗？或许没有，也许有那么一点点呢。

有了火才有饮食文化。茹毛饮血的时代，先民们同禽兽过的生活无异，自从火诞生了，才使"炮生为熟，使人无腹疾，有异于禽兽"。我们知道，火是燧人氏钻木取火发明的，但史上公认的火神却是祝融。《淮南子·时则》："祝融吴回，为高辛氏火正，死为火神，托祀于灶。"不过很少见到谁家里有敬火神的。从前用柴取火，柴有多种，所得火力、气味也不同。清人著《调鼎集·火》中写道："桑柴火：煮物食之，主益人。又煮老鸭及肉等，能令极烂，能解一切毒，秽柴不宜作食。稻穗火：烹煮饭食，安人神魂到五脏六腑。麦穗火：煮饭食，主消渴润喉，利小便。松柴火：煮饭，壮筋骨，煮茶不宜。栎柴火：煮猪肉食之，不动风，煮鸡鸭鹅鱼腥等物烂。茅柴火：炊者饮食，主明目解毒。芦火、竹火：宜煎一切滋补药。炭火：宜煎茶，味美而不浊。糠火：砻糠火煮饮食，支地灶，可架二锅，南方人多用之，其费较柴火省半。惜春时糠内入虫，有伤物命。"现在城里人也喜欢吃农家的柴火焖饭，看来是有道理的。

有了火就有了灶。小时候在野外过家家，在地上挖个坑，支三块石头放上锅，然后把家里偷偷带出来的食物放进去煮。这个就是原始形态的灶。创造灶的是灶神，不过具体是谁又有不一样的说法。一说是炎帝，《淮南子》有"炎帝于火而死为灶"之说。也有说是黄帝，《续事始》记"灶，黄帝所置"。民间的灶神还有很多种说法。不管灶神到底是谁，以前老百姓都会祭拜，每年到了腊月二十三，家家祭完灶神，就开始过年了。现在住在城市里的人还祭灶神吗？好像没有，是因为这灶不是土石砌的了？

厨房里备齐这些，还不一定能做出好饭好菜，要明白它们之间的相生相克，在生克之间找到平衡。

先看厨房的布置。水缸和灶门不能相对，不然就应了那句"水火不容"，做过饭的人明白，择菜、洗菜、切菜，然后放进锅里炒，如一条流水线，有时还需要往锅里加点水，如果水放置在身后，是很不方便的。

做饭时油或者水不小心洒在地上，现代的厨房地面就变得潮湿，但是遇到以前的泥土或青石板地面，水滴很快浸进去变没了，土是克水的，而经过烧制的瓷砖已经没有土性。

菜板受斩剁日久，变得凹凸不平无法使用，好厨师的菜板可以用很长时间，因为他知道金克木。下刀的力度如果刚好，是能减轻菜板损坏的。相生不能过，过了也会破坏平衡。菜板久放不用，要保持适度的润湿，不然要开裂；用过洗净后不擦干，留下的水渍会让菜板发霉，水生木要适度。

有些场合需要避开金生水。现在的蒸笼多为不锈钢制，方便耐用，可是蒸制出来的食物表面湿漉漉的，而用竹蒸笼蒸出的清清爽爽，因为水蒸气可以透过竹子自由进出，食物是能呼吸的。新买的铁锅一定要经过处理才能用，金生水，有了铁锈，炒出的菜一股铁锈味，好吃吗？李渔《夜航船》："新锅先用黄泥涂其中，贮水满，煮一时，洗净，再干烧十分热，用猪油同糟遍擦之，方可用。"这同小时候家里治锅的方法很相近。

做饭菜要懂得火候。火候包含着火力和烧制时间，该大火的时候不能用小火，有些菜在锅里多待三秒钟口感就老了。什么时候添柴加火,什么时候"釜底抽薪",要讲究个度和平衡。

在厨房里掌控这一切,做饭做菜的手艺人就是厨师。中国的手艺人中,我们称呼做木工的叫木匠,打石头的叫石匠,还有泥瓦匠、铁匠等,他们中做得好的,能带徒弟的才能称作"掌墨师"。做饭做菜的手艺人呢?最不济我们叫他厨子。匠,指手艺工人;子,古指有学问的男子。有区别吧?如果做得好,我们叫他厨师。"师者,传道授业解惑也。"师在中国古代是什么地位?"天地君亲师",尽管牌位上的师特指孔子,但在老百姓心中,称得上师的都应该被尊重。同样是手艺人,只有画画的叫画师,调音的叫乐师,还有这调味的叫厨师。他们需要知晓五色调和、五音调和、五味调和。《吕氏春秋·本味篇》:"调和之事,必以甘、酸、苦、辛、咸。先后多少,其齐甚微,皆有自起,鼎中之变,精妙微纤,口弗能言,志弗能喻。若射御之微,阴阳之化,四时之数。放久而不弊,熟而不烂,甘而不哝,酸而不酷,咸而不减,辛而不烈,淡而不薄,肥而不䐿。"要做到这些,是需要智慧的。

题外话,一个不会用辛味的厨师能叫作大厨吗?一个不擅长用辛味的菜系怎么能够得上大菜呢?五味要调和,要平衡,不仅要把握分量多少,还得遵循先后次序。川菜的怪味,初尝有酸辣咸,再品感觉到麻味甜味,回味中有鲜味。这么多种调料,不是先后不分一起下,得先用醋化糖,然后放红油、花椒面,接着才是其他调料。常常见餐馆的厨师拌凉菜,直接放糖进菜里,我称其为江湖做法。

手艺人要靠手艺吃饭,除了自身的能力,他还期望有一种神秘的力量来帮助他。厨师要敬"厨神"。厨神有很多种版本,至少正史中公认的就有五个,伊尹、彭祖、易牙、汉宣帝刘询和詹王,各有各的来历。现在的厨师敬"厨神"吗?我不清楚,但我希望他们敬拜,没有敬畏就没有约束，就可能出现各种"毒食品"。

如果怕"毒食品"，就自己下厨房好了。做一个菜，烧一个汤，煮一碗面，端出来的可是盛着五行平衡、五味调和的，是什么东西呢？自己尝尝就知道了。

请客（一）

野语村言："若要一辈子不得清闲，找小三；若要一年不得清闲，搬新家；若要三天不得清闲，请客。"生性不太喜欢麻烦，前两件事就免了，不过生活偶尔也要被折腾一下，于是请客玩玩吧。

或许不能叫请客。首先，来者不是客，不需要应酬；也不是请，既没下帖子，还不上高档的酒楼。过一段平常的日子，某一天心血来潮，打电话叫上三五个朋友同学，到寒舍，自己动手备几样菜，喝喝酒摆摆龙门阵，叫作小聚更贴切。

在家里聚会，是和餐馆完全不一样的感觉。一餐饭吃上四五个小时，有哪一家餐馆喜欢这样的客人？服务员巴不得赶快打发完顾客，早点休息，可不识趣的一桌人让他们不得不推迟下班时间，老板又不会加工资。菜凉了？哦，店里微波炉坏了；想加个菜？哦，厨师下班了；或者你们自己慢慢吃着吧，一会儿买单再叫我。再有兴致的客人看到这情形，也会叫主人家赶紧吃完，换个地方再聊。

请人吃饭，得好好准备，我一直难以抹去第一次请客的尴尬。小学一年级，临近寒假的一天，父母交代："后天把老师请到家里吃饭。"我无端地很高兴，把家长的话牢记在心。第二天到学校，忽然想起明天是星期天，请不了老师，怎么办呢？对老师来说，明天和今天没什么区别呢。中午放学拖着老师到家，告诉大人："我把老师请来了。"父母很诧异,没让你今天请老师来呀?家里煮的稀饭,连个肉菜也没有,小镇上不是赶场天不卖菜的,于是匆忙加了个炒鸡蛋之类的,不停地跟老师说怠慢了。后来我才明白请老师是遇上杀年猪,那时候物资很贫乏,大概只有过年杀猪能饱餐一顿,而我自作主张,第一次请客人到家吃了顿稀饭,还没有肉,真有些说不过去。

　　首先要提前两三天确定客人名单。家中受居住条件限制,以招待八到十人为佳,人少了气氛不够,多了又照顾不过来,邀请十五六个人的时候也有,这就要分两桌落座,客厅的一桌只有屈就,茶几边坐小凳子合适。如我这般年纪的,多是三口之家,请上三四家最合适。不过现代人个个都挺忙,或者夫妻俩常常各有各的圈子,到快吃饭时,这家就来了一位,另一家带着小孩上补习班来不了啦,主人家要吃两天剩菜了。还不能把互不相识的人聚在一起,这位喜欢谈点政治,另一位感兴趣的是股市,还有的没麻将就不知道做啥,几句应酬后场面冷清下来,这顿饭只得快快收场。

　　拟定菜单也不容易,就像在外吃饭谁都不愿点菜一样。首先,要盘算多少个人得准备几个菜合适,备多了主人家要吃剩菜,少了又担心没吃饱。其次,要按照时令做应季的菜。春天的鲜笋、香椿过了这几天就吃不到;夏天口味淡,不能太油腻;秋风起时该进补了,冬天不应该让客人喝酸萝卜鸭子汤。最后,一席之中,各种口味要兼顾,谁叫川菜是"一菜一格,百菜百味"呢?凉菜中有一个怪味鸡丝,热菜的兔丁就做成咸甜的更佳。这些都不让人头痛,客人的忌口和口味爱好考虑不周就失礼了。有人喜欢菜里不加味精,有的要菜里放大量的盐和酱油才感到有味道,有人不吃肥肉,有的不吃带翅膀的,有的不吃鱼和海鲜,有人闻到羊肉就要捂鼻子,还有的见到有狗肉就会掀桌子……如果有一天都请到一桌,看看谁来做菜。

做菜的前一天晚上，把要买的原材料整理出来，列成两个单子，有的需要到商场采购，有的要到菜市才能买到新鲜的，有的原材料得提前泡发，如果做西餐，还得提前进趟城备料。

请客的当天，一大早就和夫人分头行动，每人采购回几大包。择菜、泡、洗、切，要炖的汤得赶紧下锅，这些一般是夫人的事，我只要从旁指导即可。还有饭后的收拾，也是她的活儿。夫人常常抱怨我请客她受累，每次看到我悄悄写菜单时她都警告我不准请客，要请就自己做，可最后都经不住我的循循善诱，一边抱怨一边干活儿。

汤炖上，菜备好，就发短信告诉朋友早点过来喝茶，不过很多人都是快到饭点才来，更有甚者，千呼万唤不露面，打电话催促，每次都告诉你"在路上了，还有几分钟就到"，所有人都等着他。这时一定要出言谨慎，千万别说出什么"该来的还不来"一类的话。客人中有一位，常常是大家快吃完才赶过来。遇到这客人说啥好呢？后来吃饭几乎不用等他，来了有啥吃啥，最多加碗蛋炒饭。

家里没用人，主人家既要做菜，又要陪客人，要做到两头兼顾，菜谱的安排就得有讲究。主人家一边在厨房炒菜，一边说："你们快吃，多喝酒。"这边客人想吃也要客气一番："不急不急，等你一起哈。"常常后面的菜端上来，前面上的菜已经凉透了，主人家陪两杯酒，又得钻进厨房看看，你说多累人啊？炒菜就要少安排，凉菜、炖汤、烧菜和蒸菜是我更愿意做的。凉菜先上桌，炖汤的内容够丰富，也是一道菜，烧菜热和着，都盛上来，就可以落座开饭了。竹笼床里的菜让它蒸着。很得意家里的竹蒸笼。有三层，能放三到六个菜，按照需要蒸制的时间长短一道一道取用，随时都有热菜上来，主人家不用忙前忙后。农村红白喜事办席，大蒸笼好几米高，可帮大忙的。这竹蒸笼还有一个好处是蒸出来的菜清清爽爽，因为它透气。

等人耽搁了一些时间,终于可以开饭了。上桌最着急的就是小朋友们,最先下席的也是他们,遇到他们喜欢吃的菜自然不会客气。每次西餐,可怜那位同四五个小朋友一桌的阿姨,上的前几份牛排,都没她的份。男士们会尽情地享用这份闲适。向来有两个观点左右着我:一个是吃饭时间愈长,幸福感愈高;另一个是请人吃饭,不喝酒就不算请客。这顿饭会吃上三四个小时,酒自然也不会少喝,喝酒的有趣就留给下篇文章。

迷迷糊糊地送走客人,我已经支撑不住去休息了,残局留给夫人去收拾。睡梦中我在想,下一次请客如何说服她。

我家的宴客食单

不知不觉，家里用来记录食单的本子写到了最后一页。

翻回到第一篇，上面记着："从今日始，备菜单。"某个名人说："请客吃饭没菜单等于白吃。"于是起意把做的菜记下来。在此之前每次请客也会理一个菜单，方便买菜，随写随丢。

通过大数据分析我的几十页菜单，用餐形式主要是川菜、火锅、西餐以及蒸包子等。西餐是一年一次，在圣诞节前，仅有一年女儿过生日多了一回，做满十年时，我写了篇《农民的西餐》；端午节蒸包子是老家的习俗，我沿袭到异地，为此还考证了一番，写下《端午节，我们谈谈吃包子的事》；做火锅十有八九不是请客，而是天冷了吃起来热和，还不用担心菜凉得快，按照住在西安我弟的说法，我家的冬天是"靠一身正气来御寒"，不整点热和的不行，吃火锅人少了不安逸，因此总得叫上几个朋友同学，我也记录在食单上；正儿八经请客吃饭还得做几个川菜才像样！

在家宴客不必追求和上饭馆一模一样，四（六）单碟、头菜、二菜……汤菜、小吃、中点、随饭菜等，一应俱全，家里吃的是一个轻松随意，备几个凉菜下酒，三几个热菜，炖个汤，酒喝好了有人想吃点米饭，坛子里捞几个老泡菜下饭，是真朋友不会在背后说你寒酸。有些凉菜可在头天晚上做好，会更入味，第二天也轻松；我现在做热菜越来越少用煎炒方式，多用清蒸，不是追求宣扬的蒸菜营养好味道好，而是因为家里没有专职厨师和用人，陪客人喝上两口酒又急急忙忙窜进厨房炒个菜，跑进跑出，"如果主人手忙脚乱，客人坐立不安，这酒还喝个什么劲"（汪曾祺语）。提前把菜和调料码好，放进蒸笼，就可以上桌陪客了，不同的菜蒸制时间各有长短，前一个菜吃得差不多了下一个菜正好出笼续上，多省事，有些热菜凉了，放进蒸笼热一下，绝不会像在饭馆里，让服务员热一下菜，那神情就像欠他钱一样。

除了考虑荤素搭配，色彩调和，分享到手的好食材，应季做些时令菜之外，我更多寻思的是味道的组合，希望客人能多品尝到川菜不同的味道。"一菜一格，百菜百味"，味是川菜的根本，是精髓。尽管不必一提起川菜多变的味就要拿"开水白菜"来言事，但是咸鲜味、蒜泥味、咸甜味、鱼香味、姜汁味、椒麻味、椒盐味、怪味等是各具特色，外地人看起来都是红彤彤的辣椒，川菜也幻化出不同：麻辣味、煳辣味、酸辣味、红油味、泡椒味等。如《舌尖上的中国（三）》里面的那位成都老厨师担忧的一样，川菜变了，从"擅用麻辣"变成了"只有麻辣"。春节回老家做"蒸肉腌子"，他们说我做得不对，厨师都要用豆瓣码味，我很纳闷以前吃的就是咸鲜味啊！仔细一想，也不怪厨师，现在的猪肉不香，原材料不好，味道搞厚重点厨师省事。食客也一样，"五味令人口爽"的时代，你让他细细品尝菜的真味好似对牛弹琴。车辐写过一篇文章，谈到身为扬州人的吴白匋教授来成都吃川菜，就深得川味真谛："再细加咀嚼，则不仅是鸡鸭鱼肉的原味依然可以分辨，而且会感到味道更厚了。最奇怪的是咽下去以后，回味却是清而甜的。"遇到这么好的食客不容易，但厨师还是要努力做到"麻辣之下有真味"。

有些菜只有在饭馆里才能吃到，也有些菜在家里才做。这些年下来，有几样菜在我的宴客食单上出现的频率很高。

红油皮扎丝

传统川菜，典型的红油味，我去过的餐馆里从来没见到这道菜。将平常包抄手剁肉丸留下的肉皮洗干净煮熟，刮净皮上的肥肉，切细丝，大葱切丝，盘子里码好，红油、生抽、白糖、盐等调好味汁，上桌后淋在皮扎丝上，吃时拌匀。讲究点的话，肉皮煮熟后用重物压平，切出来丝是直的，葱丝切好后用水漂起，不会卷曲且去掉部分辣味。我懒得花工夫，直接切出来，成卷曲的了，也不赖。有一回吃起来偏辣，细嚼之后发觉是大葱辣味偏重，选葱是关键。

凉拌豆芽粉

在成都的餐厅很难点到，老家的家常菜。有一次请同学吃饭，拌了两份，某人独自吃光一盘子。我喜欢做成酸辣味，放足红油辣椒和醋，做到够酸够辣，喜食的和嫌酸的可能出现在同一桌。材料和制作都非常简单，粉条、豆芽汩熟，漂水，临上桌前滤干水，加调料拌匀，拌得过早粉条口感会变差。如果市场上有青幽幽的小芹菜，可以切段汩了加几根，起到盆色的作用，但这种芹菜不易碰到，长秆芹菜和西芹就没必要了，颜色太浅。

炒野鸡红

曾经看过一则小故事,以前有个人看到一家小饭馆的菜牌上写着一道菜:野鸡红,1角钱1份。他开口就点了两份,菜上桌,边翻菜边吃,吃完了连一块野鸡骨头都没见着。这说明以前馆子里是有这道菜的,再早之前的百年菜谱里,也有野鸡红这道菜看,只是现在饭馆里很难见着了,是不是担心有"挂羊头卖狗肉"之嫌,被食客举报工商查处?但虎皮青椒也没虎皮啊?

这是道素菜。胡萝卜、蒜苗、芹菜心,赤、青、黄三色,就跟野鸡羽毛颜色一样,因此叫"炒野鸡红"。放进菜单,不仅可以唬人,而且端上桌颜色舒服。

川菜为什么会有这道菜呢?先秦时期,为分辨五正色,便以古代的"吉鸟"——雉(野鸡)作为染色标准,比照着雉身上较大的色块染出青、赤、黄、白、黑五色。做菜讲究"色、味、形"要正,要规范,早先的厨师就用"野鸡红"来"正色"。

糖醋海带丝

家旁边的商场有深海小海带卖,切成丝袋装的,买回来冲几道水,漂去多余的盐,开水氽过,用筷子捞出,放盐、醋和白糖,拌匀。宜头天晚上做好,因为海带丝不易入味。这个菜胜在能买到品质好的原材料,海带丝嫩滑且新鲜,做法简单,糖醋味,比做糖醋排骨好。

冰糖兔丁

有时也做陈皮兔丁，不过陈皮味的轻重不易把握，因此做咸甜味的冰糖兔丁次数更多。兔肉切丁，姜、葱、料酒、盐、生抽码味数小时，高温菜籽油炸干兔丁表面水分，变成黄色，捞起，拣去姜葱不要。留少量油，下冰糖炒糖色，加水，放炸好的兔丁，中火烧至收干亮油，宜下酒。前一天做好放冰箱，味道更佳。

青豆虾仁

又是一道不错的下酒菜！想要一筷子挑起两颗以上的青豆，不容易，尤其喝了点酒之后，吃半天也不胀肚子，每次我都会想起孔乙己下酒的茴香豆。青豆汩熟，放点盐，淋点香油保持青豆颜色，虾仁略蒸一下，番茄去籽，切丁，三样食材拌在一起，不加其他调料，典型的咸鲜味，红、绿、粉三色，好看好吃。

干烧鱼

干烧的烹调方式，是川菜独有之法，不过耗时耗功夫，考验厨师的耐心不说，还占灶头，现在人工房租那么贵，一道菜烧半个小时，生意还咋个做？因此餐馆里一般不上这道菜，偶尔有餐单上能见着，端出来一看就是炸好的鱼浇汁而已，根本不是干烧。传统是拿江团干烧，四川江河里的江团是好东西，难得吃到，肉厚，要多掺点汤才浸得了，烧干却费时间，家里小锅小灶，鱼大了不好做。我尝试过几种鱼，还是用武昌鱼好，身扁体短，好烧些。鱼码味后，抹干水分，扑点干淀粉，入油锅煎一下，留部分油，下肥瘦肉丁炒出油，新鲜肉和腊肉各半切丁更佳，剁细的郫县豆瓣、泡辣椒蓉、泡姜末、蒜米子、葱花、白糖，炒出红油色和香味，掺汤烧开，下鱼，放料酒、醪糟汁、酱油、胡椒粉等，慢慢烧，开始汤汁多的时候，边烧边往鱼身上浇，一面烧好，翻过来烧另一面，烧到"收汁亮油"就好了。

做干烧鱼，是客人基本到齐，碗筷摆好，凉菜上桌，酒杯斟满，等客人落座的几分钟时间刚好"收汁亮油"，时间掌控恰到好处。但常有个别客人还没到，一问，说"还有五分钟"。几个五分钟过去还不见人，干烧鱼搞成"鱼烧干"了，于是，只有让他"五分钟"后啃鱼头了。

面　条

　　面食在我的饮食中，差不多可以占到一半，在我们老家的食物中，面食也几乎同大米地位相等。

　　父亲很喜欢吃面条。小时候，每天的晚饭必定是面条，如果哪天回家看到不是面条，父亲就会不高兴。上小学后，这对我就是一件苦差事，每天放学回家，就要端上灰面到街上的饭店擀面条。那时街上只有一两台压面的机器，经常要排队。因为要人工和面以及摇压面机，对年少的我来说充满挑战，常常会有街坊邻居的姑姑婆婆帮助我，记忆遥远又亲切。

　　对于小小的一碗面条，父亲有着极高的要求。首先是要吃现擀出来的水面，尽可能不去买粮店里做好的干面条；其次，面条要擀得极薄，这个薄不是细，有时候母亲说压面的机器已经调整到极限，可父亲仍然认为面条不够薄。后来我在成都工作，父亲来看我，带他到一家面馆吃面条，只吃了几口便放下筷子，对成都的"棍棍面"他完全不能习惯，面条不够薄是很难入味的。调料除了油盐酱醋，姜末、葱花、蒜水也是必不可少的，还有每天不一样的臊子，吃一顿面的程序也不应该简化，平平凡凡的生活一样要有滋有味，看你怎么去对待它。

　　父亲对一种干面条是不排斥的，那就是手工挂面，很咸，煮好后面汤咸得不能喝。据说需要人工"发汗"的方式让面条产生一种特别的口感，现在已很少了，因为人工越来越贵，并且懂手艺的师傅也渐渐老去。"中江挂面"是其中的佼佼者，面细如丝并且是中空的。

小时候吃酒席，最喜欢的就是那一碗臊子面。面放得很少，上面浇上一层臊子，很香很香。臊子是为这碗面专门调的，里面有木耳、黄花、豆腐等蔬菜，都切得碎碎的，还有油炸的极小的酥肉粒和办酒席做正菜切剩下的各种肉或菜，放在一起烧熟，最后勾上二流芡。因为平时在家很难有那么齐全的材料，这碗面只有在酒席上才能吃得到。可惜现在回老家吃酒席也很难有此口福啦，做酒席的厨师嫌麻烦。

几年前，在成都的小巷吃到过豆花面，跟老家的豆花面不一样。老家做豆花面一般是在夏天，点豆花用的是这个世界上除了卤水和石膏以外的第三种东西——酸菜水，大致从汉中到苍溪一带的川北地区都用这种方式做豆腐。豆浆磨好后，加热到合适的温度，慢慢加入酸菜水，熄火，看豆浆凝结成一块一块的豆花，轻轻舀起来后，就用这一锅水下面条。捞出面条后，放上油炒过的酸菜和刚做好的豆花，在炎热的夏日傍晚，感受丝丝酸意带来的凉爽吧！

夏天的时候，在饭店都会供应凉面，黄澄澄的凉面盛在小碗里。自己在家里做也容易。用碱面，煮得九成熟，捞起，放在案板上，一边用扇子扇风使其快速降温，一边在面条上抹匀清油，待到面条凉下来，不结成团，就成啦，再配上点脆嫩的细黄瓜丝和水余过的豆芽，巴适！

有时候，母亲回家晚，来不及擀面条，就做手工烩面。连面条和蔬菜一起煮，然后加上油盐，连汤带面一起吃得干干净净。再简单点，就做面疙瘩。面粉拌得半干。水开后，慢慢搅进锅里，比烩面还入味。对于面鱼儿,我就没那么喜欢,因为不入味。

有人吃面条喜欢宽汤,有人喜欢燃团。四川就有有名的邛崃奶汤面和宜宾燃面,是截然不同的风味。

做奶汤面,极重要的,一要面条极薄,二要熬得极好的高汤。可是很难吃到称心的奶汤面,成都很多挂邛崃奶汤面招牌的,大多舍不得花点精力熬一锅好汤。倒是在一个周末吃到了至今难忘的一碗面!那天出门很早,在路边找地方吃早饭,只有一家面店刚打开铺门,于是叫店老板下碗面。因为催得急,又加之刚捅开炉灶,煮面的水还没烧开,店家一思索,就直接在一锅正在熬炖的骨头汤里给我们煮了面条。那一碗面,我敢说比朱自治每天在朱鸿兴面馆吃的头汤面安逸多啦!

周末,在家用鸡骨架和墨鱼干炖好一锅汤,再加进大把的好虾米继续熬上一段时间。面条煮熟后,加入熬好的汤,什么都不放,一碗海鲜面就成啦,比很多面馆的海鲜面都香,因为面馆不会这么不计成本的。

蔡澜先生讲:做菜不难,一道菜做个三回,怎么也会了;如果还不会,这辈子你干脆别做啦,就吃现成饭。重要的是你愿不愿意花这份心思在上面,比起打麻将,我还是愿意做碗好面给自己和家人吃。

一碗面的秘密

"看,那口大铁锅,竟然还在,当年煮面条的。"

"噗"的一声,老杨揭开篾帘子的一角,一些极度衰老的竹纤维在他手下"嗤嗤嗤"地呻吟;生灭间,阳光挤过篾帘子让开的空洞,钻进屋里泥地;尘埃被唤醒,争先恐后飞进阳光射出的柱子,飘浮的身影不停扇动尘土味和霉味。

先是适应了这些猝不及防的声音、光线和气味,慢半拍的思维才渐渐苏醒。我看到了灶台和烟囱:一竹竿长的大灶台躺在屋子一头,伸进屋顶的烟囱已经虚弱不堪,靠横七竖八的蜘蛛网扶着才没倒下;然后我看到了一口大铁锅,接满灰尘。

"坐一会儿,我给你讲讲,我是怎样从这里找到一碗面条好吃的秘密的。"老杨松开手,"噗"的一声,篾帘子又扑回到木窗子上。

我们是在老杨的老家闲逛,一条没人居住的老街,一路走来,只听得到老杨絮絮叨叨地说个不停。当然,十多年的时光任他有十张嘴这会儿也讲不完。

"以前这是家饭店,主要卖面条、稀饭、包子,好像只有数得过来的几次我路过时看到有人吃炒菜。店家的厨艺肯定没问题,几十桌的酒席都办得好,主要是下馆子的没钱。"我们坐在街沿上,背靠着木门板。隔墙屋子里扑满灰尘和蛛网,街道上却干净得出奇。

"赶场天中午吃面的人才多,路过这里时,闻到一股子香气,馋得我啊……"我侧过头,阳光在老杨的喉咙上蠕动。

"每天晚上我们家也要吃面条,但总觉得没有饭店做的香,就一直盼着能去吃一碗。可是你晓得,我们是不可能到饭店吃饭的,一天三顿饭,家里不少你的,但也不会给钱让你下饭馆。有一次,街上的猪娃子卖杏仁挣了两角钱,头脑一热,跑到饭店说吃碗面,店主人不卖给他,还去把家长喊来了,因为担心他是偷了家里的钱出来花。"阳光照得老杨眯起了眼。

"终于有一回,家里来了个亲戚,记不起什么原因了,硬要拖着我来这里给我买碗面吃。我看着店主人一边烧水煮面,一边放调料,跟我家放的差不多啊,也是油盐酱醋、葱花、蒜水、姜末,猪油还没得我在家放的多。哦,你的思路得跟我回到那个年代去。"老杨忽然想起了什么,停顿一下接着讲。

"你要知道,那时候我们这里莫得牛肉面、鸡杂面等等所有今天你能吃到的加臊子的面,没有!就是一碗素面。快要捞面时,厨子舀了一勺汤,冲在调料碗里,一股子香气扑面而来,真香!我忽然明白饭店的面条为啥子这么香了。那天晚上家里吃面,我跟大人讲我发现的秘密:调料先放在碗里,用热面汤一激,就会很香,而我们平常是面捞到碗里后才一样一样地放调料,当然香味激不出来了。那顿面,我们就按照这种方法,先放调料后捞面。确实,汤一进碗里,混合着猪油、辣椒、醋和葱的香味一下子冒出来了!"

"就这么简单啊?"我问老杨。

"当然没这么简单!"老杨继续说,"闻着是挺香,可是吃起来还是跟以前一样的味道。我妈还夸我,说我出去吃了一碗面就晓得了人家饭店的秘诀,有出息!端着那碗面,实在没有好胃口,我很清楚不是这个原因,得再去想办法找到面香的秘密。"

一阵风从街道吹过,半片卷曲的树叶越过对面屋顶,摇摇晃晃飘下来,似乎想落在我头上,犹豫片刻又飞走了。

"有一次在饭店擀面条,我听人说和面时加两个鸡蛋,擀出来的面好吃。第二天去擀面时,偷偷地拿了两个鸡蛋,一个衣服包包里揣一个,和面时打在里面。这一次我学乖了,先不给大人讲,等试验成功了再说。万一我妈发现鸡蛋少了两个,还不知道会发生啥事情呢!要是面条好吃还好说。店老板还取笑我:今天你妈老汉儿想转了?吃起鸡蛋面了呢!"

我转过头去,看到老杨闭上眼睛,好像自言自语。

我插了一句:"这回找到秘密了?"

"怎么说呢?反正从那次以后,我家又回到非鸡蛋面,不是飞起来的飞,是非常的非。我仔细尝了,面条的口感确实要比没加鸡蛋的好些,但没有质的变化。我看父母吃面的表情也跟平常没啥不一样,没憋住假巴意思地问了一句:'今天的面条如何?有没有什么不一样'?'有啥不一样?还不是那样。'他们以为我是想邀功:今天的面和得相生,擀得薄。那次的鸡蛋面成了我一个人的秘密。

"后来,我又想会不会是烧的火不一样。从这个窗户,我观察到饭店里烧的是煤炭,而我们家烧的是柴火,难道是因为炭火的火力更猛,煮面的时间更短吗?当我们家也用煤炭的时候,我发觉煮出来的面条没什么区别。看来也不是火力的原因。"

"你到底找到秘密没有?"我怀疑老杨沉浸在自己的回忆中,他并没有在这里发现所谓的面条秘密。

"你听我讲完嘛!"老杨接着讲,"有一天,我趴在这个窗户上,看店老板煮面条、放调料、舀汤、捞面。忽然,我发现他不是从我们看到的那口大锅里舀的汤,他把长勺子伸进大锅前面的一个罐子里,舀了一勺子倒进碗里。难道,他的面条香的秘密就在那罐子里?你不知道当时我有多激动。"这会儿我也能看出老杨当时的兴奋,语速比刚才快了不少,但并不是为了尽快结束这个故事,阳光又在他的身上起伏,只是这时换到了胸口。

"我一定要进厨房去看看是咋回事。店老板从来不许人到他的后厨,说是不卫生。终于找到一个机会,我在街上帮他老婆把买的菜提到店子里,店老板在门口和人聊天,让我放在门口,我说干脆就给你放到屋里去,搁在外面不卫生。他说多谢你了。我一溜烟地跑进厨房,终于看到灶台的全貌了。"

老杨睁开眼,四处瞧瞧,撑起身子,捡到一块瓦片,在青石板上画起来,"吱吱吱"的响声中,一些瓦灰掉下,没能填满石板割裂开的线条,地上显现出歪歪扭扭的图案。老杨在给我画这间屋子里的灶台模样。

"灶上有三口锅,两边两口大锅,中间的锅小一点,靠窗户这口锅专门用来煮面。这跟我们家里没多少不同,只是饭店因为炒菜、蒸饭、煮面要同时进行,于是多打了一口灶眼。不一样的地方是在三口锅的前面,靠近烟囱那边,多出来两个更小的灶口,一个里面放了个瓦罐。这两个罐子没有专门的炉膛烧火,是利用三口锅的余火,只要大锅烧着,罐子就一直煨着火。店老板就是从那里面舀的汤。我瞅着没人,拿起灶台上的大长勺,伸进罐子里舀了一勺端到面前,好家伙,真香!上面漂着星星点点的油星,还有些白色的肉渣渣,我忍不住喝了一口,是肉汤,喝起来比闻起来更香!"我看见老杨的喉头又动了动。

"我把肉汤倒回罐子,将勺子伸到底,搅了搅,你猜碰到了什么?"没等到我张口,老杨自己回答了,"是猪筒子骨。"

"你的意思是,一碗面条香的秘密是因为掺的骨头汤?"我认为老杨找到秘密了。

"几年前我回来,在老街上碰到店老板。我跟他说起我曾经偷偷溜进去喝肉汤的事,问他是不是这个原因煮出来的面条才那么香。他说:'那时候谁家有几个钱进饭店?煮一碗面,要是味道跟家里一样,人家还不饿着肚子回家做。'"

"看来你真的找到秘密了。"我看着老杨说。

"你说的也不全对,这秘密已经消失了。"老杨望着天空。

"为什么?"

"你得去问他们:今天一碗面条,做得香的秘密是什么。"

皮　蛋

　　把一个曾经听过无数遍的故事记录下来，似乎是一件容易的事。可真正动笔的时候，才发现细节如同墙上的影子，伸出去抓它的手只能破坏完整的想象。这时文学的优势就体现了，你可以用戏剧化的结构，艺术化的描述，把你的无知掩饰过去。不过对于故乡，你不敢玩弄任何技巧，于是下面的故事成了一张张散落的胶片，它们忠实于你的记忆和家乡的传说。

　　在中华人民共和国成立前，确切说应该是"解放"前，石门是有几个地主的。"地主"是"土改"时划分出来的阶级成分，在这个小地方，以前这些人被称为"发财人家"，他们有一定数量的田地来出租，家产殷实，过着比普通百姓更安逸的日子。人过中年的秦海门拥有上百亩良田，十来条船，还有其他的产业，在乡里算得上数一数二的发财人家。靠着方圆几十里内唯一的水码头，以及不算贫瘠的土地，石门百姓的生活水平早过了温饱线，只要你不是太懒或者成了"烟灰"（乡亲们对抽大烟上瘾者的叫法）。能吃饱喝足的百姓对发财人家秦海门没有产生特别的敬畏，乡下人按辈分或年龄的规矩，叫一声"秦老爷"以示尊重。

　　见过秦老爷的一代人提起他，"人瘦精瘦精的，言语不多，平常戴一顶瓜皮帽，拄根拐杖"。这代人是我的父辈，如果你有时间陪着听,他们就会接着摆关于秦老爷的龙门阵,就一定会讲述秦老爷和一个皮蛋的故事。

秦老爷住在离场上五华里的秦家碥。逢农历三六九是石门赶场的日子,只要不是农忙时节,又遇上天气不坏,秦老爷都会去赶场,不买东西,也不卖东西,真就是逛逛,看看最近又有啥稀奇玩意儿出现;遇到久不见的熟人,得打个招呼,摆几句闲话。

到晌午饭时候,秦老爷来到饭馆,找个空位子坐下,店主人打个招呼,客客气气地,盛碗面汤给秦老爷,继续到一旁忙自己的生意,秦老爷慢条斯理地,从荷包里掏出火烧馍,或者是用纸包着的煮红苕,就着面汤吃起来。这是他赶场天的午饭。

饭馆里有熟悉秦老爷的食客,对此见惯不惊,和他或者别人继续聊天。有不认识秦老爷的客人看见了,好心地问:"老太爷,你来赶场,儿子也不给你拿点零花钱,中午吃碗面?看你穿的戴的,也不像吃不起一碗面的人啊!"

"够了,够了!出门在外,填饱肚子就行,要吃好的回家弄。"秦老爷理理性性地回答道。

吃完东西,赶场的人散得差不多了,秦老爷也起身回家。照例在碗旁边放上一个铜板,钱不多,不够一碗面钱,店主人看也不看就收起来了。起先,秦老爷来店里,要碗面汤吃火烧馍,店主人不愿收他的钱,"一碗汤收啥钱嘛?又不是没见过钱",是石门人常说的一句俗话。可秦老爷每次都坚持要付一点钱。"你是开店做生意的,每个人都只来喝碗面汤,你这馆子咋个开得起走嘛?"久而久之,秦老爷付面汤钱,店主人收面汤钱,就成了一种默契。

乡亲们说,秦老爷这样一点一点地节省,攒下钱就买田地,一年买一些,多年过去就成了"发财人家"。照理说一般人有钱后,满可以过得稍稍奢侈些，可秦老爷不是一般人，发了财依然这么节省。

有一次，几个船工在饭馆里喝酒，聊起有关秦老爷的一件事，谈话不小心又钻进旁边食客耳朵里，慢慢地这事就传开了。

"我给秦老爷家划船有些年头了。平时船租给人家，往南充下面运柴米还有到嘉川装煤炭，他都不管那么具体，只是每年夏秋两季，往南充装运收租来的小麦和大米，他会跟船走。满载到南充，顺水六天上水要走八天。有一年跟船，他吃住都在我的船上，上船时秦老爷提给我一袋米，说是搭伙的口粮。他没亏欠我，那些米我都能吃上一个月。

"我们船上每顿是煮一鼎锅饭，炒一锅菜。秦老爷舀好了饭，就一个人坐到一旁吃，从不来夹菜。乡里乡亲的，又都在一口锅里舀饭吃，我们有肉有菜，他只吃米饭，有些说不过去。

"我喊他：'秦老爷，过来一起拈菜吃嘛。'

"'不用了，我有下饭菜，你们吃。'

"他从带来的布袋子里掏出个啥东西，左手拿着，右手把筷子插进去，蘸一下，刨几口饭，又蘸一下，再刨几口饭，感觉吃得多香的，不像是豆豉，搞不明白吃的啥。我走近了看，他手里拿着个鸭蛋。

"'秦老爷，你吃的啥家伙？这么下饭？'

"'皮蛋。'

"'光吃皮蛋哪能下饭哦？过来添些菜吃。'

"'道谢啦！你们请，我这是各人屋头包的皮蛋，很下饭。你们使的是力气活儿，要吃饱才行，我天天只坐船没干活儿，一碗白米饭够了，够了。'

"第二顿饭，第三顿饭，第二天，第三天，他还是用皮蛋下饭。

到南充把大米卖了，银圆交给读书的大儿子，又跟船回石门，来去半个月，他硬是没吃我们锅里的菜。

"到石门，把船靠岸，秦老爷收拾好东西，准备上岸回家，我看他正把皮蛋往口袋里装。

"'秦老爷，你把那皮蛋给我看看，莫非是摇钱树？你还要带回家。'

"我一把从他手里抓过来。皮蛋只在一头开了小口子，刚好一支筷子能伸进去，里面还剩一小半，我两下把皮蛋敲开，牙缝没塞够就下肚子了。

"'秦老爷，我把你的摇钱树吃了，看看我能不能像你那样发财。'

"秦老爷笑呵呵地说：'你吃你吃，一路上打搅你们了。'"

"发财人家"秦海门一个皮蛋下南充的龙门阵就在石门场摆开了。

很多年来打算写下这个故事，但我一直没想清楚，它的中心思想是啥，就一直存放在记忆里。多年以后，迈入不惑，好像明白了一点东西，有些事就只是在那里存在着，能有个啥背后的意义？小时候，远远看着那些劳累了一天的人们，光着膀子，敲个皮蛋下酒，究竟是皮蛋好吃，还是酒好喝，或者是酒入皮蛋有一种"火腿的味道"？这事让我想了很久。

我有时想，如果船工在半路上把半个皮蛋吃了，秦老爷会不会上岸买一个？

柴火饭

被母亲从被窝里掀出来，一瞬间，温暖离开了三尺远的空间，幼小的孤独开始诞生。拖着背篼走出家门，在早饭前为家里捡些柴火回来。原野还懵懵懂懂的，依稀可见的小路上，露水打湿了昨天留下的脚步。那天早上我没有想过，许多年以后，会跟人聊起独自一个人捡柴火的事。

在一次酒饭中，朋友来了兴致，摆起了龙门阵。凭着记忆，我写下那天他的讲述。

前几天看一部BBC拍的纪录片《中国味道之旅》。女主持人到成都郊区一户农家做节目，为回报主人的热情接待，她要动手做一道菜，却发现铁锅嵌在灶上，不能像平常炒菜那样拿起来颠锅。年轻的主持人没有用过烧柴火的大锅，很遗憾她晚来了这个世界一些日子，唯有事物的变化让我们的记忆丰富，在这个想象力被禁锢的年代。

小时候，家里做饭几乎都是烧柴火，很少用煤炭，烧煤就得花钱，因为煤要从东河上游一个叫嘉川的地方运来，那一定很远，船老大说他们往返一趟要一个星期。隔一段时间，十来条装满乌煤的燕尾船，拉回来停在煤站下面的河边，阳光下，船外水面波光粼粼。乡亲们从山上跑来，为煤站卸运煤炭，挣些零花钱。一条狭窄而陡的石梯，背炭的人鱼贯而上下。少年坐在河的左岸，数着其中一个背篼来回的次数。对岸背煤工缓慢地上下，河水安静地从右向左流动。少年呆呆地坐在原地，他只关注一个背煤炭的人今天能挣几角钱。

"此木为柴山山出"，中学的班长在黑板上写出上联，我马上给他补出了下联"因火成烟夕夕多"，正好几天前读到这副对联，取了个巧。夕阳下山谷里飘动的炊烟，在这些文字上升起，熏湿了阅读时的眼睛。

灶膛里的柴火还未燃起火苗，一阵阵浓烟蹿出来。烟雾后面，无论是动作迟缓的婆婆，还是手脚麻利的母亲，或者体态轻盈的姐姐，都让我对这一顿饭充满着无尽的想象。那些平常的菜蔬，在她们手中幻化出美味。今天软香的萝卜，在盘子里还枕着昨天的清脆，它们在地里可是肩并肩的兄弟。日子翻过一天，也会有不同的味道。

火光映上我的脸庞，柴火开始燃烧，真温暖！少年曾经的快乐和秘密，有一个藏在炉膛里——埋一个土豆，或者一根红苕在柴灰下，该熟了吧？在灶门后独自享用，双手抚摸它们带来的炉膛的温度。土豆、苞谷，或者红苕，被柴火的味道浸透，滋润着少年的欢乐：今天这个，烤的火候刚刚好。

得熄灭灶里的火了。米饭的蒸汽开始冒出来，在厨房里飘荡，阳光照耀着一缕缕米饭蒸汽，还有稻草燃尽后的影子。从前，稻子拼命地吸着她的乳汁，为了能亲吻到她的身体，当这一天来临时，她们却被无情地分开，现在，稻草要燃烧自己，变得轻盈，去遇见她曾经的孩子。她们的味道在厨房里再一次相逢。多年以后，少年似乎明白了为什么柴火饭会那么香。

这样焖出来的米饭常常会有锅巴，有时我会留一小块当零食，在伙伴们面前拿出来，还有一点点小小的炫耀。要是火候控制得好，可以从锅里铲起整张恰到好处的锅巴，金黄色的一面，一粒粒大米以各种姿势呈现。用一根绳子穿过，挂在屋檐下，宴客的时候取来做一道锅巴肉片，会让这桌饭菜添色不少。锅巴肉片有创意，不仅满足了我们的眼睛、鼻子、舌头、嘴巴和胃，也不会落下在美味面前常常很寂寞的耳朵，当肉片汤浇在酥脆的锅巴上，"哧哧哧"的响声再次调动我们的食欲。有一年，外婆端上这道菜，刚一浇汁，有位客人条件反射似的蹦起来向后退，以为盘子炸了，这阵仗有多大？据说在抗战期间，后方有饭馆把这道菜取名"轰炸东京"。

做饭，火候很重要，却又最难以把握。炭火的火力猛，焖饭却不适宜，炉火太旺，会糊锅；火小了，又不容易焖熟。柴火和焖饭是最好的搭配，柴火的温度没有炭火高，但它燃烧的范围大，整个炉膛都能覆盖到，让热量均匀地传遍铁锅。以前在山林和田间，稻谷和柴火是邻居，彼此熟悉了，再次相遇，它们知道对方需要什么，尽管隔着一层坚硬的铁锅。

那些年粮食不够吃，只有来了客人才做一顿白米饭，烧火做饭的少年又常常三心二意把饭烧糊，为了不糟蹋粮食，最稳妥的做法是在蒸饭时放一些粗粮垫底。南瓜、红苕、土豆、豇豆、豌豆，或者酸菜，每一个季节都有合适的粗粮出现。切好，加少量的油炒一炒，放多一点盐，掺一些水，再把沥过的半熟米饭摊在上面，插几个气孔。炉火大一点也没关系，糊了的只是垫底的粗粮。有时，我们放很多的粗粮，吃不完的就拿去喂猪。

一般人家炒菜做饭，平常大多只烧一眼灶，做沥米饭不失为最好的选择。米饭煮到过心，用筲箕沥起来，炒好菜后再把米饭焖上，菜可以放在米饭上保温。阴冷的冬天，如果中午不小心被老师"留学"，回家晚了，母亲会把给我留的米饭和菜盖在锅里，灶下还有柴火的余温。揭开锅盖，一团蒸汽后面，米饭的味道，菜蔬的味道，还有每一个平凡日子的味道，混合在一起。这些简单的食物，给了我那些年简单的幸福。

柴火不经烧，于是下午放学后，也常常要去捡柴。这时候的路上不寂寞，和同行的伙伴跑遍每一条山路，跨过每一条河沟，直到看不真切回家的路才往回走。带回来的只有背篼底的一点点柴火，更多的是满满一篼的欢乐，还有一些在路上从竹篾条的缝隙中掉下去了。面对父母的责怪和愈来愈荒的山坡，我希望明天，门前的小河涨一场大水，从远方的山上冲下来好多打浪柴，我们站在河岸，怎么也打捞不完。夏天的每一次大水，家家都会捞起堆成小山一样的打浪柴，够烧好一阵子。

我们在山里的农家院子，吃着用柴火烧的饭菜，记忆不会像柴火一样被砍断。背靠着的竹椅后面，堆满前些年砍下的木柴。在老家院子的屋檐下，许多年以后，我们用它来生火，做柴火饭，如果这院子还未完全坍塌。

我上面的记录尽量忠实于当时的环境和朋友的讲述，因为那时你们中的很多人也在现场。

菜籽油

听说我的手表坏掉了，朋友送给我一块新表。我打开一看，居然没有时间刻度。朋友笑着说："知道你一直都是把时间调快五分钟，从今天开始换一种方式。"

仔细一研究，这块表的时计还真有点意思。

表盘上没有时、分、秒的刻度和数字，却标记了十二时辰——"夜半、鸡鸣、平旦、……日入、黄昏、人定"，每一个时辰随着日月星辰变化。如果设定了闹铃，不同时辰会响起不一样的有趣的铃声，比如"人定"是猪的鼾声，因为"人定"对应的是亥时。据说，"黄昏"时把猪喂得饱饱的，这时候它睡得最香，鼾声最响亮，"吃了就睡，油光浸背"，正好长膘。每一个季节，时针的背景色彩会随着变化。在春天，是油菜花的金黄色。

我还没有戴着这块表到外地出过差，不确定是不是在不同的地方会显示不同的春天色彩，但是现在这个地方，和我记忆里的故乡，金黄色的油菜花是再合适不过的了。春天是绿色的，野草从地里冒出来，一点、两点……一片、两片……落叶树木的枝头开始发芽，但是不同于北方，就算是经过了偶尔下雪的冬天，原野上仍然是大片的绿色，春天只是把绿色的画框点缀得更加饱满；春天还有白色、粉色、红色……樱桃花、杏花、桃花、梨花……一个山头一个山头次第开放，每一种盛开的花都是春天，但它们都只是一个个"山大王"，普罗大众才有真正的代表性，那就是在每一种花下都能看得见的油菜花。

山路边，数株雪白的梨花被几块油菜花田簇拥着。转过山头，坪上的油菜花在阳光下闪耀着金黄的光芒，弯弯曲曲的田埂把油菜花盛在大大小小形状各异的盘子里，盘子的边沿插上了一排胡豆花或者豌豆花，几株高过油菜花的树木围着青砖碧瓦的农家院。一阵风吹过，油菜花如海浪般舒卷，刚才还埋在花丛里吸花蜜的蜜蜂趁机换了个位置，一阵阵油菜花香如风一般来去无踪。

多么美的风景！

可我总会在这时候想起一些煞风景的事。

午时已过，小学生才走出学堂，回家吃午饭。这么晚放学是因为上午上课晚，不是乡下的娃娃早上赖在床上不起来，反而每天"日出"前就起来了。农忙时节，"平旦"就要起来喂牛，因为牛进食很慢，吃完草得赶上一大早耕田，烧火、煮早饭、洗碗、煮猪食、喂猪、喂鸡……吃完早饭干完活，才能去上学，还要走几里甚至十来里山路；如果上课早了，教室里恐怕会空一大半。放学的时候已经饥肠辘辘，那是早饭吃得少，每天的早饭不是苞谷珍珍，就是酸菜稀饭，端起碗可以照见人影，秋天开始有几块红苕，顿顿吃，我是真没有胃口，又急着要出门上学，马马虎虎喝几口。课间又跳又闹，更是饿得快。春天的太阳，"日中"时辰已经有些晒人，肚子饿得叫唤，走在油菜花田埂上，黄色的油菜花高过我的头顶，一阵风过，打在我的小脑袋上，它在欺负人呢！猛然，一条狗从田埂那一头跑过来，赶快从田里捡两块泥巴扔过去，再一阵猛跑，怕被它咬上两口。"菜籽开花花，疯狗咬娃娃"，这个季节正是疯狗多的时候。那些土狗很久没啃到骨头了，因为人都没有肉骨头啃，它们想着要啃人骨头呢。终于把土狗甩在了身后，放缓脚步喘口气，一股闷人的油菜花味道猛然呛入大脑，是闷人的味道，闷得人喘不过气的味道，这是我对春天的嗅觉。

油菜花开谢了就结油菜籽，油菜籽榨出来的是菜籽油，我们也叫作清油。

也许很多人同我有一样的感觉，认为同其他食用油比较起来，菜籽油闷人，但喜欢吃菜籽油的人就好这一口闷人的香，尤其是生菜籽油，味道更重。有人吃火锅用生菜籽油打油碟，拌盐胡豆一定要有大量的生菜籽油趁热倒进去才香，还有人居然用来拌稀饭。小时候千翻儿，脑壳上绊个包，大人给抹一些生清油，说消得快。

菜籽油不仅有油菜花闷人的香，还有油菜花金黄的色彩。用菜籽油炸出来的酥肉，黄澄澄的，又香又好看！

油勺儿

面对油勺儿，有个两难你需要做出抉择：是选择满足自己的口腹之欲，还是选择以健康的名义远离它？毫无疑问，在高温食用油中浸炸过的食物很香，有人吃完连抓食物的手指都要舔两遍，因为这是人类几千年来对味觉不断强化刺激的结果，最开始人就是用动物油脂弄熟食物，水作为介质采用煮、炖、蒸等烹饪方式是后来才出现的，因此"油盐酱醋"，油排在第一位。然而，据说现代科学研究表明，油炸类食品对健康不利，于是有人嗅到油烟都要退避三舍。

再放大到整个食物层面，还存在个问题：有些饭菜只有在家中才做得好并且才能吃出那种味道和感觉，而有些食物却只适合在外面的饭馆或者饮食摊吃，比如说油勺儿。

我妹妹讲过一件事："有一次想吃油勺儿了，爸爸妈妈就请街上卖油勺儿的杜叔带着专用的勺子到家里炸，弄了很多馅子，炸出来两筲箕。结果那次吃了过后，好久都不馋了。"她感叹道，"要是在外面买的话，总觉得没吃够。"再好吃的东西，吃一个是香，吃上两个是享受，要是吃上三个，呵呵……

油勺儿要在外面买着吃，另外一个重要的原因是要用专门的工具——炸油勺儿的勺子，并且至少要三把。这种勺子同饭勺的区别在于，勺面要平坦一些，咬下一口油勺儿，曲面的弧度要刚好贴合你的小嘴，弧度太深或者太浅，都会失去吃油勺儿的美感。铁匠铺里，油勺儿摊的老板娘一再叮嘱老铁匠："你打这个弯弯，不能浅又不能太深，要合适哈……"老铁匠只是盯着勺子锤打，懒得理她："要不你张开嘴试一试？"提起绯红的铁勺浸进水里淬火，"嗤"的一声，水泡翻滚，老板娘吓了一跳，离开老远。"你个老家伙，二天人家的嘴巴吃油勺儿不赶口，骂的可不是我哦！人家要说，哪个背时铁匠连个勺子都打不好。"

　　油勺儿的原材料却很简单。先要准备米粉子。好几次在油勺儿摊子前面等候时，总有人问："你这用的是面粉吗？"不同的老板娘会说一样的话："是米粉子，咋能用面粉哦，炸出来不酥脆。"大米用水泡一夜，磨细，炸出来的油勺儿口感酥脆又不会发硬。现代化的工具让人们从劳动中解放出更多的时间去休闲，比如，直接用粉碎机把大米磨成米粉，用的时候抓一把，加些水就可以了。有一次我就是看着老板娘这样手脚麻利地给我炸出一个。咬一口下去，"好硬啊！"我的舌头抱怨起米粉子。"你不能全怪我。我来自于水稻，从夏天到秋天，要喝多少水才长出来的，尽管你们把我晒干了，可那是为了方便储存。我只有再次喝够水，才能给你好吃啊！等不及一个夜晚，让我在水中静静地泡上两个小时也好吧？这样我的内心才是湿润的，高温的菜籽油只是炸干我表面的水分。"干硬的米粉子在我嘴里跳动着反驳。

　　其实这也不全是干米粉的错，既然是一伙的，馅料小伙伴们还可以做一些补救：把它们多放一些，这样是不会增加什么成本的——如果你了解油勺儿的馅料简单到什么程度的话。豆腐、豆芽、胡萝卜、香葱，就这么些食材，这么多年，我还没吃到过里面放肉馅的。分别切细，一堆堆码好，你看：水灵灵的白色、黄色、红色和绿色，安静地等待着大师的调色板。一样来一勺，多点豆腐，还是少点葱，全凭老板娘手抖不抖，撒些盐，拌一拌，色彩打乱了，那些比葱多的豆腐，三块五块的在巴结着一两截葱花。间或，它们中间钻进来一些豆芽和胡萝卜，打破了平衡。

　　旁边的油锅开始升腾热烟，在等候着煎熬者或者被煎熬。老板娘从油锅里拿起已经浸透热油的铁勺，倒一些调好的米粉子，晃动着让它们粘满勺子，然后把多余的米粉子倒出去；舀一勺馅料，压一压，再来一些，中间多一点，四周慢慢减少，要是想口感软和一点，馅料应该可以增加一些，再压一压，接着在上面再淋一层米粉子，可以下油锅了，另一只手上的一把空勺子压在上面，让它们全部沉进油锅里。十多秒钟以后放开勺子，油勺儿成型了，从勺子里跑了出来，在翻滚的油锅里漂浮。

　　油勺儿还需要煎一些时候。老板娘的手机提醒有APP更新，点开免提，原来又一个订单来了："给我用浸泡三小时的米粉；里面加百分之三十的豆腐块，边长五毫米；百分之二十五的豆芽，井水发出来的，每颗豆子要切成两半；百分之三十的胡萝卜，不切颗粒，切成长不超过三厘米宽不过六毫米的长条；要用小香葱，葱白的比例要大于百分之五十。底部的馅料高度为十二毫米，这是我最喜欢的口感。油温不超过二百二十度，炸制时间控制在两分三十秒，油温曲线就不要求了。注意：盐要控制在五克，不能加味精。用吸油纸包裹两层。请于十一点五十分之前送到，地址……"

　　老板娘将沥了油的油勺儿递给我，还有点烫，然后她转身，对着手机点击了几下，喊道："二娃子，要吃油勺儿就自己过来取，老娘炸的，爱吃不吃！"瞬间，智能制造在我背后落地。

　　油勺儿好吃吗？别急，有人会告诉你。麻烦你帮我拿着一下，我来拍几张照,先喂给朋友圈。

几十秒后,评论亮了:

"天啊,毒药啊!快给解药!"

"我每次回去都会在招待所对面买个吃。"

"……"

刺茄包

老家屋前的河里有很多种鱼,小时候经常下河钓鱼。水流变急的漫水桥下好钓凡子鱼,细长的身子喜欢追逐激流;洪水季容易钓到黄角龙和鲇鱼,河水混浊,无鳞鱼在石腔里守着找不到食物吃都跑出来了。钓起来的鱼都不大,真正烧来吃的鱼,还得是河上打鱼船弄起来的。

河鱼的味道很好。在县城上班的姑父跟我说,这些年他只吃河鱼,水库堰塘里的鱼吃起来不是那个味。我没那么好的口福,不过每次回老家,倒也能吃上一两条河里打起来的鱼,味道嘛,跟养殖的确实不一样,区别在哪里?有人说是"更鲜"。这样说肯定不会错,看过某位作协会员出的一本关于吃的书,全书几十篇,从头到尾只有一个味儿——鲜,除此别无他味。稍有点为她惋惜,人生味道不应该如此单调!不过,我的文笔更差,连个"鲜味"都描述不出来,于是干脆不讲,味道各人去尝。怎么个品尝法?河鱼和塘鱼分别做一份出来,吃一口河鱼再来一口塘鱼,"没有比较就没有伤害"。

小河里,鱼的身价也分个三六九等,像岩鲤、刺茄包、黄角龙的价格是常年居高不下,除了数量稀少外,味道更是不含糊,尤其是刺茄包,有人认为是淡水鱼里最好吃的鱼,俗话讲"鲢鱼头,鲤鱼腰,好吃不过刺茄包",有鳞而细小,烹制时不用去鳞,鱼肉厚实而无刺，蒜瓣子肉，细嫩且雪白，可清蒸，可红烧，可汆汤，可做成脆皮鱼，也可干烧，怎么做都没错，原材料好了，厨子就省事一大半。外地人认为这么好的鱼只宜清蒸，其实，你可以试着做个干烧刺茄包出来尝尝。一样绝美的西湖，"水光潋滟晴方好，山色空蒙雨亦奇"。不过现在的川菜馆子，很难找到几家菜单上有这道菜，为啥？费工夫，就连做豆瓣鱼，好多也是蒸好后浇上豆瓣汁了事。

上一条清蒸或者干烧刺茄包，边吃边摆龙门阵。为啥叫刺茄包？这是我老家口头话的译音。家乡有位作家的文章里又叫它刺克巴，不过我认为叫刺茄包更恰当。这鱼的肉里没刺，背鳍上却长着一排刺，就像山上野生刺茄子的叶子一样，中间叶脉处冒出来一溜刺；鱼身扁而短，中间鼓起来，像一个荷包。我想当初给鱼起这个名字的老乡就是这样想的。

你大概也看出来了，这刺茄包不是我们那河里独有的鱼，不就是"桂鱼"嘛？没错，外面一般是这样叫的，"清蒸桂鱼"，很熟悉的一道菜。为什么叫"桂鱼"呢？不清楚，或许本来该叫"鳜鱼"，大概没几个人不会背这句诗："西塞山前白鹭飞，桃花流水鳜鱼肥。"汪曾祺认为："即使写成'鳜鱼'，有人怕也不认识，很可能念成'厥鱼'（今音）。"他的小学老师就这样教他的，不过居然还教出来一位著名作家。鳜鱼身上有一些暗黑的花纹，就像花毯子，即古代的"罽"，所以古时也有人称其为"罽鱼"。青藤老人有一首《双鱼》："如缏鳜鱼如鲋枍，謷张腮呷跳纵横。"附注里说："级鱼不能屈曲，如僵蹶也，缏音计，即今花毯，其鳞纹似之，故曰罽鱼。""花毯"应该是"花毯"的笔误，"罽"是杂色的毛织品，是一种衣料。饭店菜单上要是写"清蒸罽鱼"，可能更没几个人会认识，有些地方写成"鯚鱼"。"其实这都是可以的吧，写成'鯚花

鱼''桂鱼',都无所谓,只要是那个东西。不过知道'鳜花鱼'的由来,也不失为一件有趣的事。"(汪曾祺语)

吃桂鱼聊这些,在汪先生的那个年代和朋友圈里自然有趣,不过在今天就显得很另类了。我们还是来聊些更有趣的事,比如:房子、车子、位子、等等。新区的房价在几个月内已经涨了不止三倍,张总的运气好,抢到了一套,看着财富数字飙升;刘处长前几天又升了一级,爬到一个更重要的位子上;那个谁谁又离婚了,因为有了小三……这样的话题聊起来多有趣!

等等,好像转过身去每一个人又不是那么快乐,怎么回事?古老的印度教早就注意到了这个问题。它告诉我们,每个人都应该去追求俗世的成功(梵文artha的意译)——财富、名誉和权力,这是人活在世上必需的,并且能给我们带来快乐、价值感以及自尊心等等。但是,这些报酬都是有极限的,仔细思考发现它们都有各种限制:首先,财富、名誉和权力是排他性的。你坐上了局长的位子,我就只能还是做我的处长;你抢到了一套好房子坐等升值,我的购房计划就落空了。因此,你的快乐不仅不能分享给我,还给我带来痛苦。其次,追求成功的欲望,永远满足不了。当上局长后想再上副部级,手上几套房想有钱再买两套房,今天十万粉丝还不够,想要明天有五十万粉丝打赏和给我点赞……第三,俗世的成功同享乐一样,只在自我的层面上,不可能保持永久的热情,当静下心来思考时,总会让人觉得缺少许多别的东西。最后,这些成就转瞬即逝,"生不带来,死不带走",辛苦挣下来几个亿几套房几百万粉丝,都带不到来世,古代还有陪葬品,现在是啥都不带,多么悲哀啊!

不就是吃条河里的刺茄包吗?不就是夹下一筷子鱼摆摆之前摆摆龙门阵吗?别听这个写文章的人说的这些,还是了解一点点他的底细的，他么，是嫉妒你们，因为他穷得只拥有：

一套房

一辆车

一箪食

一壶浆

……

一尾鱼

第二季 麦黄了

立夏十天遍山黄,
小满十天遍山光。

喝茶——绿茶

七月的一天，我们约着一起去茶楼喝茶。带上一罐绿茶，我走出家门。

从阴暗的楼道出来，亿万个太阳，狂热地呈现在破碎地砖制造的镜子上；在射向我之前，每一根光线都在陈年泡菜坛里浸泡过，一捏便是黏糊糊带着咸味的湿。我眯着双眼来应对那些好似抹在我脸上的蜂蜜，路人甲或者乙们涂抹着一样的金黄色，我们在阳光中用堆满甜蜜的虚伪互相瞧着对方。盛夏的热浪将老人、妇女或者儿童席卷而去，路面上只剩下零零散散的几个男人，孤独地向着太阳下某个地方前行。一个人回过头来，似乎想起许多年前的某一天我们找寻目的地般走在大街上。我们为什么从那一间间空洞洞的楼房走出来？然后又走向另一些同样空洞洞的房间？某座公寓楼一扇黑乎乎如抹满煤灰的窗户里，散发出一缕缕音乐，带着一屋子潮湿缠绕在空气的声带上，来不及落到地面，就融化在正午炽热的阳光中。

根本没有风吹过。那些从肺里排出的气体，跑到前面和灼热的空气裹挟在一起，每前进一步都会撞上它们，我不得不随时一层层地撕开这些盖在脸上的蜘蛛网。道路两旁树叶的另一面被刷上一层金色，让面朝大地的绿色愈发沉默，纹丝不动，它们在每棵树上站成同一种姿势，故作优雅的态度仿佛库房里存放经年的普洱茶，生活在时间之外。后来我想起，从多年以前的夏天开始就是这样，这幅画的色彩一直没有改变，只是每年被重新涂上颜料。在树下，我们快速移动的身影，让一些树叶羞愧，含蓄地挪了挪身子。它们在我身后的画布上醒过来片刻，然后又睡了。

路边一间干杂店半张着嘴，吞咽了一屋子杂乱，店老板躺在深处幽暗的竹椅上，鼾声从干杂店的大嘴吞吞吐吐，混合着铁锈、辣椒和梅干菜的味道。一条狗趴在店门口，偶尔卷卷长伸着的舌头，在鼻头上舔舔，又再努力地向前吐着舌头，大口大口地喘气，在发泄着对炎夏的不满吗？那时候狗妈妈为什么不让它的舌头再长点，也可以多吐些热气出来。我张开嘴了，舌头有伸出去吗？这个问题让我愈发感觉热得即将窒息。

来到这间熟悉的茶楼，推开门，我的眼睛一下子变得昏暗，无数的光线被抛在了身后，只带着开门时透进来的一扇阳光。这扇不停开启的大门，放进来一些阳光，屋里的却趁机溜了出去，永远是黑黢黢的地面反射着从窗户漏进来的几块光斑，好像一只乡下黑色土狗身上留下的癞皮瘢痕。大厅里污浊的空气，奔跑在从各个角落传来的谈话声中，如同一块湿漉漉没有洗干净的抹布被扔来扔去。我的皮肤一下子变得紧致，似乎有白切鸡的口感，一只煮熟的鸡刚从滚开的锅里捞出来，马上被投进冰水中。很完美的白切鸡做法。

穿过大厅，打开包间，然后我将昏暗污浊关在城堡的那一边。茶室对面的白色墙壁上呈现出某段天空，光泽从淡蓝色窗帘透过，飘浮在缓缓移动的一幅光的油画上，好像小时候在夜里抚摸浆洗过的丝绸被面，凉凉的手心传递着白天阳光留下的温暖。老树根茶桌的年轮一圈一圈浮现，又消失在其中，仿如深潭被谁偶然惊醒了，柔弱的宁静波浪般袭来，在我抚摸的时候，却消失在一面镜子的光滑中。朋友、玻璃杯和水，在这间屋子相遇，是为了遇见绿茶，当年的明前茶。人和物件在互不知晓的地方已经沉寂很久，直到有一天被绿茶唤醒。

茶叶在透明的玻璃杯中安静等候，一层玻璃让它们游离在我们的世界之外。当遇到水，绿茶瞬间自由如细密春雨中翻飞的雨燕，轻松地回到了那一片生长过的山里。清晨，太阳还在山的那边，但光已经漫过来了，山头的云霞像一簸箕酥脆的彩色虾片一样层层叠叠。春风从大地之上吹来，像去年冬天没来得及冻僵的面包敲打在脸上，酥软中夹杂着丝丝凉意。成排的茶树在苏醒，一片片浅绿色的柳叶眉在少女慢慢睁开的眼睛上颤动。其实，即使在昨晚凉意甚浓的夜里，它们也没有真正地沉睡，黑色的地下一片生机勃勃，无数白色的毛细血管弯曲着向更深的黑暗中前行，咕咚咕咚声此起彼伏，如贪吃的婴儿吸着乳汁，把黑色大地之下的营养送向光明那端。在整个冬季坚硬的地下，这种热闹好像没有停歇。

露水未干的晨曦中，采茶女灵巧的双手快速翻动，她们从我的眼中牵出一根根光的线，在蓝绿色波浪般的绒布上，用绿色嫩芽针尖，绣着一幅动人的图画。这些光的线从一头飞到另一头，再折回来。她们在绣布上穿梭，将跳动的嫩绿色颜料温柔地摘下，放进背篼里。沐浴在春风里，那些牵动眼神的绿色进入血液，从外到里涤荡我的肺腑，活力和清凉如施了魔法一样布满全身，我被绣在这幅香巴拉的画里。当金色的颜料从山顶漫过来，画幅生动得艳丽无比，采茶女们从神笔马良的画中活了。

时间拥有神奇的无数颜面，每一刻在不同地方呈现不同的神色。某一面在移动的时候，另一面也没停下。要感谢叙述的奇妙，让我能欣赏绿茶在杯中起伏的时候，一双眼睛回到了茶山上，同时还有一只耳朵听他们喝茶摆龙门阵：

"韩某的字最近涨得很厉害,你有没有搞几张?"

"还没来得及收几幅,就大涨了。这一波把他捧得厉害。"

"现在不管字写得如何,重要的是看有没有人在后面推。我跟他很熟,你如果想要,哪天找他随便挥几笔写两幅。"

"价格如何?不要整贵了哈。"

"你放心,要等他哪天心情好的时候,吹捧他几句,高兴劲儿一上来,市场价打个两折也是有可能的。"

谈话被午后的茶水断断续续接起来。他们身后的那幅字画开始飘动,春天的采茶图上,一枚、两枚、三枚……绿色的铜钱从茶树上飞出来,晃动着光芒,在头顶飞舞,然后愈来愈多。我看到很多很多的铜钱,从遥远的前朝走来,似乎歇了一阵,然后尾随着我们,在大声地笑着,在肆无忌惮地舞蹈,它们变成了某一面时间的主宰。

时间还有一面在某一刻同时显现。有人在谈论今天的绿茶:"这茶不错嘛,条索齐整,颜色舒服,带些微的香气。喝到口里,不仅新鲜,还富有回甘。嗯,尤其是第二泡,更能感受到。头开水的味道稍淡,如果太过性急的人,喝下第一口可能会大失所望。因为用了温度略低的开水,绿茶的味道便与某些需要高温冲泡的茶不一样,像不像那些慢慢才能看出味道的风景?"

"……茶叶买成多少钱一斤?"

可惜了一杯绿茶,和一个下午时光中闪现的某一面。

油　旋

　　清人薛宝辰整理饼类的名称，其中写道："以生面擀薄涂油，褶叠环转为之，曰油旋。《随园》所谓蓑衣饼也。"看来油旋非我家乡独有，只是无端的，每一次做油旋时，我都会想起一些人，一些事。

　　　　情哥加牛把田耕，
　　　　田红水浑如铺金。
　　　　男女老少同心干，
　　　　田田秧苗嫩青青。（注：石门山歌之"田歌"调）

　　当山歌声起起伏伏飘荡在这片田间地头时，是插秧时节到了。
　　夏日的清晨，远处山丘沉睡的身影迷迷蒙蒙，山路边的水田平静如镜，叶子烟点燃明明暗暗的红色火星，从这坡那沟蜿蜒崎岖的山间小路上赶过来，天刚擦亮，他们已经从各家陆续汇集到秧田边。
　　"乜娃儿，吼两嗓子醒醒神，一个二个起早了还没睡醒。"老书记一边往水田里扔着秧苗一边说。

　　　　大田栽秧角对角，
　　　　脱下花鞋挽裤脚。

过路君子不要笑,

　　秧儿栽上把情说。

深深浅浅的歌声越过山冈。

姐姐推开房门,来到院子边,安静地梳着头,她将黑黑的长发从耳边撩开,是想把山歌听得更真切一些吗?

山歌声歇了下去,人们开始埋头栽秧,姐姐也梳好头,来到灶屋为他们做早饭。

其实也不是早饭,这一顿饭准确的说法是"打幺台"。包产到户后,农村点麦子、收菜籽、栽秧打谷子,都是互相帮忙,这次你帮我一天,下回我还你一个工。夏天天热,干活都得趁早,太阳可不会等你早上理理性性地吃好饭再出来,于是各人在屋头吃上两口昨晚的剩饭和泡菜就出工了。田间地头都是体力活,早上吃的那点东西咋能撑得到晌午,因而主人家会安排一顿"幺台",在午饭之前。

姐姐把酸菜汤烧上,接下来她要做油旋。

她舀的全是今年的新面粉呢!昨晚母亲还特意交代,有些去年剩下的面粉让她用上,可姐姐自作主张了。盆里的面粉和着井水,在姐姐麻利的双手下,变成了光光生生的一块面团,她的手上和面盆里一样也是光光生生的。和好面,姐姐伸直腰,用手背拢了拢额头上的刘海,细细的汗珠爬上了她的脸颊。

姐姐把案板上的碗碟归拢整齐,腾出一块地方来,然后抓起一把面粉,从离案板一尺多高的地方撒下来,从前向后从左往右,那些轻盈的面粉从姐姐纤巧的手心里缓缓飘在案板上,阳光穿透亮瓦倾泻下来,在案板上印下姐姐画画一般的美妙。姐姐把面团放在撒满扑面的案板上,在擀面杖前后左右的碾压下,面团向四周铺开来,可她把擀面杖一取开，调皮的面团又趁机溜回去一些。面团越变越薄，越来越大，姐姐要俯下身子，才可以够得着案板那头的面团。一会儿工夫，一大张均匀轻薄的面皮在案板上默默地摊开，这一次，姐姐擀得比以往都要薄都要好，都能透过面皮看见案板上的纹路了。姐姐哦，为啥你这么用心呢？！

姐姐用拇指、食指和中指从盐罐子里抓起一些盐，像刚才撒面粉一样从空中撒下，纷纷扬扬的盐粒落在面皮上，是如此均匀，姐姐都不用再花心思刮抹它们了。接着，姐姐从辣椒油罐子里舀出红油，浇在面皮上。这会儿，姐姐需要用手指来把红油涂抹得更均匀一些，那些红亮亮的辣椒油，盖在小麦色的面皮上，一道道深一道道浅，它多么像起伏的麦浪，你看见过吗？然后姐姐抓起一把切得细细的葱花，又一次纷纷扬扬地撒下来。白色的盐粒还没有完全溶进面里，它们和红色的辣椒油、绿色的葱花，呈现在麦色的面皮上，在早晨的阳光下如此美好！

接下来，姐姐从身前开始，慢慢地卷起面皮，这些几乎不能更薄的面皮，有的地方赖着案板不起来呢！姐姐小心地把刀刃插进它们中间，乖乖地给我分开吧！面皮被卷成一个长长的圆筒，姐姐把它们切成一截一截的，好像用尺子量过一样长。她拿起一段，将两头捏了捏，不让红油和葱花跑出来，然后竖放在案板上，轻轻地用手掌按压，边按边转动，几下子，圆长的面段变成了一个圆圆的面饼，微微有红油渗出面皮，还看得见里面葱花的绿色。不一会儿，案板上就堆出了好多大小一致厚薄均匀的面饼。

姐姐给灶膛里添上柴火，铁锅热了起来，她放上今年刚打好的新鲜菜籽油，用锅铲向四周赶均匀，把一个个擀好的面饼放进去，老家山村的铁锅没有平底的，那些面饼可不愿意老老实实地待在原地，都往锅底挤,姐姐用锅铲把它们一会儿换一个位置,还要不停地翻面.又要到灶门前添加柴火,来来回回,她轻快的身影在这个早上散发着无限的热情。

锅里的面饼渐渐变得酥黄,姐姐用锅铲轻轻地敲打面饼,发出"嘭嘭"的声音,好了,油旋可以起锅了。姐姐把它们铲到盆里,又把酸菜汤用鼓子锅盛好,放进垫好稻草的背篼里,把装油旋的盆子放在上面,盖上毛巾,这样送到劳作的人们手上时还是热热乎乎的。

姐姐背着酸菜汤和油旋,走在崎岖不平的山路上,可是背篼却背得平平稳稳的,灿烂的阳光照耀在姐姐身上,鸟儿在歌唱,露水在撵脚,多么美妙的早晨!

转过山坡就是秧田了,又听见仡娃的山歌声响起来:

> 柏树枝儿枝柏尖,
> 幺妹长得的确端。
> 哥是一根青藤子,
> 慢慢悠悠缠上边。

姐姐却停下了脚步,轻轻地放下背篼。

"狗娃,你把酸菜汤和油旋给他们背过去。"姐姐说。

"小心点噢,不要弄洒出来了。"姐姐又说。

"问问他好不好吃哈……"姐姐还在说。

姐姐的声音愈来愈远,仡娃的歌声却越来越近。

(感谢老家宣传干部李育中老师提供石门山歌词集)

油旋

以生面擀薄涂油，褶叠环转为之，曰油旋。

盐胡豆

小时候，有一天放学回家，看见屋角的簸盖里铺满蔫了的南瓜叶，好奇地掀开一看，底下还有一层南瓜叶，上面铺着裹满暗绿色霉灰的指甲盖大小的瓣瓣。"妈，快来看啦，什么东西发霉了！"我大惊小怪地叫喊道。

母亲走过来一看，轻描淡写地说："就是这样子的，胡豆瓣子发好了，是用来做豆瓣酱的。"

原来是上次去地里扯回来的胡豆啊！

天上的云彩被染得彤红，渐渐地，红色愈来愈淡，太阳升起来了，阳光穿过云层，一缕缕地洒在麦地里，麦子吮吸着土壤里的养料和天上的阳光，抽了穗；然后开花，麦穗罩上了一层金黄的花粉；麦粒灌满了香喷喷、甜丝丝的乳浆。来到麦地里一看，真是心花怒放！可是突然不知道从什么地方闯来几头牛，在麦地里乱踩一阵：可怜那沉甸甸的金黄麦穗全被踩烂在地里。凡是牲口践踏过的地方，到处是一片片踩坏了的麦子……真是惨不忍睹，伤心不已。

我此时的心情恰似这样——正在被窝里做着美梦，忽然被母亲喊起来，到地里去扯胡豆，可是天都还没亮，瞌睡正香啊！

再过几天就要收麦子了，得提前把点在田埂上的胡豆扯了。我们那里人多地少，田地的边边角角都要利用起来，地里种水稻、小麦，田埂上会点上各种豆类——黄豆、绿豆、豌豆、打浆豆和胡豆等。种植豆类作物的过程叫——点，刨一个小坑，抛下一两颗豆子，再盖上泥土。一点、一点、一点……在田埂上串成弯弯曲曲的一条线。

现在，专家专业地解释了这种种植方式的完美：两大主粮的小麦和水稻，小麦的营养成分相对比较丰富，蛋白质的含量更高，可是产量低，稻米的产量可达小麦的三倍以上，难怪我们老家一日三餐是两顿米一顿面。稻米的产量虽然高，但营养成分较为单一，缺乏一些人体必需的维生素和矿物质，有研究认为这是东亚人身材普遍偏矮的原因。怎么办呢？答案就是多吃菜。凡是吃米饭的地方蔬菜的品类都异常丰富。所有的蔬菜中，豆类富含蛋白质，是谷物最好的伙伴。同时，在看不见的地下，豆类作物根部的根瘤菌有很强的固氮能力，科学家们正努力研究将豆科植物中发现的天然固氮细菌，放入玉米、小麦和水稻等作物中。

我问过九十多岁的外婆，什么时候开始在田埂上点种豆类的种植方式，她说从前就是这样。

胡豆的吃法，除了拿来做豆瓣外并不多。汪曾祺专门写了篇《蚕豆》，说"四川叫胡豆，我觉得没有道理"。里面的吃法也很简单。

春天吃新鲜的嫩胡豆，放点油盐炒出来就是一道菜。汪曾祺在昆明翠湖宾馆吃饭，"我点了一个炒豌豆米，一个炒青蚕豆，作家下箸后都说：'汪老真会点菜！'其时北方尚未见青蚕豆，故觉得新鲜"。不知道他们吃的嫩胡豆剥壳没有，讲究点的，"去掉内外两层皮，仅留最里面的豆瓣，和以大葱清炒，不加酱油，仅用少许盐、糖清炒，味道独到"。而赵珩家的"清炒蚕豆"，不加大葱，"为的是保留蚕豆的清香，不涉大葱的浊气"。

孔"胡豆干饭"也很好吃。成都有一家有特色的餐馆，名字就叫

"孔干饭",这时节会应季供应。

老川菜中有一道菜"激胡豆",干胡豆炒到快煳时,迅速倒进兑好滋汁的大碗里,高温的胡豆遇到冷的滋汁,就像一个人跑得满头大汗一下子跳进河里一样,浑身"一激",再盖上盖子焖两三个小时。这道菜现在少见了,但有专家认为川菜经典味型"鱼香味"即起源于此。

母亲说:"冬天,掐一把胡豆尖,切碎,搭在豆花稀饭里,很香!"我没吃过,我以为她的记忆停留在缺吃少穿的年代。

小时候家里常常把晒干了的胡豆做成盐胡豆下稀饭。乡下有句谚语说得好:"胡豆背时遇稀饭,苋菜背时遇大蒜,曹操背时遇蒋干。"

早上起来,舀一碗胡豆,倒在铁锅里炒,炒到胡豆鼓起的地方变得焦煳,在锅里噼里啪啦爆响时,一瓢凉水浇下去,煮开,舀在小锅里,放在煤油炉子上小火煮,胡豆煮到开花,稀饭也熬好了,把胡豆倒进筲箕里,滤干水分,趁热装盘,淋上大量的生菜籽油,一要大量,二要生的,放上舂碎的蒜泥,加多一些的盐,最后淋点辣椒油,拌匀。

喝一口稀饭,挑一颗盐胡豆,很巴适!别挑那种没煮开花的胡豆,壳壳上光溜溜的,巴不上味。

我家小妹吃盐胡豆要吐壳,动作很熟练,在嘴里挛几下,吐出一块几乎完整的胡豆壳,一会儿面前垒了小山似的一堆,惹得旁边连胡豆壳一起吃的人不平,恨悠悠地说,"下一颗你会吃到铁胡豆"。

蘑 菇

专家讲："从营养的角度看，吃四条腿的不如吃两条腿的，吃两条腿的不如吃无腿的，吃无腿的不如吃一条腿的。"这四条腿的是猪牛羊，两条腿的是鸡鸭鹅，没腿的是鱼，一条腿的就是蘑菇。蘑菇是否真有如此高的营养价值，自有科学研究的数据，当你嚼一片蘑菇时，大脑马上换算出这一口将吃下——蛋白质135毫克，碳水化合物205毫克，膳食纤维105毫克，还有0.5微克胡萝卜素、0.004毫克维生素B_1、0.0175毫克维生素B_2、0.2毫克维生素PP、0.1毫克维生素C、0.028毫克维生素E，也有钙0.3毫克、磷4.7毫克、钾15.6毫克、钠0.415毫克、镁0.55毫克、铁0.06毫克、锌0.046毫克、硒0.0275微克、铜0.0245毫克和锰0.0055毫克；不仅能提高免疫力，还可以刺激肠胃蠕动，预防便秘，更是能降低血压，抗癌，补充能量为1.2千卡，对健康有威胁的脂肪含量仅有5毫克。然后，你的寿命将会延长0.0000095年，确实是好东西！

当你用这种方式吞下这片蘑菇时，请问你吃出了什么味？

让理性主义到一边去吧！我们要享受的是美妙的蘑菇之味。

蘑菇，亦写作蘑菰，是可食用的蕈类，很多地方又叫菌子。

我喜欢吃菌子还是在成年后。小时候，家乡的山里，在路边就能见到一丛一丛的野菌，但那时候没有人把这东西当宝贝。一来，一些野菌有毒，常常有报道哪里有一家人误吃野菌子中毒啦，于是很多人就将野菌全部打入另册；另外，烹菌子得需要放大量的荤油，不然越吃越寡淡，在物资匮乏的年代，很少人家会如此奢侈。我想在那时后一个才是主要原因吧。

词典中释义"蘑菇"一条中，又加了半句：特指口蘑。口蘑是产于张家口外坝上草原的野蘑菇，它是很多种蘑菇的总称。汪曾祺曾画过一套《口蘑图谱》，列举出最常见的不下十种，可惜至今无口福，未能吃到真正的口蘑。偶然在饭馆，见到有以口蘑为名头的菜品或口蘑面，尝过后生疑，这是真的口蘑吗？如同每家茶馆都在卖西湖龙井，有那么大的产量么？倒是对汪曾祺"离开已四十年，不忘昆明的菌子"，深有同感。七八月份，雨季到来，菌子齐刷刷地往外冒，这正是吃菌子的时节。大街小巷摆满了菌子，家家"无论贫富，都能吃到菌子"。几乎每家饭馆都以卖当天上市的野菌子为主打。这时候的菌子中，鸡㙡菌与干巴菌是其中最名贵的。味道有什么好呢？口不能言，还是"如鱼入水，冷暖自知"，自己尝过后才知道。每年这个时候，有机会到昆明，都会大快朵颐。

印象深刻的是一次在西昌吃菌子。同昆明有着相似气候的西昌，也一样盛产菌子。一年8月，到西昌出差，去冕宁拜访一个客户，两个小时的颠簸，到县城已经是中午。主人很热情，请我们吃饭，来到一间不起眼的小饭馆，坐满了客人，我们三个就在街沿摆了张小桌子坐下。饭菜很简单——炒鸡㙡菌，青椒炒干巴菌，炒青菜，还有一个炒肉片，加上一钵青豆打碎了做的汤。菌子的味道香极了，一生难忘。是如何的好呢？看看汪曾祺的描述："但有陈年宣威火腿香味，宁波糟白鱼鲞香味，苏州风鸡香味，南京鸭胗香味，且杂有松毛的清香气味。"这样一口下去，多少好吃的东西都尝到了，你说值不值？

有一年盛夏，到四姑娘山和红原大草原，返程看到山路边有卖刚采下来的野菌子，价格极便宜，连筐买下。到家立即清洗出来，一个用油炒，加大蒜片，仅放一点点盐，另外再做一个菌汤，真爽！可惜一年只能吃到一两次啊！后来摆龙门阵聊起此事，友人略带诧异地问："不怕中毒吗？"笑着答道："不怕！一来，山民捡野菌子很多年了，能辨得出哪种能吃，哪些有毒；二来呢，我与山民素无冤仇，身价又轻，没有害我的缘由。"

在川西的山里和草原上，盛产松茸，日本人很喜欢，一是因为营养价值高，另一种说法，是他们也讲究"以形补形"。20世纪90年代认识一个做物流的朋友，有一部分固定业务就是给日本人运输新鲜松茸。每年七八月份出菌子的季节，刚捡到的菌子就装箱进冷藏车，从甘孜的山里运到成都，然后坐飞机送到日本。

在甘孜，当地人认为另一种菌子更珍贵——白菌。白菌生长在雅砻江流域海拔四千多米的石渠草地上，每年只有8月中的几天里可以捡到，时过不见踪迹，有点类似于口蘑的生长方式。白菌盖小肉厚柄短、气味清香，曾作为贡品专奉清廷。据说味道非同一般，可惜未曾有机会品尝。

白菌虽然稀少，想办法还能吃到，但是对于松露，就更不容易了。在欧洲，鹅肝、鱼子酱、松露菌，被誉为三大奇珍，其中又以松露最为珍稀。松露主要有黑色和白色两种，分别主产于法国和意大利。味道很特别，又只有野生的，生长在地下一米左右深处，需要用猎犬或母猪来寻找才可能挖到，因此身价极高。2007年12月1日，一块重达1.5千克的意大利白松露菌在中国澳门"国际TUSCAN白松露菌慈善拍卖会"上拍卖，澳门"赌王"何鸿燊以33万美元竞得这块稀世珍品。偶有餐厅制作以松露为食材的菜品，至多有一点刨下来的薄片就不错了。近年云南、凉山的黑松露在市场上时有见到，据说品质不如欧洲松露。

蘑菇家族中，木耳是很特别的，它们是蘑菇吗？还真的是！木耳有黑白两种，印象中，白木耳要高贵一些，又叫作银耳。不过银耳的吃法却没有黑木耳花样多，多是加入各种滋补食材熬汤喝。木耳一般都是干制品，食用时用温水发开，它们特别能涨发，一点点就能发开一小盆，我常常对此估计不足，下料时害怕加少了，于是再多加一些，发开后却经常用不完。木耳是很欺骗我们眼睛的。

既然好吃，野生的菌子满足不了人们的需求，就有了人工培植的蘑菇。20世纪80年代老家政府为帮助农民致富，指导百姓种蘑菇，种得最多的就是圆蘑菇，收获季节到了，每天早上都能采摘，送到镇上的收购站，然后在罐头厂加工出口到国外，换取外汇。老百姓能吃到的，多是些验收不合格挑剩下来的。小时候想不太明白，为什么我们种出来的要给老外而自己吃不到，老外又为什么爱吃这种蘑菇呢？长大了才明白，谁叫咱当时穷呢？后来自己做西餐，体会到老外在什么菜里都可以加点圆蘑菇。夫人认为圆蘑菇有一种土腥味，不太喜欢，但我和女儿都爱吃。于我，或许有那么一点点情结在里面。

新鲜的蘑菇，多用来炒肉片或者做汤，要加一些蒜片。私下认为蘑菇是最能体现"素菜荤做"理念的。蘑菇做菜，一定要用荤油，肥肉片也可以，并且要大量地用，不然就对不起这么好的蘑菇。在四川，以"××山珍"为号召的饭馆遍地，都是以菌子为主要食材。如果那一锅汤里的荤油不够，吃到后来味道会越来越差。有一年请一个客户吃菌子火锅，中间一段时间他不见了，后来告诉我：溜出去吃了碗酸辣粉，因为那菌子吃得他"口里淡出个鸟来"。

从菜市上买回各种蘑菇,有什么杏鲍菇、猴头菇、灵芝菇等。洗干净切片,放在大蒸碗里,加些蒜片,一勺鸡汤,一点点盐,上笼蒸十来分钟,一道"清蒸杂菇"就成了。宴客时,这道菜简单又受欢迎。

在西安的一个饭馆,吃过一道"椒盐平菇"。平菇施上面粉,用油炸,盛盘撒上椒盐。什么味道呢?外面带点脆,里面的平菇嫩嫩的,不告诉你还真吃不出这是平菇。自己在家试着做过一次,不怎么成功。做菜是有诀窍的,不得其门不知其味。

如果要吃蘑菇汤,我认为还是干菌子熬出的更香。菌子和海鲜是很神奇的东西,新鲜的好吃,而经过阳光的照射,又是另一种味道。或许,这两类食物生长时都远离太阳,在和阳光充分拥抱后,变得自己都想不起原来的味道了。

老家的端午吃食

题目中老家两个字，给出了一个确定的限制，就只谈谈在我的家乡端午节吃什么。

再过两天就是端午节，成都的大街小巷早已飘满粽子香，各式各样的粽子种类繁多；咸蛋和皮蛋被装进精致的包装盒里，身价不菲。这就是端午节必吃啊！难道你的家乡还有不同的花样？

去年底到厦门出差，会后聚餐，当地同事特意找了一家小有名气的饭馆。当天恰逢冬至，大小也算个节日，不能和家人团聚，也要吃点过节该吃的食物。然而点菜时才发现这过节吃的东西还不一样——北方的同事要求上一盘饺子，因为在北方有"冬至大过年"的说法，冬至必须得吃饺子；成都和广州过去的同事要吃羊肉，所谓"冬至进补，春天打虎"。可恰恰这家馆子两样都没有，因为厦门当地不太重视冬至，饭店一般也不会专门为此准备。

当时我想，中国真大，每个地方的风俗和饮食习惯大不一样。从北方到南方，同样的季节，温度相差很大，物产也不同，饮食就会产生差异，这是很正常的事。可是不知从何时开始，年夜饭吃饺子，端午节一到，满街都是粽子，中秋节除了月饼还有什么？主流文化的繁荣，又何尝不是一种悲哀？文化的传承是一种骨子里的浸润，不应该是人云亦云的附和，当我们一点点放弃那些流淌过多少代人血液中的基因，如果有一天再想重新延续传统，谈何容易。这不是在节日到来时，放几天假的事，文化的诞生和传承是有着强烈的地域特征的，这也决定了它的多样性，它不能也不应该被占统治地位的文化"霸占"。

就像在我的家乡，年三十不是吃年夜饭，最重要的是中午饭，出门在外的亲人，再远也得赶上这顿饭；中秋节到了，我们会舂糍粑。为什么是这样的饮食呢？我认为这是农耕时代一直延续下来的习惯。选择在中午而不是晚上庆祝节日，因为冬日夜晚来得早，让从前的人们没法好好地庆贺，古人用的桐油灯盏，照不出一片热烈的气氛，更适合全家人围着炉火，摆摆家常，守候着黑夜迎来新的一年。中秋时节，新稻刚熟，碾出的新糯米，蒸熟后，盛在石臼里，人们用力地舂着洁白的糯米，动作中在诉说一年来为着收获付出的辛劳，新米的香味在空气中弥漫开来，在月光下飘荡。

你大概会猜到在端午节我们家乡为什么不是吃粽子。

端午时节，小麦已经收割，农业社会对于收获季的庆祝，最简单直接的方式就是尝新，用新麦子磨出的新面粉包包子便是对农人最好的犒赏。

记忆中小学时的端午节，清早到郊外，采些陈艾回来，挂在门上。中午放学后，小孩都比平时回家准时，没有人会在路上磨蹭，因为我们都知道，今天过节，有好吃的。刚出笼的包子，热气腾腾，就在灶屋前，吃下两三个解馋后，才肯坐到桌前好好吃饭。包子是这天的主食。这一天大人还会准许孩子们喝点雄黄酒，在白酒里放一些雄黄，搅散后就成，不会喝酒的在这天都要喝上一两口，是谓可以辟邪。农历端午，天气渐热，各种蚊虫野兽也活跃起来，尤其在乡下，蛇也多有出现，据说雄黄可以驱赶蛇虫之类的，不知道是不是真的有效。《白蛇传》中许仙就是用雄黄酒让白素贞显出原形的。剩下一些雄黄酒，抹在孩子们的额头、脸上，上学路上，个个都是花脸。

很多年过去，对于端午节的记忆渐渐少了，只有在看到满街粽子的时候才会想起——端午节到了。国家还没改革法定节假日的一年端午节，心中忽然怀念起老家的端午节，于是请假半天，一个人在家，发面，和面，准备包子馅，忙忙碌碌一下午，请来几个朋友一起喝点酒，吃包子，感觉蛮不错。后来，国家规定有假期，就不用请假回家包包子了。

老家的包子，所做的馅料与外地大不同。鲜肉、腊肉、豆腐、豆芽、莲花白和葱等，分别切成小粒；然后把肉粒炒出油，接着加豆腐进去炒几下，加入切碎的豆芽、莲花白、葱姜粒，加盐、少量辣椒面和花椒面，熄火；用筲箕盛出，因为要上笼蒸，包子馅不能炒太久。包包子需要一定的技巧，包出来不仅要馅多皮薄，还要好看，上面的褶子要细密而匀称，包子蒸出来要挺立，不能塌下去。小吃店里的包子成形漂亮，是由于馅料用得少，有一个笑话：第一口咬下去没看到有肉馅，再咬一口还是没看到，因为肉馅已经吃进口里了。第一次包包子，会手忙脚乱，多做几次就好多了。上笼蒸，得用大火。蒸笼也有讲究，有时候吃到的包子馒头，湿漉漉的，那是因为蒸制时用的是铝制蒸笼，水蒸气上升后，在铝皮表面凝结成小水珠，滴在包子上，这会造成口感不好，如果用竹制的蒸笼，就不会出现这种情况，水蒸气能穿越竹子的细孔，用竹蒸笼蒸出的食物，干干爽爽。

在老家吃包子时，会准备一碟红油，也有人会再备一碟醋，咬开一口包子后，灌点红油和醋进去，在包子的热气中，混合着各种香味，不摆了！

端午节，我们谈谈吃包子的事

我们老家有一些饮食习俗是异于大多数地方的，比如端午节吃包子，中秋节舂糍粑，年三十最重要的一顿饭是在中午。而老家的小镇又特别念旧，换句话说就是不适应改变，很多事一直延续着传统，比如赶场的日子，前些年要求与时俱进，政府号召赶场天从农历换成公历，周围的乡镇都积极响应，改了，而老家的小镇也尝试过，但是到了公历赶场那天街上没几个人，搞得去赶场的人怪不好意思的，于是又回到习惯的农历三六九赶场了。

老家端午节习俗是吃包子而不是粽子，怎么跟全国很多地方不一样呢？又逢一年端午，吃包子之前让我试着聊聊为什么有些地方端午节要吃包子。

我们顺着食物的原材料——食物的做法——节日食物出现的原因这条线往下走看看。

先说粽子。

找一个突破口看看是不是也有些地方端午节不吃粽子，想到了黄土高原，蒸粽子要用糯米，那里的生产条件不允许种稻米，既然不产稻米，凭什么跟人凑热闹呢？发信息问一来自榆林的老同学："你们老家端午节吃什么？我是说你小时候哈。"

"粽子。"

一棍子把我打懵了——这是咋回事？跟我推断的完全不一样啊！

"用糯米做的？"不甘心地追问。

"糜子。"

"哈哈，这就对了。"一阵窃喜。

糜子，去壳后就是俗称的软黄米，黏性好，适合做粽子。多数南方人没见过糜子，不明白是啥东西，其实就是黍，稷的一种，江山社稷之"稷"，"黍，稷之黏者"，反过来又能说"黍之不黏者为稷"。黍和稷，是中国古代五谷中的两种，出现得很早，《诗经》中就有"彼黍离离，彼稷之苗。行迈靡靡，中心摇摇"，后面一句大家可能更熟悉，"知我者谓我心忧，不知我者谓我何求"。

五谷的种类随着时代变化而不同。气候的变迁，生产技术的发展，国家民族间的交融和作物的迁徙，人类不断为自己找到有着更好口感、更高产量、更容易收获的食物，加之文化主导性的改变，以前在饮食或者文化中极重要的食物可能就慢慢失宠，让位给后来居上者。黍和稷也不例外。

在商代，黍是最重要的食物之一；到了周朝，后世谓为五谷之神的后稷出现，稷成为主食；大概到了汉代，冬小麦出现；北宋时南方普遍种植水稻。自此以后，小麦和水稻成为中国人最重要的主食，并且逐渐形成北方面食（粉食）、南方稻米（粒食）的饮食习惯。

黍米，因为有黏性，适合做粽子，但并不是黍一出来，老祖宗就聪明到把它做成粽子吃。记载中粽子最早出现在汉代，明张岱的《夜航船》记"汝颍作粽"，汝颍是汉人，之前是否有粽子，不清楚。用黏黍做出来的叫"粽"或者"角黍"。

由此看来，最早的粽子是用黍做的，后来稻米出现，食材开始变成了糯米。不过在北方的一些地区，因为地理气候因素，无法种水稻，每年还产黍，并且保持着用黍（软黄米）做粽子的传统。山西作家王祥夫写道："每年端午，我母亲除了江米粽子还要包几个黄米的，母亲说黄米包的粽子粮食味更浓，江米粽子和黄米粽子两相对比，可不是黄米包的粽子味道更浓一些。"

再说包子。

包子从一出生应该就是用面粉做的。小麦从西域传过来，很早以前就有种植，但产量很少，一是小麦的种植期可能与黍稷有冲突，再加之最初的食用不得法，不去皮直接蒸熟了吃，称为"麦饭"，难以入口，当官的吃麦饭，被视为清廉。到汉代，冬小麦种植成功，可以利用冬春土地的空闲期，而不与粟稻抢地盘。汉武帝时，董仲舒建议在关中地区广泛种植冬小麦，西汉时期两个著名的农学家赵过和氾胜之都曾在关中地区教人种麦。石磨的出现，可以将小麦去皮，做出来的食物味道比麦饭要好一些了，然后又一不小心发现再磨细一些，碾成面粉，制作成面食，味道就不摆了。束皙专门做了篇《饼赋》，他是西晋人，至迟到那时候面食做的饼已经很流行了。食物的受欢迎又反过来推动对食材更大的需求，冬小麦的种植得到大力发展，从此以后奠定了小麦在中国粮食类位居老二、北方老大的地位。

包子的创造者据说是诸葛亮，那时候叫馒头（有说馒头的称谓来源于瞒头、蛮头）。《三国演义》第九十一回："却说孔明班师回国，孟获率引大小洞主酋长及诸部落，罗拜相送。前军至泸水，时值九月秋天，忽然阴云布合，狂风骤起；兵不能渡，回报孔明。孔明遂问孟获，获曰：'此水原有猖神作祸，往来者必须祭之。'孔明曰：'用何物祭享？'获曰：'旧时国中因猖神作祸，用七七四十九颗人头并黑牛白羊祭之，自然风恬浪静，更兼连年丰稔。'……孔明曰：'本为人死而成怨鬼，岂可又杀生人耶？吾自有主意。'唤行厨宰杀牛马；和面为剂，塑成人头，内以牛羊等肉代之，名曰馒头。"（朱伟在《考吃》中说此段出自《三国志》，其实《三国志》中根本无孟获出现。不知朱伟是不是故意卖个破绽，让抄袭者以讹传讹？）。唐赵璘《因话录》里说"馒头本是蜀馔，世传以为诸葛亮征南时以肉面像人头而为之"。如此看来，在诸葛亮之前四川地区就有馒头吃了，并且是有肉馅的，现在通称为包子的那种。至于馒头和包子的叫法区别，至今有些地区刚好相反，此文不展开。

看来包子在四川地区从三国时候就流行起来了，假借孔明先生而传扬开去。

接下来让我们看看节日食物出现的原因。

刚刚过去的一个季节，风调雨顺，人勤地生金，收获不错，播撒好下一季的农作物后就有些空闲时间了，人们自然要庆祝一番，享受一下，还要感恩一通。夏收、秋收自然是两个重要的节日，最初人们是在夏至祭祀，《周礼·春官》中有记载。于普通百姓而言，夏至前的两个节气——小满和芒种，从其字面意思中就可以感受到收获的愉悦。"黍者，暑也，待暑而生，暑后乃成也"，夏至到了，黍也熟了，收割下来，尝尝鲜，并用它来作祭品，周代肯定只能用黍米，后来才出现粽子，也即"角黍"。面食出现后，也用饼来作祭品。缪袭《祭仪》曰："夏祀以蒸饼。"卢谌《祭法》曰："四时祀用曼头、餲饼、体牢。凡夏祀别用乳饼。冬祀用白环饼。"（荀氏《四时列馔注》曰：夏祠以薄液代曼头）。徐畅《祭记》曰："旧五月麦熟，荐新麦，作起溲白饼。"蒸饼即馒头。因此，夏至日尝鲜并祭祀，有用黍（粽子），也有用馒头（带馅的）。

端午节出现时是不带祭祀功能的。端，始也，端五，即五月第一个初五，农历五月也即"午月"，故也称端午。五月初五，是为天中节，是因为午日太阳行至中天，达到最高点，午时尤然。是日阳气正甚，百毒也趁势活跃起来，因此端午节要辟邪，要驱毒，端午的习俗最初并不以饮食为重，而是喝雄黄酒，浴艾草汤，挂菖蒲陈艾。

后来，端午节被赋予了更多人文的意义，纪念屈原是其中最流行的说法，而夏至祭祀之实用性慢慢淡化，于是日常生活中，端午节逐渐代替了夏至节。饮食作为节日重要的一环，变得越来越重要。

以上一番小心的求证后，让我做一个大胆的假设，说说为什么我老家在端午节吃包子。

节日食物的选择，不离两个初始理由——尝鲜并祭祀，前面已叙述。当地时令的食物出现在节日餐桌，是自然不过的事情。小时候，秋天新谷收获的第一顿白米饭蒸出来，我的祖母必盛一大碗，插一双筷子，放在院子正中，想必是祭祀一番。我没看到她用包子做这事，或许我老家还是以稻米为重。家乡稻麦兼有，并且该什么节日到来就出产什么。考证一番，发现很多地方没这个福分，比如屈原的故乡湖南，曾经尝试种小麦，但是成熟期多阴雨，赤霉病发生严重，于是只有放弃栽种。

"立夏十天遍山黄，小满十天遍山光"，老家的谚语。小满后，小麦开始收割，晒干，磨成面粉，是赶得上端午节吃的，要是动作慢了，布谷鸟就会不停地催你，"快割快割，擀面烧馍……"家乡是山区，从山下到山上，农作物的成熟期大致有十天半月的差别，而且端午节是依农历（月历），同农事相合，不像二十四节气是按照太阳运行周期来确定的。如果一年中受闰月影响，端午节同小满、芒种的时间差就很大，端午节来得特别早，有可能赶不上吃新麦，咋办？这在我家乡根本就不算个事，五月初五小端阳，五月十五大端阳（还有说二十五也是端阳节），前一个赶不上，后一个总没问题，或者，两个日子都过节,自己给自己过节,天皇老子也不能发杂音,也才会有"宁过端阳不过年,过了端阳慢慢闲"的说法。2015年的端午节来得特别晚,新闻里看到河南的小麦已经收割,当地过节应该能吃到新面馍馍吧?

前面提到的作家王祥夫在另一篇文章中又写道:"在北方,中秋这一天讲究的是吃当年的黍子糕,把地里的新黍剪一些穗头回来,晾干了,磨成面。新黍做的糕真是十分香甜,香是新黍的香,甜是新黍的甜。"这感觉就跟我们老家中秋节吃糍粑一样,因为当年的新糯米熟了。

"不时不食"也即是说:合适的季节吃合"时"的食物。

满山的麦子黄了,人们同麦穗一样埋下头去,将果实收获,在院坝里晒干,磨成面粉,发面、剁馅、包包子,上竹笼床蒸熟。刚出笼的包子端上来,肉馅的香气中,裹着新麦子的味道,那是这个季节里土地、水、阳光和风混合的味道。

包 子

"唉，又是吃包子。"女儿看着桌上的饭菜叹气。

端午节蒸了一筲箕包子，这天接着吃。

每年端午节前一天，家中领导会问："今年还要包包子？"

"当然要。传统嘛！"我回答。

"包什么馅的？"

"当然是传统的嘛！"

"啥叫传统的馅？是哪里的传统？只有你们那地方包豆腐包子。"怼上了。

确实是我们老家小地方的"传统"，无话可说。从前还做米包子，米煮半熟，滤干，拌上猪油、葱、姜和盐，包成包子。现在已经没人包米包子了。

我指着盘子里的包子对女儿说："今年我们没有拘泥于传统哈，你看还包了豆沙包和香菇包子，可以换着口味吃。"

好像仍提不起她对包子的兴趣。

于是跟她讲讲从前我对于包子的渴望："我们小时候，吃一次包子不容易。"

"又讲你小时候，都什么年代了？"

"在家里，基本上一年中只有端午节才蒸一次包子。"爱不爱听由你，我继续讲。

"不会在饭店里买来吃吗？"

"饭店里当然有卖的，不过只有赶场天才卖，还有就是端午节，因为这天他们自己也要做来吃。印象中我从来没有在街上饭店买过包子。我们那个地方很小，没得什么外来人，又穷，哪个有事没事会下馆子？饭店基本上只卖稀饭、包子、馍馍和面条，到饭馆吃饭的，都是赶场天从外地来做生意的或者上午没办完事情的。记得有一次，开饭店的秦婆婆到处找人借猪肉，说是来了一伙人要吃炒菜，可她店里没得新鲜猪肉。"

"她不晓得赶场天多买点，冷冻一些啊？"

"那时候哪个有冰箱，只有城里才开始出现。因此开饭店很辛苦，早上三点钟就要起来，点豆腐、和面、包包子、蒸馍馍，是不是像天方夜谭？为啥不去买块豆腐？你想想，小镇上开个豆腐店有几个人买？网上有个段子，饭店老板跟客人说：放心吃，菜是自己地里种的，猪是自己家养的。客人说：钱放心用，我自己画的。那个年代的饭店才真正的是啥都自己动手。说起吃包子，我想起一件事。有一年热天，赶场天下午，在上街开饭店的苏孃到家里对你爷爷婆婆说，今天赶场的人少，包子没卖完，要不要买一点回来吃？平常五分钱一个，只要三分钱一个了。"

"不是只便宜了两分钱？"

"莫小看两分钱，有句俗话：一分钱难倒英雄汉。苏孃一路走一路跟人打招呼说这事。我和你二爸、孃孃馋得很，有时候路过饭店，闻到里面的包子好香。不过，你爷爷婆婆没动静，我们好失望。后来，你爷爷对婆婆说：去买一些回来嘛！我们一直看到你婆婆没什么反应，爷爷说了好几次，婆婆才往苏孃店里走去。我想，今晚上可以吃包子了。"

"包子好吃不好吃？"

"结果，一会儿你婆婆空手回来了，说已经没得包子了。哎，我们几乎是有些伤心了，不过爷爷是有点不高兴。"

"为啥？"

"你婆婆说，饭店的包子里面有啥好吃？里面的馅子一点点，多厚的面皮。要想吃，下一场买斤肉，我们各人在家包。"

"那不是更好，可以吃个够。"

"你爷爷说，不是想吃几个包子，街坊邻居的，平时人家帮了我们忙，有机会也该帮帮人家。"

清汤素面

一碗不加臊子（浇头）的面条，谓之素面。

一碗不见任何调料颜色的素面，谓之清汤素面。

一席盛宴行将结束，胃肠被酒菜填充得满满当当的，可总觉得还差点点啥东西吃下去，这一顿才算心满意足。那一定是一碗清汤素面，数得清楚的几根面条潜伏在清澈见底的高汤下，面上点缀着两三片青菜叶子，极尽简单平常。如生活一般，繁华绚丽之后，终究要归于平淡，而我们记忆最深的，多是那繁华之后的平静，尽管这对于繁华并不公平。

面条、清汤、青菜，构成一碗素面最基本也是最简单的材料，可愈是简单的事物，却愈是体验功力，有人认为川菜中最考验厨师水平的一道菜，应该是"开水白菜"。还记得小时候老师教书法课说，"把一个'之'字写好了，你的字就不会差到哪里去"，同样，能把一碗清汤素面做好的厨师，想必厨艺也不会差到哪里去。

而至今能让我记忆尤深的清汤素面，还真不多见。当然，这也不能全怪罪厨师，经常是酒宴快结束时，客人才会想起来一碗清汤面。但这时候饭店也快打烊了，当天准备的高汤用完了，就只有掺些开水，多加些鸡精味精凑合着；切面没有了，下半把挂面也可以；青菜叶子嘛，厨房里剩的有啥就用啥好了；更重要的是，厨师们劳累一天了，都盼着早点下班休息呢，少有人这时还有好心情，慢工细活来做一碗面，厨师的态度决定着食物的味道。你将就着吃吧！

一个吃过几碗粗茶淡饭的人，来谈论专业厨师的技艺，可谓贻笑大方，然而，很早以前就有人教过我，要是遇到这种质疑如何来应对——"能以十倍于真之事，谱而为法，未有不入闲情三昧者"。我能做的便是想象出一碗比真实美妙十倍的清汤素面。至于你要问我写这些东西之出处，李笠翁代我回答了："凡读是书之人，欲考所学之从来，则请以楚国阳台之事对"。

让我们来想象：如何做一碗好吃的清汤素面？

先从简单中的更简单说起——青菜。在一碗清汤面里，是有必要放几片青菜叶的，可它只能是配角，绝不能盖过面条的地位，搞成喧宾夺主，因此，数量少是关键，一小碗里有个两三片，至多三四片为宜。至于用什么青菜，根据季节变换而选用不同，有人夏季喜欢放空心菜，冬季则为豌豆尖儿，还有放小白菜、菜心之类的，总不会出错。用青菜的一个关键字是：青。白面条，清汤，皆素色，用点青色是为颜色上的点睛之色，因而清汤面里放大白菜、莲花白之类的，不是不好吃，是失情调了。

接下来就有点难决策了，到底面条和清汤哪个是主角？抑或二者皆是？

历史上，一个有情趣的闲客认为吃面不是喝汤，因此擀面条应该"调和诸物尽归于面，面具五味，而汤独清。如此方是食面，非饮汤也"，于是他在家中自制出了"五香面"和"八珍面"。"五香者何？酱也，醋也，椒末也，芝麻屑也，焯笋或煮蕈煮虾之鲜汁也。先以椒末，芝麻屑二物拌入面中，后以酱醋及鲜汁三物和为一处，即充拌面之水，勿再用水。""八珍面"放的原料就更多几样，如鸡鱼虾等。李渔把各种调料预先拌匀在面条里，想必是极有味的。不过做这道工序是需要大耐心的，这么麻烦的事情，现在是少有人愿意去做了，然而擀面时加些鸡蛋却是常见，出来的面条口感也不错。窃以为，做清汤面的面条最重要的应该是"拌宜极匀，擀宜极薄，切宜极细"，用那种粗而圆的棍棍面条来做清汤面，就好比粗壮结实的女人穿上素雅飘逸的连衣裙一般。

袁枚认为"大概作面总以汤多为佳，在碗中望不见面为妙"，清汤面更应如是。面条本身除了些许麦香味外就没啥味道，又不加酱醋，更没有麻辣，这一碗清汤自然极其重要了。"戏子的腔，厨子的汤"，好厨师一定是熬得一锅好汤，老母鸡、棒子骨、排骨、火腿等，舍得用好的原材料，猛火烧开，文火熬煮，用猪肉蓉、鸡肉蓉扫汤，撇去浮沫，几个小时工夫方得一锅看似平淡无奇实则奇妙无比的好汤。当然，如果是在家里，也不需要专门为一碗面去吊一锅高汤那么费事，更不必追捧那些卖一碗面还整出个百年老汤为噱头的，有高汤当然好，没有的话，骨头汤、肉汤、鸡汤、牛肉汤也可，甚至有一次吃过一碗鲫鱼汤做的面，味道也很好。但是，一根棒子骨放进一大锅水里，靠加鸡精味精做出来的汤，还是免了吧。

一筷子薄且细的面条，一勺熬出味道的肉汤，三四片青菜，就成一碗清汤素面了，放不放葱花各人自便，真的就这么简单。

敢以一碗清汤素面待客的厨师，是需要极大的勇气的，正如敢素面朝天的虢国夫人一样。宋乐史《杨太真外传》载，"皆月给钱十万，为脂粉之资。然虢国不施脂粉，自炫美艳，常素面朝天"，或许，虢国夫人深悟"素以为绚兮"。

而需要更大勇气的，是懂得欣赏一碗清汤素面的食客，在这个"五色令人目盲，五音令人耳聋，五味令人口爽"的时代。

麻辣素面

一碗不以各种臊子取胜的麻辣素面，如何才能调和出好味道？这是个难题，俗话"众口难调"，不过孟子又说，"口之于味，有同嗜焉"。我们今天就用科学分析方法——鱼骨图，来扒一扒怎样做一碗有味道的面。

第一步，头脑风暴+理性分析，列出影响一碗面条味道的主要因素，以鱼骨图表示如下：

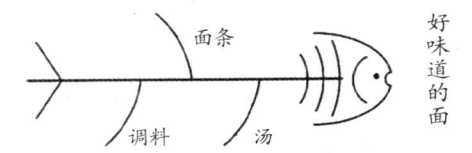

为了能快捷地进入事物核心，本次分析不考虑面条和汤对于味道的影响，这两方面的论述可参看拙文——《清汤素面》。

第二步，深入探讨调味料，其要因有以下三个方面，画出影响调

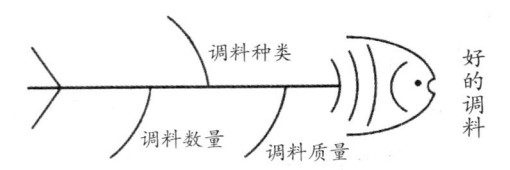

味料的大鱼骨：

第三步，再进一步细化中小要素，列出所有要用到的调味料材料

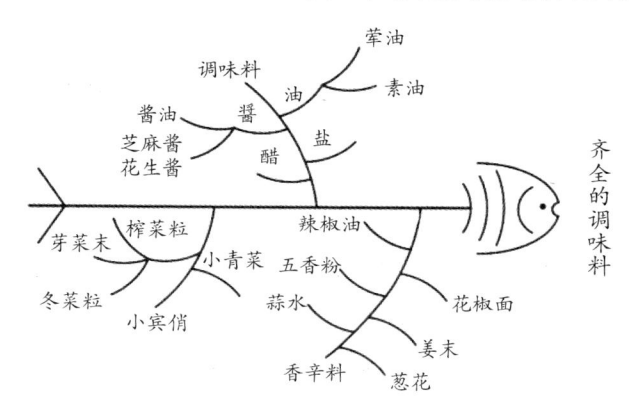

鱼骨图：

第四步，根据列出的小要因，分析哪些可能出问题，出问题的小要因中，哪些是可控的（controllable），哪些是不能控制的（uncontrollable），解决问题中的可控因子。

首先，对照一下是否备齐以上调料。调料的种类是可控因子，"互联网+"时代，花钱就可以搞定以上所有原材料。

接着，来探讨调料的质量，由于文字阐述较多，不宜用图形表示，分门别类分析如下：

A）调味料

一）油

为什么开口就是"油盐酱醋"，把油排在第一位？而五味"甘、酸、苦、辛、咸"中并没有"油"味？大概是因为无论炒菜还是做面，必得先用油的缘故吧！早在周代，煮肉、烧烤、炸食物，都是用

脂膏（也就是动物油，"戴角曰脂，无角曰膏"，"脂者，牛羊属；膏者，豕属"。牛油羊油称脂，猪油称膏），油制食物很香的基因从那时就埋进了我们的身体。油有味道吗？好像没有，要说有的话，那就是香味，满足嗅觉的味道。

面条里放的油分荤油和素油。

1）荤油

吃面自然要放猪油。没有猪油的面，香吗？不放猪油的主，可以不用再往下读了。

熬制猪油，一般是用猪板油，也有说网状的边油更香。四川清蒸鱼，讲究一点的厨师会在鱼身上包一层猪网油，借助蒸汽将油脂渗透进鱼肉里。

放了猪油的面，真香！

2）素油

就是通常说的香油，也就是芝麻油。既然叫香油，是取其味之香。多花点钱，买瓶纯芝麻油，算下来还是比芝麻调和油划算，更重要的是味正。

猪油+香油，混合了动物油脂和植物油脂的香味，很好的搭配。

二）盐

咸味是所有味道的根本。这个你懂的！

《尚书》："若作和羹，尔惟盐梅。"五味之中，咸为首，盐在调味品中当之无愧的排在第一位。

四川当然用自贡井盐。

局内人常常体会不到熟悉事物的好处，外人却能道出。汪曾祺说："只有四川人腌咸菜还坚持用自贡产的井盐。"赵珩得意于自己的发现："川菜的要点不在于花椒、辣椒，而在于盐。……川菜一定要用井盐，也就是自贡盐。……用井盐才能使主材与配菜激发出特色，如用海盐，则一点味道也没有。"

三）酱

1）酱油

现代营销学让一大帮管理人员用滥了，市场细分到你不知道该选用什么样的酱油来调和面条。

无论"生抽""老抽"，酿制时间越长越好。清《调鼎集》中"造酱油论"说："做酱油越陈越好，有留至十年者，极佳。"

选一瓶酿制时间相对久一点的酱油，或许味道更好。瓶签上都有标注。

2）芝麻酱、花生酱

这两种酱一来可以带给我们更富有变化的口感，同时，它们还可以起到巴味的作用，试试一筷子芝麻酱在舌尖上的感觉。

花生酱或芝麻酱，加点温开水调和后才好用。

四）醋

酸作为五味之一，缺不得也。"若作和羹，尔惟盐梅"，早先没有醋，先人就用梅浆调酸味。"吃醋"不该是女人的特权，男人也可以来点。

天下名醋不少，老陈醋胜在够酸，按酸度值计，难出其右，不过醇香和酯香味就被压出一头；镇江香醋连江南人袁枚都认为一般般，"镇江醋颜色虽佳，味不甚酸，失醋之本旨矣"；而阆中保宁醋的酸度和香味平衡得很好，一如其所在城市之风水，得阴阳平衡之妙。

B）香辛料

我把辣椒、花椒归味到这一项，只是便于分类，无他意。"辛"本为五味之一，而"辛"味的获得并不是单一的渠道，因此单独列出一大类。"辛"味是会刺激嗅觉的，"辣"味呢？好像不会，是一种"痛觉"。

一）辣椒油（红油）

"辛"常与"辣"组合在一起出现。但辣椒出现得较晚，并且是从国外传入，因此四川也叫辣椒为"海椒"。海椒面用高温的菜籽油炼制出来就是辣椒油，也叫"红油"。

前面提到的几种调料，基本上是买现成的工业品，猪油的熬制也没多少发挥余地，而辣椒油可以说是一碗面条好吃与否的关键了，要色香味俱全，颜色要红亮，混合着辣椒和菜油的香味要正，辣度要适中。你也可以剑走偏锋，遇到过一家叫"煳辣壳面馆"的，它的特色就是炕煳了的辣椒面做红油。关于辣椒油需要专门写一篇来谈，此处不展开。

隔夜的辣椒油更香。面条里不宜只放红油，还是要混合一些熟油辣椒面。

二）花椒面

现在，辣椒天下人都吃，而花椒十之八九的外地人不习惯，因此，一碗四川面条没了花椒叫什么？

当然得用川椒，无论是西路的茂汶花椒还是南路的汉源花椒，都好。汪曾祺曾言："川花椒，即名为'大红袍'者确实很香，非山西、河北花椒所可及。"青花椒呢？个性太强，不宜放面里。

用花椒油还是花椒面？我认为花椒面要巴适点。

三）五香粉

主要原料是几种带香味的中药材，不可多放，多了就有一股药味了。

四）姜末

生姜味辛，也就是带辣味。所谓蒜辣口，辣椒辣胃，姜辣的是心，同样的辣，不同的食材，味觉感受却不一样，因此缺一不可。

全国不少地方都出好姜，用四川本地姜就可以了。《吕氏春秋·本味篇》说"和之美者，阳朴之姜……"，东汉高诱注释：阳朴，地名，在蜀郡。

用老姜，去皮，切细成末。

五）蒜水

吃面放蒜，山东人肯定赞同，当然四川也要放的，只不过不是整个嚼着吃，用擂钵舂蓉，据说蒜泥跟空气接触十来分钟，营养更好，加少许水进去稀释一下为佳，因为蒜有点黏性。

用独蒜还是瓣瓣蒜？我认为味道差不多。

六）葱花

把葱放在这么后面，是因为它很重要。

《清异录》中说："葱，和美众味，若药剂必用甘草也。"前面用的那么多种调料和味道，得靠葱来调和增鲜，使各味融合香美。又

《礼记·内则》记："脂用葱，膏用韭。"葱还可以解油腻，我们前面放了猪油和香油的嘛！

当然得用小香葱，葱白和葱叶混在一起未尝不可。

葱花最后放面上，生葱熟蒜。

C）小宾俏

也叫俏头，一碗面里多它不多，少它不少，但是有了它，就好比一出平铺直叙的戏文中穿插一段逗人喜爱的身段或者道白，平添了一些活泼。

一）榨菜粒/芽菜末/冬菜粒

这三样中选一样放就可以，一碗面里三种都放的厨子当然不是好厨子。

为什么写三样出来？因为它们是四川（或许该叫川渝）不同地域的代表。涪陵榨菜、宜宾芽菜和南充嫩尖冬菜分别是川东、川南和川北人民喜欢的食材，只不过这几年南充冬菜越来越难见到了。

哪个最好吃？看个人喜爱了，你要是跑到宜宾人面前说吃面还是放涪陵榨菜安逸，这不是找不自在吗？

二）小青菜

这个就不多说了，青色为佳，宜少不宜多。

似乎还漏了一样东西——味精，我不知道该把它归在哪一类，干脆就不要它了。

然后，我们来看看各种调味料数量对于味道的影响。

这个问题比较复杂，需要考虑的因素包括——调料之间的平衡，不同批次调料的口感变化，个人对于味道的偏好，不同季节口味的改变等。另外，还要从市场营销的角度，考虑是否应该提供差异化的味道以加深用户的体验。台湾逯耀东在《也论牛肉面》中写道，"我去了几次终于吃了一碗，汤里似稍加一点芝麻酱，比较香稠，的确与众不同"，这就是差异化。

利用大数据，建一个数学模型，会方便味道配方。原始数据的采集嘛，按照一个人平均两天吃一顿面，一年差不多是182碗，用五年的时间记录，找100个实验者……

"要捞面了，赶紧来放调料。"领导在厨房里叫道。

"嗯，你随便放就是了，麻烦！"

豆浆、豆花与稀饭

有一年夏天，几个朋友来家里喝茶摆龙门阵，天热胃口不好，更不愿意出门让太阳罩着晒，于是熬了一锅稀饭，蒸了几笼包子，来点泡菜应付一顿。

稀饭端上来，一个朋友一看，懵了："这是啥稀饭？"

"豆浆稀饭啊！有什么问题吗？"主人家也懵了。

"豆浆能煮稀饭？"

"……？！"

豆浆当然是可以煮稀饭的！我们小时候经常吃。

头天晚上临睡觉前，母亲从房梁上的口袋里抓出两把黄豆用水泡上，乡下这样放粮食是为了防耗子。第二天天不亮，母亲就把石磨打扫得干干净净，开始推豆浆。那时候乡下家家都有一个手磨子，用来推些豆浆、辣椒面、嫩苞谷，等等。豆浆要磨得细腻才好吃，磨子不能推得太快，每一次的黄豆不能加得太多。"打铁、撑船、磨豆腐"，是三件辛苦活路，看那不紧不慢地推磨子磨豆腐，是在磨人呢！

煮豆浆稀饭离不得人，印象中母亲把豆浆倒进锅里，灶火烧燃，接下来就是我和弟弟接手了，一个人看火，一个人守着锅里。刚开始冷锅冷灶，一大锅豆浆半天都煮不开，于是使劲加柴加炭，把火烧得旺旺的。守在灶台前左等右等一直没煮开,等得失去耐心了,可是刚一转身,就听到"噗噗噗"的响声。

"糟了,豆浆扑出来了。"

"赶快把锅盖揭开!"

"快快快,把火弄小,越小越好!"

"你赶快用勺子舀起来往底下淋嘛!"

"咋个火还那么大,喊你把灶膛里的柴抽完得嘛!"

"你动作太慢了,这边又扑出来了,赶快舀!"

"下次你来舀嘛,火烧那么大……"

"那你来烧火,看你咋个弄小,火都快熄掉了……"

豆浆扑出来,洒满一灶台,两个人你埋怨我,我埋怨你,下一次换个角色,还是一样扑出来,还是一样互相抱怨。尽管这样,那时候在这件事上通常不会挨大人的打骂。为啥?老家有句俗话"屎胀、娃儿哭、豆浆扑",说的都是急事。第一件事你懂的,第二件当妈妈的懂的,这第三样只有煮过豆浆稀饭的才能懂的。如果一个小媳妇清早起来煮豆浆稀饭,肚子里屎尿胀慌了憋不住,背上的奶娃儿饿慌了哭个不停,锅里的豆浆又扑出来了,那一刻会不会有崩溃的感觉?当然不会,生活中比这恼火的多的是,那年头能煮上一顿豆浆稀饭,是很奢侈的,得有多高兴,因此她得先解决豆浆扑出来的问题。

比豆浆稀饭麻烦一点的是煮豆花稀饭。推好的豆浆要滤掉豆渣,不然点不成豆花。锅上放一个木架子,上面放一面生丝细筛子,把豆浆倒进去,细细的豆浆流到锅里,豆渣留在上面,然后一次一次往筛子里投水,搅动,把豆渣中残留的豆浆冲下去。仍然是把豆浆烧开,抽掉灶膛里的火,留一点点火苗,把准备好的酸菜水,顺着锅边一小瓢一小瓢地注进去,锅里的豆浆开始起团,凝聚成一大团或者一小团，四处漂荡。锅里的豆浆变成豆花后，水也变清了。把豆花舀起来，掺米，等稀饭熬好了，再把豆花掺进去，退柴火，一锅豆花稀饭就成了。

有的人家喜欢搭点酸菜，就成了酸菜豆浆（豆花）稀饭。也有的时候，搭半碗扯挂面切下来的头子，豆浆稀饭里就有了咸味。

刷几锅炮面子，或者煎一盘肉煎饼，从泡菜坛子里捞几根泡豇豆、泡辣椒，如果屋后菜园子里的黄瓜可以吃了，摘两根下来，拍断，加点辣子油、醋、蒜水等调料拌一拌，陪伴一碗豆浆稀饭或者豆花稀饭，夏天，就这么简单的一餐，把酷暑和辛劳抛得远远的。

老家人有多么喜欢豆花稀饭？从前小县城小到只有一条主街，却用半条街来卖稀饭，每家都有供应豆花稀饭。我曾经写过一篇《酸水豆腐》，有老乡在博客上留言："我那时候从外地回家，一下车就是去状元桥吃两碗豆花稀饭，感觉就是回到家了。"多年前县城曾经流传一个笑话："有个人拿着个空碗进了稀饭店：'老板，豆花稀饭多少钱一碗？''一角钱一碗。''泡菜呢？''泡菜不要钱。''那就来碗泡菜。'"是豆花稀饭不好吃？还是笑话不够冷？

用石磨推豆浆还是比较麻烦的，后来市场上有黄豆粉销售，倒一些加水搅匀，稀饭煮开，把加了水的黄豆粉搅进去，就可以煮成豆浆稀饭。再后来，豆浆机流行，煮豆浆方便了。更方便就是直接到豆腐店买磨好的豆浆。我有个同学，几年前转行在青岛做起豆腐生意，据说用的国外技术，完全没有豆渣，更有意思的是做好的豆腐打碎后加水又变成了豆浆，他送过我一箱，口感很不错。

生活越来越方便，可是父母几年前搬进城里住时，却专门找人打了一副小石磨，还说什么"现在没人做石匠了，打个磨子都找不到人，这还是找的李石匠，看在认识多年的分上，才给打了一副"。石磨安在阳台上，说拿来推豆浆，煮豆花稀饭。

有一次回老家，父母把外婆接过来耍，我陪着外婆摆龙门阵，看着阳台上孤零零的石磨，也许好久没有被人推过了，我想起小时候推豆浆、点豆花和煮豆浆稀饭的情景，一阵失落感涌上来，对外婆说："以前煮个豆浆稀饭好麻烦，现在这么方便，可是却感觉煮出来不是小时候的那个味道，总也回不到从前的时光。表面上看起来，我们这一代人是有了机会，不用再过你们那种'脸朝黄土背朝天'的劳累生活，但从另一个角度看，我们却是背井离乡，离开生养多年的乡土，还要从'乡土社会'挤进'规则社会'，种种的不适应让我时常回忆起那些远去的乡愁。"

我的话音越来越轻，不晓得耳背的她是否听清，外婆轻言细语地说："……他们顺着云丰、五里、六槐过来。伏公铺街上有三十多家歇店的，天擦黑，开始喊客，挑儿客、背包老陕（陕西人）些该歇脚了，做木耳生意的耳子客，做海椒、花椒生意的椒子客，贩盐的、挑醋的，还有贩烟土的，从松潘、茂县过来，把背夹子、鞋底掏空装鸦片，一两鸦片值一担二斗米。多的时候一晚上歇五十多个客人，住店也管饭，等他们住下来才开始烧洗脸水、蒸米饭、擀面、点豆花、压豆腐。一碗蒸饭、一碗豆花或者豆腐，加上歇一晚上号，一共九分钱。一直要忙到深夜……"

当年，从保宁府（阆中）到利州（广元）设有四驿九铺，民间流传一句顺口溜"四驿九铺一座楼，两个里子在里头"，在苍溪境内有槐树驿、施店驿，九铺有：伏公、上白鹤、下白鹤、天池、永宁、清水等，一座楼是云峰镇的烟烽楼，两个里子是上五里子（五龙镇）、下五里子（五里乡）。伏公铺管着伏公、白鹤、柏垭、回水、槐树五个场，豆蔻年华的秦家大小姐嫁给了伏公铺乡长的陶家大儿子，老一辈人还记得展过的言子,其中一句是"伏公的'陶子'摘不得",外婆说婚礼的宴席摆了三百桌。可是,几年以后一切都变了。

我以为只有我们这一代人在寻找即将失去的乡愁,其实,每一代人都面临着既有观念和生活的崩溃和重塑。

菜瓜子

不知何时,菜园子东南角冒出来几苗瓜秧子。

春分过后,夜里悄无声息地下起了雨,天不亮雨就停了,路上起了"硬头滑"。老蔡小心翼翼地踩着长一截短一截的青石板来到菜园子,一夜之间瓜秧子蹿出好长,生出五六片大大小小的叶子。

这是几苗菜瓜子。

惊蛰前后,老蔡在屋前的菜园子里点了几窝黄瓜、丝瓜,俗话说"惊蛰种瓜,车装船拉"。园子里的菜瓜子是柳(音)生的,这东西不娇贵,头一年吃菜瓜子,挖出的瓜瓤随手丢在园子里,第二年到时间自己会发出来。更有一种不能细想的说法——吃不完的菜瓜子剁了喂猪,瓜籽不消化,随猪粪掉进茅坑,大粪挑去灌菜园子,菜瓜子籽随着浇到了菜地,等着第二年发芽。乡下也有种来卖的,挑选个头大而匀称的菜瓜子,瓜瓤挖出来,铺在棕叶子上,晾干后收存起来,种瓜的时节,地里刨个窝,把菜瓜子籽伙着农家肥埋下去。

"还是一场雨后长得快!"老蔡边走边想。前一段时间一直没下雨,老蔡每天下午给瓜秧子浇水,一天看它们三遍几乎没怎么长。

不下雨的早上,老蔡会围着菜园子转一大圈。清明过后,有一窝菜瓜子开出了黄色的小花,第二天,又有一窝开花了。那些黄色花朵伏在绿色的叶子下,贴着地面,一阵风吹过,掀开巴掌大的叶子,小花朵向老蔡点点头,然后又躲了起来,老蔡会停下脚步,微笑着侧过脑袋找到害羞的小花朵,回敬一个致意。

谷雨前的一天,老蔡发现菜瓜子的叶子上有一些洞洞眼眼,他蹲在地上把叶子一片片翻过来细细查看,没找到虫子。第二天他悄悄地靠近,一只黄色的小虫子从叶子上飞走了。老蔡提了一盆草木灰,离着叶子一尺多高飘飘扬扬地撒下来。

出大太阳的日子,老蔡睡过午觉起来,搬一把椅子坐在阴凉的屋檐下,远远地看着菜园子里的瓜果蔬菜。老蔡觉得阳光比雨水遥远,他不清楚菜瓜子是否和他一样的距离感,也可能是阳光的傲慢,雨水落到叶面上,又顺着叶脉和茎来到背后,而阳光永远只会照着离它最近的一面,想要背面晒到阳光,叶子得把自己卷曲起来。

菜园子不大,不过老蔡知道要是在城市里,这块地就值钱了,在那里人与土地之间的关系是以经济为基础的。土地如奥德赛的女奴一样,只是一笔被任意处置和役使的财富,一群人围着一张图片争先恐后地举起再放下手里的牌子,每举一次手财富就增加一笔。老蔡想到了一个词——土地道德。在他的菜园子里,土壤、阳光、水、植物,也包括偶尔出没的虫子,构成了土地,老蔡想俯下身子,和它们聊聊关于土地的道德,关于人和土地之间的道德。

立夏后,菜瓜子长出了大大小小的果实。

吃过晚饭,老蔡提了个小板凳,摇着蒲扇,在菜园子旁边的空地上坐着乘凉。不远处,一块块麦田缠着山腰,挥洒着深深浅浅的黄色,"立夏十天遍山黄",再过几天是小满,熟得早的麦子就该收割了。眼前的菜园子里是高高低低的绿意,架子上的黄瓜、丝瓜和豇豆,因为地心引力的作用垂下来,却又不甘心,弓着身子向天上翘;菜瓜子匍匐在地面,伸出触须试探着向远处爬,五六个菜瓜子或者更多，有些被藤蔓遮住，老蔡看不见的，有的如乒乓球大，长得快的像拳头那么大了。

老蔡静静地盯着地里的菜瓜子，下午浇过的水穿过土壤，主动送到菜瓜子埋在地下的嘴，它们喝足了水，通过茎秆输送给藤上大大小小的菜瓜子。

老蔡的眼睛穿过菜瓜子的表象，看到表皮下面的水和汁液，如涓涓细流，来来往往、上上下下地循环流动着。

一些汁液向顶端流过去，菜瓜子开始往长里长。人们把长长了的菜瓜子切成丝，洒点毛毛盐，拌一拌，等个三五分钟，挤干，也有人不挤水，说拌出来品相好看，放盐、酱油、醋、辣椒油等，揪两三根芫荽岔色，拌匀，夏天做好下稀饭。

另一些汁液向四周流去，菜瓜子就往粗里长。人们把长粗了的菜瓜子切成两瓣或者四瓣，再切成片，只需放点油、盐炒出来就可以了。有的人家会放点豆瓣炒，是为家常味。

表皮下不停流动的汁液让菜瓜子长长、长粗。人们把菜瓜子切成"板凳腿"，夏天办酒席，给"三蒸九扣"的大菜做底板。如果烧菜、炖肉，会把菜瓜子切滚刀块。

输送尽了汁液后，菜瓜子像被掏空一般，在中间留下裹着籽的瓜瓤，等待来年再发。

老蔡园子里长的都是白菜瓜子，以前种的花菜瓜子很少见了，因为没有白菜瓜子长得大，产量低。花菜瓜子是什么样的呢？从前大人常常训斥玩得汗流浃背灰头土脸的小孩："你看你花得像一个菜瓜子样。"

老蔡从来不专门种菜瓜子，也不怎么吃这个，园子里长的菜瓜子大部分送人了，原因么？因为从小他就被取了个绰号"蔡瓜子"，哪有"蔡瓜子吃菜瓜子"的？

菜瓜子

从前大人常常训斥玩得汗流浃背灰头土脸的小孩:"你看你花得像一个菜瓜子样。"

冬 瓜

"谢谢!"

我一边向服务员点头致谢,一边接过菜谱,手感厚重,印制精美,对得起餐厅的价位。我装作很随意的样子把菜谱背面朝上放下,我注意到她已经翻看到第三页。

我们是在餐厅外的大街上偶然相遇的,站在人行道上聊了一会儿。她说下午要坐火车到外地,快到午饭时间,于是邀请她吃个便餐。她说不走远了,就这家吧!她抬头指着这家餐厅。

"我们随便点两个菜就是了。"她一边翻看菜谱一边轻松地说。

"没关系,你慢慢看。"我喝了口水,笑着对她说,"我突然想起一个作家写的一篇故事。他请一位女士吃饭,这个女士先是吃掉一份鱼子酱,一条鲑鱼,喝掉半瓶香槟,一大份奶油龙须菜,一客冰激凌咖啡,最后又吃掉一个大桃子。"

"这个女的也太能吃了吧?!"她合上菜谱,略有些吃惊地问我。

"这是作家再见到那位女士时,回忆起二十年前的一顿午餐。小说的精彩总是在最后一段出现,他写道:'我终于复仇了。今天她体重三百磅。'"我一边聊天一边从最后一页开始翻菜谱,在倒数第三页我看到了要点的菜。我合上菜谱,接着说道,"大概就是一百三十六公斤。"

"这篇小说有意思,作家叫啥名字?"她笑出了声,"所以有人说,不能得罪作家,说不定哪天他就把你写进小说中去了。"

"很多年前看到的,记不起是哪个写的了。"我不会告诉她是谁,我想她也不会读过这篇"二流作家中的最前列"作家写的小说,因为我此时的处境和作家相比有过之而无不及:这家餐厅远远超出我的经济能力,从来不敢问津,听说一盘清炒藤藤菜就要花掉我三天的工资,我的钱包里只能勉强维持月底之前的开销,这一顿饭买完单,绝不是作家说的后半月不喝咖啡就能对付过去。

"确实应该少吃点肉,我最近在减肥,我们点两个蔬菜吧!"

"天热了,蔬菜不甜,你回想一下是不是打了霜以后的蔬菜吃起来带甜味?"

"那你建议该吃什么素菜?"

"夏天适合吃瓜类食物。"

"西瓜、南瓜、丝瓜、黄瓜、苦瓜、瓠子瓜……"我还没说完她就迫不及待地掰着指头数起来。

"怎么没想起冬瓜呢?"我等她停下来问她,"你不会认为冬瓜是冬天吃的吧?其实它是夏天的代表食物,取名叫冬瓜,一种说法是因为浑身长满白毛,像冬天打了霜一样;也有说它的表面有一层蜡质,可以一直保存到冬天都不会坏掉。"

"冬瓜倒也是哈,减肥食物,水分那么高,百分之九十五以上。只是吃起来莫啥子味。"

"是的,冬瓜无味,"我点点头,赞同她的看法,"无味就是淡,不是我说的,是老子说的,'淡乎其无味'。我们常常说,'咸'了还是'淡'了,'淡'是与'咸'相对的。无味也是一种味,荀子认为,'甘、苦、咸、淡、辛、酸、奇味以口异','淡'是与酸甜苦辣咸并列的一种味道。管子更是把'淡'上升为高于'五味'的,'淡也者,五味之中(宗)也',就是说'淡'是五味的标准或基础。苦瓜要用盐码一下去掉一些苦味,莴笋算没什么味的了,也要在盐水里漂过除去涩味,萝卜烧牛肉,好厨师要舀一瓢原汤先把萝卜煮一下再捞起来放在牛肉汤中煮,不然有一股生臭味,肉类要去腥膻更不用说了,先把食材的味搞'淡'才好调味。《汉书》中更是写到'大味必淡',确实说得有道理,川菜擅用麻辣,可川菜大厨最推崇的却是'开水白菜','鸡豆花','鸡蒙葵菜'……"

"想起来是有道理哈,就像画画一样,一块五颜六色的布上肯定没有白布上好画。"她若有所思地说。

"中医讲酸入肝,辛入肺,苦入心,甘入脾,咸入肾,这些很多人都晓得,后面还有一个是淡入胃,合起来才成其为——是谓五味。明明是六味,咋个说五味呢?我也不晓得,反正《素问》中这样写的。这是从人体内讲,如果从外观察一个人,最高的境界就是平淡无味,《人物志》讲,'观人察质,必先察其平淡,而后求其聪明',你看选领导,不能某一方面太突出,一旦自身某方面太强,他就喜欢用同样特点突出的下属,从而失去'众材'。"

"先生,请问是要点菜了吗?"服务员走过来问。他可能是看到我讲得手舞足蹈,以为向他招手示意。

"稍等一下,一会儿叫你。"我朝他摆摆手。

"君子之交淡如水。"她轻轻地说,"所以寺院的素菜很多是用冬瓜做的,我曾经在一家素食餐厅吃过一道仿荤的'冬瓜版甜烧白',不给你提示,你还真吃不出来是用冬瓜做的。"

"不仅国内素食,日本人的精进料理和怀石料理中多用冬瓜。日本僧人藤井宗哲说过，'浓、肥、辛、甘非真味，真味只是淡'。地域、文化不同，道理相通。"

"那么你认为冬瓜做什么菜好吃呢？"她或许是要让我回到正题，没有再继续顺着我的话接下去。

"无味使之入。袁枚认为冬瓜荤素可配，我想起用冬瓜做的一道经典菜，不过这道菜跟我老家两句歇后语有关，想不想听？"我感觉自己说得也有点口干舌燥了。

她有些夸张地点点头。

"第一个是'房背上的冬瓜——两面滚'。种冬瓜一般不搭架，因为它重啊！长到十多斤一个的算平常，有时候冬瓜秧子顺到杆杆爬到房背上，结一房背，有一年我们家一窝冬瓜，在房背上结了十多个。以前农村的瓦房，一排沟瓦，一排扑瓦，冬瓜蛋子如果结在扑瓦上，朝两边的沟瓦都有可能滚下去。"我给她比画着瓦的形状，"还有一个是一问一答，'冬瓜做得甑子不？''做得。''要垮不垮？''要垮。'农村蒸饭的甑子，见过没有？"我停下来，等她回答。

"当然见过，我还吃过甑子饭呢！"

"大冬瓜有水桶那么粗，两头一切，瓤瓤一挖，往锅里一蹲，真就可以当个甑子。"我用双手围了一个圆。

"那就点一份你说的那样菜吧！"她语气很肯定，也有可能是饿了。

"好！服务员，"我朝服务员招招手，"点菜。"

服务员应声而现，高档餐厅，服务就是不一样，哪像苍蝇馆子，喊半天没人理。

我从菜谱后面翻到倒数第二页，指着上面的图片说："来一份这个。"

"好的，金—钩—冬—瓜。"服务员大声地喊道。

"糟了，来不及了，"我一抬头，看到她急急忙忙从座位上站起来，抓起手提包，边往外跑边回头边向我挥手，"要赶脱火车了，下次我请你，还是这里。"

南瓜角角

去菜园子里摘一个南瓜，做南瓜角角。

蝉隐身在树荫里，像流水线上重复着同一个动作的机器人一样不停歇地问，乡村道路躲在被太阳光学武器碾落一层层皮肤形成的尘土下，等待雨季来临复活。

一阵风过去，苞谷林和南瓜丛赶紧在大地上喘息，像一群热得伸长舌头的野狗上下起伏的肚子。一丛南瓜藤上，黄南瓜凸起的皱纹如岁月刻满中年人的额头，青南瓜刚开始"为赋新词强说愁"，圆滚滚的南瓜蛋子躲在蒲扇般的叶子下午休，几朵南瓜花爬上旁边的苞谷秆拂着苞谷爷爷的胡子，南瓜弟兄们年龄差距颇大。人们已经习惯于每天见到南瓜诞生出某一个新的部分，然后习惯于另一部分从南瓜的生命中消失，他们理所当然地摘走已经成熟的南瓜。

摘一个豆蔻年华的青南瓜，并且必须是水南瓜。去古井边洗干净，沁凉的泉水漫过青南瓜如蜀锦轻抚乡村少女清新健康的脸庞，一双捧着水的手，是将凉意带给了身体呢还是把心里的酷热传导给了井水？他们捧着冬天冒热气的温暖和夏天透彻的凉意都来自于同一口井，从水银温度计的角度观测，一年之中井水的温度变化相差不超过两度，或许我们手指测量仪传递给大脑的是井水与环境的温差再转换出来的形容词——温暖、热和、凉快。那么南瓜的感受呢？井水中的一只青南瓜和它的兄弟黄南瓜对于夏日午后来自花岗岩层下面的凉意感受一样吗？

这些轻薄的面粉，从口袋里倒出来就飞溅如春日杨花到处沾惹，在穿过窗户的夏天阳光中，愈飞愈高愈远，是因为夏季而狂热吗？好吧，给你再多一些热度：把开水倒进面盆，一双筷子的搅动下，燥热如北京烤鸭炉子里的七月，轻盈的面粉似美女在冬天呵出的热气，煮沸的花岗岩层下的井水，让站在盆边干活的人如同刚刚经历一场暴雨，一股股山洪从人体上奔泻而下。缓和一下急剧热胀快要爆裂的肺泡，用凉快的井水再另外和一盆面。温差超过三十度的两块面团安静地坐在面板一角，一热一冷都向夏日气温缓缓靠近。

青南瓜切成的细丝，好似温润的鹅蛋黄玉石簪子两端挑染着翡翠青，凌乱地堆满半筲箕，有一些青涩面孔从黄色中直愣愣冒出来，都是些愣头青。距离筲箕上空一尺撒下盐粒，加几根切细的青辣椒去激发青春的南瓜在舌尖上跳跃，放一些菜籽油、葱花和姜末再拌一拌，然后在盆上贴一张——南瓜角角馅料。

午休后的烫面慢慢降下热度，烫面夹杂着凉水和好的面团在手和擀面杖的挤压下，舒缓地向四周铺展开去，好像一根管道破裂后原油在地表渐渐漫开，又如同电视里用延时拍摄的鲜花盛开一样，一朵、两朵……擀好的面皮在案板上绽放。

舀一勺调和了生活味道的青葱南瓜丝放在面皮中间，窝在掌心托举好，另一只手从一端开始捏面皮，大拇指和食指左边斜一下右边斜一下，两边挑起的面皮粘合在一起，一串面褶子好似河上一艘小船过后缝合起来的波浪，轻盈而美妙。

锅里的水已经烧开，蒸笼放上去，然后放一层嫩桑叶，无数次生活的蒸煮，让蒸笼竹板早已失去清香，它们常常像蜘蛛网亲热蜻蜓一

南瓜角角

一盆晾冷了的酸菜稀饭，一碟来自陶瓷坛子里浸满乳酸味道的泡豇豆，还有蒸笼上青葱岁月的南瓜角角。

样黏住在上面的食物：包子、馍馍或者南瓜角角。桑叶呢，它们也会和南瓜角像抹在嘴唇上的蜂蜜一样黏黏糊糊，但它们有本钱这样，桑叶少女般的清香裹住南瓜角角，面皮如文君家的围墙，如何能挡住《凤求凰》的乐声？青葱岁月的南瓜和豆蔻年华的桑叶惺惺相惜，水一般的聪明怎能看不透，化作蒸汽再送彼此一程。

灶膛里红色柴火跳跃如马戏台上一群小丑蹦上去又掉下来，一次次碰壁锅底仍然乐此不疲。它们的努力让锅里的开水跳跃，一部分水分子获得的内能转换成足够的斥力让它们脱离分子海洋，向天空飞去，轻松穿过简约的蒸笼竹板、年华渐逝的桑叶、静脉般隐约从面皮里显现的南瓜丝，最后遇到蒸笼盖子的无情阻挡，一次次冲击终于有蒸汽逃逸出来。拍拍蒸笼的竹盖子，"砰砰砰"响动如敲打熟透了的西瓜一般，南瓜角角熟了。

忙活完，太阳也下山了，提着自己这个大灯笼去照亮另一个地方，这里七月的某一天即将结束，院子里的光照度随着阳光余热的散去一勒克斯[1]一勒克斯慢慢下降，如同戏剧即将开幕时观众席上缓缓熄灭的灯光。晚饭在该出场时就不经意地走上了院子里的石桌子——一盆晾冷了的酸菜稀饭，一碟来自陶瓷坛子里浸满乳酸味道的泡豇豆，还有蒸笼上青葱岁月的南瓜角角。

---

1 勒克斯：（Lux，法定符号 Lx）是光照度单位。

热凉粉

有一次回老家县城办完事,浩娃子接上我们去他的农家乐耍。

院坝边上的大树底下喝过几开茶水,就说起晚饭该吃啥了。

"'耗子',都不是外人,搞撇脱点,熬一锅酸菜豆花稀饭,炕两盘子肉煎饼,再捞一碟子泡菜。"有人提议。看来真没当外人,娃儿时候的绰号都喊起了。

"我再给你们搅个凉粉吧。""耗子"想了想。

"不要搞那么麻烦。"

"不麻烦,你还以为像小时候吃个凉粉,先要泡豌豆,然后推磨子磨细,再用箩子滤过,澄清后把水倒了再搅?""耗子"说。

"还是豌豆凉粉好,这些年吃过苞谷凉粉、红苕凉粉,还有荞面凉粉。"

"还记不记得小时候吃橡子果儿搅的凉粉?涩口,不好吃。"

"你莫说,臭黄荆叶做的凉粉还好吃,绿油油的,一股子树叶的清香。坡上抓扯一背篼臭黄荆叶回来,在木桶里伙到柴灰和开水使劲搅和,把树叶子搅蓉,搅化了的汁水用箩子滤到盆子里,放一阵子就凝固成凉粉了。"

"提起川北凉粉,都认为南充做的正宗,我们也属于川北,做凉粉莫得好大区别。南充馆子里卖的是旋子凉粉,我们在家里是切成片子,小时候看到婆婆从案板上旋一块凉粉,放在手板心上一刀刀切成片子,总怯火要割到手。"

我们一边摆龙门阵一边跟着"耗子"来到他的厨房。"那边两口灶是烧柴火的,有的客人来了指定要吃柴火饭,平常我都是烧天然气,守着个元坝气田,乡下家家都安了天然气。"他从水缸里舀了两瓢水倒进锅里,点燃燃气灶,"自来水早就安好了,我还是饯了口水缸,装几担井水,你们一会儿尝尝用山泉水搅出来的凉粉是不是跟平时吃的不一样。"他又拿了个盆子,舀了两勺子豌豆粉面子倒进去,掺水下去把粉面子搅散。

"我看人家做这些都是按照一定流程的,锅里掺几瓢水,几勺粉面子加多少水,水开了粉面子搅进去多长时间关火,清清楚楚,你果然是老师傅,心里头有数哈。"我们赞赏起"耗子"来。

"咳,我以前也是那样做的,每一次做菜都一一记录下来,不停地试不停地调整,我称之为我的'理性'时代,现在不这样搞了,凭着感觉来,所以有时候做出来不错,有时候自己也感觉出来差点意思,我已进入"感性"时代,哈哈!""耗子"笑了起来。

他一边搅和盆里的粉面子,一边说:"到了这个年纪,我认为感性更难得,更难能可贵,我可以从食物的成败中感受心情。什么是'感'?书上说是——咸,合也。它不是人单向的认知,而是人与另一个与自己一而异的他人、他物之间相互的给予,我们常常把自己当作事物、食物的主宰,殊不知,食物与我们是平等的,是相互的给予,比如说川人能驾驭花椒,能忍受麻味,准确说是花椒与川人能互相感知,相互认可,川人享受花椒带来的麻味刺激,花椒从川人这里获取作为食物的成就感。"

"川人又是怎么能做到这一点的呢?"有点好奇"耗子"的

观点。

"开放心态啊！朱子说'格物致知'，格物就是对世界保持开放的姿态，通过格物而致知使人保持着对世间万物的通达关系，所以各种味道才会与川人'合异'，才会出现二十多种复合味，才有'百菜百味'，'复合'也是'合'，将各种'异'合成在一起。各种调料都不是四川独有，为什么味道是川菜独有？比如大蒜，从西域传进关中，现在北方地区很受欢迎，但是在南方呢？川菜绝不排斥，拿过来，做个'蒜泥味'，竹林小餐的'蒜泥白肉'好不好吃？还有辣椒，都知道原产南美，进入中国也是贵州苗民先尝试吃，川人拿过来，搞出'麻辣味''煳辣味''酸辣味'，还有'鱼香味''红油味''怪味'，等等。川人与大蒜，与辣椒'合''和'，相互成就。

"不仅在吃的方面，在喝的东西上，也有体现。'五粮液'的原材料有五种——大米、糯米、小麦、苞谷、高粱，酿出来的酒自带香味和甜味，当然口味各有不同，有人就喜欢喝'臭皮革味'的，但是从人与物的'合''和'来讲，世界上还有哪一种酒能做到五种粮食如此高度和谐？

"又好比最近闹得沸沸扬扬的三星堆各种猜测，什么两河、中原、良渚，其实没那么复杂，就跟川味、五粮液一样，从哪里去找起源和传承？"

"你这壳子冲得远，从饮食扯到古代文物，不过现在的川人和古代的川人根本不是一伙人，南宋结束到元初、明末清初，两次大战乱，土著四川人基本上消亡了，傅崇矩的《成都通览》说'现今之成都人，原籍皆外省也'，这样看来，川味和三星堆风格的多样性、多变性没有联系。"有人提出了质疑。

"不错，人是文化的创造者，然而，人只是文化创造中的一个角色，还有地利、天时。你看四川地形，一个围合起来的盆地，不也是一个'合'吗？四川的气候，有人认为是深入内陆的海洋性气候。任何外来者到了这里，都会被环境改变成有'四川特色'的人。三星堆的器物是不是四川人造的，你让外人去'目视'，他们不会觉得亲切，因为体会不到'合'，而蜀人是去'味'，体味，与己有'亲切感'。就像陕西人看到出土的'海碗'会心一笑，咱们家吃面的家伙什啊！"

　　闲谈中，"耗子"做的凉粉已经舀到菜盆里了，"想不想吃个热凉粉？""耗子"问大家。

　　"好！好久没吃过热凉粉了，以前县城有两家卖热凉粉的，一家是豌豆凉粉，一家做的红苕凉粉。我每次去吃，他们都要给我多铲一些锅巴，晓得我喜欢吃凉粉锅巴，热凉粉软糯，锅巴酥脆，合在一起，软糯中有酥脆。"有人回忆起往事。

　　"耗子"关掉炉火，给每人舀起一小碗热凉粉，锅巴铲起来每个碗里放一些，最后铲起来的全部赶给说喜欢吃的人，放盐、熟油辣椒、花椒面、醋和蒜水。

　　"给你们讲一个热凉粉的故事，你们来对一句下联，据说是考纪晓岚的，上联是'小老鼠偷吃热凉粉'。""耗子"一边啃着勺子上的热凉粉一边对我们说。

　　大家看着吃热凉粉的"耗子"哈哈大笑起来。

第三季 稻子熟了

拌桶响,牛下田。
草上树,田耕完。

酬　酢

　　右手边放着酒杯，左手边放着一堆书——《现代汉语词典》《周易全译》《礼记译注》《淮南子全译》……还有度娘在一旁候着。

　　"刚才这一巡酒是主人敬客人的，叫作酬。接下来该客人回敬主人了，是谓之酢。中国人讲究礼尚往来的。"

　　"原来这就是酬酢？"

　　"《词典》上说：酬酢，宾主互相敬酒，泛指应酬。严格意义上讲，请客不喝点酒，不能叫应酬，顶多叫陪吃陪玩。"

　　"我不喜欢应酬啊！"

　　"喜不喜欢是一回事，还要看你够不够格呢！《易·系辞上》写着：'显道神德行，是故可与酬酢，可与祐神也。'在古代，要掌握易经八卦，能显现出道、神、德、行的人，才有资格参与应酬，才可以助成神化之功。那时候的酬酢，都是在祭祀之后，能参与祭祀的人是一般人吗？今天的酒席上，在座的也都是主人看重的人啊！"

　　"好嘛！就算给一个高帽戴上让我舒服点，可应酬还是件很烦心的事。"

　　"那是你不会享受它，没有体会到它的乐趣和积极意义。看看《淮南子》里怎么说的：'故古之为金石管弦者，所以宣乐也……觞酌俎豆，酬酢之礼，所以效善也……此皆有充于内而成像于外。'就是说，古人制定祭祀、应酬的礼节，是用来传递相互友善、喜悦的。今天也一样，请你来喝酒，是想分享主人的喜悦和友善之情吧？更重要的是，这些喜怒哀乐，都是要发自于内心，再通过肢体言语表现出来的。应酬可不是应付，你内心的不高兴，从端酒杯的姿态上就能看出来。"

"我常常感到应酬都是身不由己啊！"

"那是你的选择。不愿意去的场合就别委屈自己，既然来了，就应该和主人、和朋友一起分享喜怒哀乐。言归正传，该你给主人回敬了吧？赶快喝酒去。"

"可别一个个都来敬我酒，心意尽到了就行。在座的各位可不要互相怠慢了哈，我只是今天聚会的一个召集人而已。"

"说得对！客人之间也应该互相敬酒的，在古代叫作旅酬。孔颖达注疏：'……於后，交错相酬，名曰旅酬，谓众相酬也。'梁启超认为，'《礼记》注释书，至今尚无出郑注、孔疏右者'。孔颖达说的正确，主人遍敬客人，客人回敬主人后，客人与客人之间就可以互相敬酒了。用已经过时的一句话，叫酒席搭台，众人唱戏。有时候，酒席的主人并不一定是最重要的角色呢，比如，他只是为某两个人要认识牵一个线而已，合适的时候他就该退到后面，让客人们多多沟通。《水浒传》第八十一回，'燕青月夜遇道君'，李师师在皇帝面前将燕青推出后，'叫燕青吹箫，伏侍圣上饮酒，少刻又拨一回阮，然后叫燕青唱曲'，只在关键时刻点拨两句，其余的你们自己喝酒聊好了。"

"我来带个头敬酒，是不是该从最年长者开始？"

"当然应该如此！《礼记·中庸》第十九章中有'旅酬下为上，所以逮贱也'。旅酬的时候，身份低者、年幼者要主动为尊长者举杯劝饮。为什么呢？这是为了让身份低者也能摊到事做。朱熹集注：'盖宗庙之中以有事为荣，故逮及贱者，使亦得以申其敬也。'你不仅应该先从年长者开始，还应该先于他们敬你酒之前先去敬酒。"

"原来让我敬酒还是为了我好，给我找点事做啊！倒也是这样，不然在席上连发言权都没有。"

"听说有一年，某大区司令向某委员敬酒。委员问：'今年贵庚？''回副主席的话，今年六十七岁了。''那你比我小五岁，一岁一杯酒，喝完后再敬我吧。'司令二话没说，连饮五杯，再举杯敬酒。"

"这不是以大压小，以老欺少吗？"

"非也非也！你来读这段《礼记·曲礼》，'侍饮于长者，酒进则起，拜受于尊所。长者辞，少者反席而饮。长者举未釂，少者不敢饮。长者赐，少者、贱者不敢辞'，这是古礼，不是倚老卖老，因为酒量会随着年龄减弱，如果你希望大家都能在酒席上共进退，年轻人该不该多喝点？"

"顺便多说两句。在旅酬这句话的前后，还有四个'序'——序昭穆，序爵，序事，序齿。前三个是在祭祀中如何排定位次，后一个是祭祀后的宴席上如何排座席。如果说今天的公务如同古时的祭祀礼仪（序昭穆），需要依照职位高低（序爵），做事情的才能（序事）来安排座位，无可厚非，可是，我们经常看到，在正事结束后的宴饮时，却无视头发的黑白、长幼（序齿）来安排席位。"

"那是某些人太自以为是了。"

"喝得差不多了吧？早就酒过三巡了。"

"你的意思是已经敬过三遍了？小朋友就要多学习，翻翻《词典》里怎么解释的，'巡：遍，用于给全座斟酒'，那是说全部人敬遍了才叫一巡。接着翻到这页，'三：表示多数或多次'，就是说，三巡并不代表实数的三遍，是要让你敬多次呢。继续喝吧！"

"好嘛！不过让我先记下你说的这些。"

墙上，有人蘸酒写下：

上述，谨记于老杨喝醉之前。

喝酒与社会层次

"打扮得好漂亮,去相亲吗?"

"去吃酒。"

"青沟子娃儿,板眼还多呢,你晓得啥子叫吃酒不?"

"才懒得理你呢,我今天有酒吃,你只有看的份。"少年人在心里嘀咕着,头扬得更高,神气十足地走过去,尽管他在席上一口酒也不喝。我们那里把宴客聚会称为办酒席,无论是缺吃少穿的年代还是物质丰富的岁月,"无酒不成席"。

在以主人和客人之间连线画成的圈子里,能被邀请去吃酒首先从心理上就产生了优越感。不说去"吃饭"而是"吃酒",表明了参加宴席不是为了果腹而有着更高的精神层面追求,一个人把宴请说成"吃饭"可能会被人当成饭桶一样看待。

在酒席开始时,不论社会地位高低,客人们都专心品尝美味佳肴,而顾不上说话或倾听别人讲话。当人们的饥饿感被满足后,头脑开始变得灵活起来,聊起天来,大家都开始在这个场合里展示自己的独特魅力。人们不可能一直不停地吃下太多的食物,如何使酒席乐趣的长度得以延长,强度得以提高,好客的主人们用了很多方法。

首先,宴席场所不再局限于室内,有时候会搬到蓝天白云下或者绿树掩映的山谷中;其次,人们用花卉、字画以及精致的饰物来装点；然后，诗歌和音乐为宴享之乐增添了新的魅力。中国最久远的"诗三百"即是酒宴上演唱的诗歌，"风"——不歌而诵，"南""雅"皆唯歌，"颂"则歌而兼舞，"四诗"便是酒宴助兴的四种不同演唱方式。而当年腓尼基国王宴请客人时，歌手菲尼乌斯给在座的人们吟唱古代武士及其英雄事迹。今天无论在城市还是乡村，酒席上少不了助兴的歌舞；在街边吃个串串，都有流浪歌手在身边弹唱。为了应付足够长时间的宴享，某些时期的雅典人或者罗马人斜靠在软床上喝酒吃饭，尽管这样并不利于喝酒，不注意就从嘴和杯子间流出来了。

除了这些，人们还会用酒来达成目的，并且被证明是最有效的方式。尽管历史上遭到过各种各样的批判、打压、禁酒令等，东西方在酿酒技术上却不停进步，酿酒度数的提高就是例证之一。喝酒使得人们忘记了工作和生活本身，尽情地享受，延长着这餐饭的时间。社会学家观察得出结论——"吃饭时间的长短显现出你的社会层次"，当生活逼迫你必须尽快吃完饭去干活才能养家糊口时，你连展露层次的机会都没有。留下来慢慢享用的人把宴席变成了微缩的且与其密切相关的小社会，千里之外的首富更迭远不及你与同桌某位学友财富地位变化带来的感受更真实。每个人都在努力提升自己的社会地位，但几乎没有人会直接表露，在喝酒聊天之间漫不经心地提起才是他们想做的，想想在这种场合一个不喝酒的人会是多么难受！

也有的时候，客人是多么期望酒席尽快结束！"随至小亭，已设樽俎：盘置青梅，一樽煮酒。二人对坐，开怀畅饮……操以手指玄德，后自指，曰：'今天下英雄，惟使君与操耳！'玄德闻言，吃了一惊，手中所执匙箸，不觉落于地下。"一出"煮酒论英雄"，还有妇孺皆知的"鸿门宴"，只有两个人对饮的酒局，最好别提社会层次，面对面就两个人你没办法拉别人垫背。

　　从工地出来，看到农民工在小食店里，点上两个简单的菜，打上一杯泡酒，自斟自饮。在酒中，劳累了一天的身体松弛下来，笑容渐渐在脸上堆积，半小时，一小时……仍然不紧不慢地喝着酒。他不会像李白那般浪漫的"举杯邀明月，对影成三人"，但他心里一定有家人和朋友在陪着他喝酒，慢慢地享用这顿饭。独处时更能暴露个人真实的社会层次，每想到这我就冒汗，我一个人时从来不喝酒，吃饭时间比吃个盒饭还短。

　　经过一个多世纪的折腾，社会在最近四十年逐渐平稳，一壶静置的乳浊液开始分层，慢慢回到各自的位置，社会阶层开始分化，焦虑感也随之漫布。向上爬太难，似乎阶层固化了，也有人不认可，"谁说社会阶层固化了？向下的通道永远开放"。向下还是向上，有时你只需要一个简单的举动，别忘了这句话："吃饭时间的长短表明了你的社会层次。"

　　向上，你知道该用什么方法。

时间的味道

小镇有一些年头了，街道上的青石也许会换个法子撒谎，但镇子后面的小河将日子一遍一遍地冲刷成昨天和昨天的昨天，记忆模糊的日子越来越多，于是小镇成了古镇。

我们在雨中走进一间只有六七张桌子的饭店。雨水从身上掉下来，噗噗地钻进无数人踩踏过的黑泥地里。挂在墙上的筲箕尽管已失去最初的姿色，我似乎仍在第一眼认出了老篾匠的手艺，在我那几百公里外的家乡，在十多年前老篾匠还活着的长长日子里，家家都有几样他编的篾货。

这间小店以卤菜为招牌，经营多年。店堂里的那口卤水锅，每天天不亮就开始滚沸，据称有百年老卤。老板把点好的菜——切归一，然而并不立马端上来，他把每样菜分别放进大漏勺，在卤水中汩热。这是我喜欢这家店的原因，小镇因卤菜闻名，但好像很少有店家会多此一举。

各式卤菜摆上桌，带着油亮亮的光泽，细烟飘散，香气弥漫。夹一片卤肉入口，唇齿间一下爆满老卤的味道，温顺、厚实而又充足的卤香。十三香被老卤水调理得服服帖帖，没有一个会冒失地糟蹋你的舌头，偶尔有新近刚刚加入的毛头小子不服气，直奔味蕾，却在回味的一瞬间，被厚重的老卤给不露声色地打压下去了。

在很久之后的某个地方,我的舌尖依然亲吻着多年以前的味道。

"出去打打牙祭,如何?这个月还剩几角钱伙食费。"

"一个多月没溜出去了,真馋得很,我口袋里也还有几角。"

两三个人把裤兜里的钱掏出来一数,够买一斤多卤肉。寝室已熄灯,学校的大门也锁上,我们知道从哪里翻墙出去。不用走远,离县中学几百米就有一家不错的饭店。今夜每个人只够吃半斤的卤肉,服务员按照我们付的钱称好,切片,薄薄的,放进卤水锅里氽热盛出来。一人再来一碗面汤,打烊前的面汤已经有些黏稠,我感受着每一根曾经在里面翻滚过的面条滋味,如同浸泡在二十多年来的时光里。

忙过一阵子,安置好客人,小店的老板会过来陪我们喝两杯,还会讲一个我可以用跟他一样的语气和神情复述的故事。

"三十多年前,一个下雨的晚上,深秋,天气有些凉。老母亲躺在病床上,把我叫过去,抖抖索索的,从旁边箱子里摸出个布包交给我。打开一看,是两张发黄的纸片,一张纸上,写着些文字,另一张上画着一张图。是我已过世的老父亲的笔迹,多年前他手把手教过我的笔迹。

"'一张是家传的卤水制作方法。另一张是以前老店子关门时,你父亲熬的最后一锅卤水埋藏地方。埋在堂屋后面。'

"'这有啥子用?一年到头肉都吃不上两回,哪个还买得起卤肉。'

"'会有用得着的时候,我这一辈子过的桥比你走的路还长。喝稀饭的时候要想着有一天会吃上燕窝鱼翅,穿绫罗绸缎的日子也不要把粗布衣裳丢了。'

"老母亲没多久就过世了。

"二十多年前我开了这家店,一直卖卤菜。这条街上我是第一家，算得上老店子了。"

店老板身后的卤水锅翻滚着，将日子从底下翻出来又埋下去。深黑发亮的卤水送过来一阵阵香气，十步之遥的座位和铁锅间，时间在散发陈旧的味道。

"你这口锅里真有百年老卤水？"

"你带的酒不错，口感醇正，有一种厚厚的窖香。"我问过多少次，老板就有多少次将话题岔开。

"这是一家老窖池酿出来的，有三十多年的窖龄。跟你做卤菜很相像呢。这窖池可是从父辈手上传下来的，酿酒也是子承父业。"

"那公元1573年的窖池是不是更好？"

"窖池的时间越久远自然越好，各种微生物的堆积越多，越有利于白酒的醇化，但是窖必须要活着，如果不维护不使用，它就废掉了，搬换一个地方也不行，窖泥又得重新培养。"

老板厚道又有些狡黠的笑，好像告诉我关于百年卤水的答案。忽然间感觉到一种不幸，我比百年老卤早到了几十年。

"我以前在酒厂喝过刚蒸出来的白酒。"

"味道如何？"

"浓烈，刺激。香气足而回味不够。"

"酿酒的师傅都知道，好酒要取这一锅蒸出的中间那一段。最前面出来的百分之十几，味道够劲，但少了些许平和醇正；最后出酒的百分之十左右，酒精度数降低，酒味又偏淡。你看像不像人的一生？年少时的冲劲，老年的平淡，最美好的也是人生的青壮年？"

"那我是不是只该喝中间那一段酒？"

"也不尽然。前后段的酒还有用处，不会扔掉。它们可以用来勾调不同口感的酒，或者用来降度。不是每个人都欣赏同一种酒，浓烈的，醇和的，还有淡雅的，我喜欢偶尔分别喝喝，它们各有妙处。"

"好像有些十五年，三十年，还有所谓百年的陈酿，会好在哪里？"

"你现场看过煮酒吗？那些刚从蒸锅里出来的酒，流得多欢快！一百余天的发酵期，他们和他们的父母被严严实实地埋在窖池里，被泥土封盖着，酵母咕嘟嘟地怂恿他们——快出去吧，外面的世界很美好！当觅得机会见到阳光时，他们争先恐后，要把一百余天的潜藏痛痛快快地发泄出来。这时候的白酒还不宜马上喝，得把他们装进缸里，再次封好，放在藏酒洞里。这是为啥？朱子用'仁义礼智'譬喻酿酒——酒方微发时，带些温气，便是仁；到发到极热时，便是礼；到得熟时，便是义；到得成酒后，却只与水一般，便是智。'智'不同于'聪明'，是要在时间中沉淀的，天性聪明的人并不必然有智慧。有人说好的白酒，是因为杂质含量低，其实，再好的白酒都会有各种各样的杂质，他们先在酿酒过程中达到一种平衡。如同人与自然，我们会面临春暖花开，良辰美景；也要迎接狂风暴雨，山崩地裂，但人类会在同自然的相处中达到一种平衡。放进缸里和洞中的白酒，一年，两年，五年，十年……时间让它们静静地思考，生存，死亡，最后达到一种新的平衡。我们在饮用的，渗进了时间的味道。"

小镇的雨还在下。在我家老屋的屋檐下，雨水将从青石板上的小水窝漫出来。

阳光的味道

父母托人从老家带来一罐豆瓣,特意带话给我:这是今年自己家新做的。好多年家里不曾做豆瓣了,因为老家只有父母两个人,自家做豆瓣既费事又吃不了多少,更何况街上到处都能见到正宗的郫县豆瓣,可以随吃随买。当花钱购买成为一种享受的时候,我们似乎正在失去享受过程的乐趣?

记得立秋后,红辣椒大量上市,有那么半个月左右的日子最是适合做豆瓣。各家门前空地上都晾着一片片红辣椒。屋子里的簸箕上,几天前开始发酵的胡豆瓣已经长出一地绿毛。把红辣椒淘洗时残留的水分晾干后,盛在木桶里用大铡刀一遍遍地铡细,然后装进敞口的土陶缸子里。胡豆瓣用熬过的椒叶水浸泡清洗好,也放进土陶缸子,加入盐,生菜籽油,还有花椒。缸子里的食料用竹片搅拌均匀,就把陶缸放在院子里,开始享受阳光。

早晨——中午——下午,阳光在院子里一步步地移动,把豆瓣缸从西边搬到东边,追随着阳光的步子。太阳的照耀温热了豆瓣,散发出一阵阵香气。一个人坐在屋檐下时,我闻到了少年手指上蘸过的豆瓣味道。多少天过去,豆瓣成熟了,就可以把它装进另一个小口的缸子里。那时,我们的目光是豆瓣一样的红色,我们存下这一年的家常味川菜灵魂。

鲜艳的红色从玻璃瓶中绽放出来，比那种闻名全世界的郫县豆瓣的深红色更好看。打开瓶盖，一阵阵香气迎面而来。一层亮晶晶的红油浮在豆瓣上，几小瓣没有剁碎的辣椒尖，依然泼辣辣地刺出来，我好像看见老家园子里几株红透了的朝天椒，在风中摇曳。

舀一勺豆瓣酱在碟子里，就这样下饭好了。一碗白米饭，蘸一筷子豆瓣酱，吃一口饭。豆瓣酱的香味中，有阳光的味道在口里盛开。多年以后让我依然留恋，少年时那些早晨、中午和夕阳，静静地坐在屋檐下嗅到阳光的味道，如此温馨，如此亲切。

经过阳光的照射后，一些食物的味道变得比新鲜时候更让人喜欢。

刚摘下的香菇，做菜好吃吗？也不错，但是当你尝过用干香菇发好后做出来的菜，我相信你会更喜欢后者。把干香菇洗干净，泡在水里，过一会儿水会变成黑色，用这水来烧菜，再放进发好的香菇，除了口感，香味同新鲜香菇大不一样，口中更加浓烈的味道会告诉你为什么会把它叫作香菇。什么原因呢？据说香菇的鲜味物质主要是鸟苷酸盐，它是由香菇中的其他物质转化而来的，在阳光干燥的过程中，这种转化会大大增加，因此干香菇中的鸟苷酸盐含量会比新鲜的时候高很多，自然也就香得多了。也许在香菇的生长中，远离了阳光，当迟到的相遇出现时，阳光如此深刻地改变了香菇。

到海边玩耍，路过小渔村，村里的地上、绳子上、屋檐下，到处挂满海里打捞上来的鱼虾，在灿烂的阳光下，发出一阵阵咸腥味。有人掩鼻而过。但这种味道，新鲜的海鱼会有吗？太阳下摇摆着的鱼干，它们在海底游水的一生，都无法见到阳光，当它们离开大海，拥抱着阳光时，似乎要拼命地发出最后的挣扎，用更特殊的方式告别黑暗。

在旁边的鲍鱼养殖基地，可以吃到最新鲜的鲍鱼，可无论是切片做刺身，还是清炖做汤，我都无法把它同"八珍之首"联系起来，淡而无味。做最好的鲍鱼一定要选用干鲍鱼，而不是鲜活的，慢火，长时间，用精制的高汤反复煨制，使其充分吸收其他食材的味道，才能香味浓郁，肉质甘腴。这是因为在干鲍鱼的晒制加工过程中，鲍鱼肉发生化学变化，由于发酵而产生了所称的"溏心"效果，每一口咬下去都有少许黏着牙齿的口感，好似年糕，肉质的丰腴与汁液的甘美清香达到最佳结合点，品尝起来更香更鲜甜，滋味非凡。鲜鲍鱼是吃不出来这种感觉的，哪怕你就坐在渔船上吃那些刚打捞上来的。

有一些食物，在一干一发中，把阳光的味道吸收进去，又徐徐地散发出来。

味道——习惯

出发前约伴。

"去哪里?"

"日本,京都。"

"多久?"

"十来天。"

"算了,不去。"

"为啥?"

"太久了,饮食受不了,吃不习惯。"

……

每一次商讨旅行目的地时,女儿第一个问题是:"那里有啥好吃的?"

"是不是没有好吃的就不去嘛?"同样的问题问的次数多了就不耐烦了。

"不是啊!我们可以换一个地方去啊,好玩的地方多着呢,找个好吃又好玩的地方不就对了吗?"

收到外地朋友的信息:"最近打算过来玩,有啥特色美食,推荐一下。"还是要求美景加美食。

我一直认为老外喜欢满世界玩,那是因为他们在饮食上好打发,一块面包,一杯饮料,吃得高高兴兴的。

让一个离不开辣椒和花椒的人,去到口味清淡的日本,实在是一个相当大的考验。当年到北方读书,没一个馆子能拿得出来辣椒油,把我的胃折磨得啊!

反之亦然。

汪曾祺在文章里写:"吴祖光曾请黄永玉夫妇吃毛肚火锅。黄永玉的夫人张梅溪吃了一筷,问:'这个东西吃下去会不会死的哟?'"他还写道:"四川无菜不辣,有人实在受不了。有一个演员带了几个年轻的女演员去吃汤圆,一个唱老旦的演员进门就嚷嚷:'不要辣椒!'卖汤圆的白了她一眼:'汤圆没有放辣椒的。'"他讲的是几十年前的事情,现在听来当说笑话了,不过仍然有很多人不习惯吃辣。

不同地方的口味是千差万别的,那是多年沉淀下来的习惯。有人考证过一个地区饮食习惯的养成有多种因素:食物原材料、烹调方式、储存方式、气候、水土等。一个人的口味习惯养成后,会不会导致生理结构发生变化?比如说嗜辣的和喜甜的在口腔和舌头以至于肠胃的构造上是不是不一样?或者,人体在适应味道的过程中会产生一种酶(叫作某物质也行)?这种酶(物质)遇到熟悉的味道就会释放出一种激素,让人特别愉悦,尽管一个人离开故乡多年,只要一尝到家乡的味道,就会喜悦、兴奋。有人因为怀念家乡的味道,干脆辞官跑回老家,比如张翰,留下了"莼鲈之思"。

我观察过四川小朋友的吃辣椒进化史,其实小时候都不能吃辣的,只因为家里天天都有做辣味的菜,慢慢跟着大人吃,后来越吃越辣,"青出于蓝而胜于蓝"。

日本人也一样。二十多年前,我的上司在成都常驻,那时候的成都还很小,还没有梦想成为"国际化大都市",很难找到他习惯的日本菜。刚开始，他太太做好饭团带到办公室当午餐，渐渐地嫌麻烦，就和我们一起到外面吃"苍蝇馆子"，这一下发现"四川菜真好吃"，到后来无辣不欢了。一起到重庆出差，放下行李就带我们去吃火锅，"银河大酒店"后面的一条小巷子，绝对的小火锅，好像只有红锅，那时候可没有鸳鸯锅这种特别为外地人准备的锅底，他坚持认为"重庆火锅比成都火锅好吃"。任期结束回国，买了一堆火锅底料带回日本，叹息"以后难以吃到正宗四川火锅了"。后来几任日本上司的吃辣进化史几乎一模一样。这次没有去东京，因此无缘前去拜访老上司，这么多年过去他们还能吃辣吗？

食物的味道是和个人的习惯相匹配的，哪有什么放之四海的好吃不好吃？一个外地人进了饭馆，问："你这里啥好吃？"这问题就像"小马过河"一样，咋个回答？当然，如果服务员训练有素，那就从头开始询问客户的需求吧："先生从哪里来？到过这里多少次了？喜欢吃辣的还是酸的？口味重一些还是清淡点？想要吃天上飞的还是地上跑的？爱吃杷一点的还是脆的？煎、炒、炖、炸哪种烹调方式适合你……"不过真要是这样问下去，两个奇葩会是什么表情？

味道的调和是丰富多彩的，油盐酱醋、酸甜苦辣咸都会用到。有一种论调认为保留食物原味方为上乘，谬也。什么是食物原味？除了水以外，不加任何调料做出来的食物，才能称之为"原味"，加了盐都不算，并且还能当顿吃。有吗？有。米、面、五谷。有人说，刚捞上来的生蚝很好吃。你吃上一个星期再跟我说好吃不好吃。不放任何调料的米饭和面可以吃上一个星期，甚至一生。我认为米、面能成为食物金字塔塔底的真实原因是：它们不需要任何调料，并可以长期单一食用。一碗白米饭或者一个馍馍，细嚼慢咽，你能体会到的才是"原味"。几年前看过一篇文章，有一个日本人，提倡回归食物本来味道，建议的方式就是吃白米饭，当你能从咀嚼中感觉到大米的甜味、香味，软硬不同的口感，这些味道带你静静地品出乡村风的味道、阳光的味道、小溪水的味道时，那么恭喜你体会到真正的"味道"了。在京都，几乎每一顿饭，我都会叫一碗米饭，慢慢去品尝"味道"，确实很好！我去逛京都的米店，店里有很多品种的"近江米"，问了百老师，知道这是日本有名的大米。

自然界奉献这么多调料给我们享用，做厨师的要用好它们才对得起自然的馈赠。会做口味清淡的菜不错（注意：不是"原味"），能做变化多味的菜也不赖，能游刃于其间的厨师方为超越门派的大师。做菜是一门艺术，用另一门艺术——绘画来类比，忠实于原物的画作和毕加索、凡·高的画，或者中国的水墨画，哪一个更高明？不能这样比嘛！

习惯了清淡口味的食客，去适应麻辣味道或许要容易点；让一个习惯了重口味的去吃清淡食物，他会感觉"嘴里淡出个鸟来"。由简入繁易，反之，难！

不过，习惯总是可以改变的，口味也一样。

1998年，老板带我吃日本料理。第一次吃日本料理，吃了什么记不住了，只记得他告诉我，每吃完一样后，吃一小片红姜，然后喝一口水，这样可以冲掉上一道菜的味道，让每一次口感常新。

或许将来，会发明一种食物，吃了后让你的口味习惯归于零，每一次享受到的都是美妙，而不是不适应。

在这东西出来之前，还是训练自己吧，怎么做？

乔帮主说："保持饥饿。"

如果你还是不理解，干脆直接告诉你老辈子的办法："饿你个三天，看好不好吃。"

味道——距离

我只看过《深夜食堂》的海报,离戏剧里的那份感觉更遥远,于是到日本的第一件事就是去吃"鬼饮食",体验一下。

到京都已经是当地时间晚上十一点过,放下行李来到楼下的"海鲜居酒屋",里面还坐得满满当当的,刚好有一桌人离开,为我们腾出了座位。近乎简陋的环境,可以归于成都的"苍蝇馆子"一档了,厨房在屋子中间,四周布满餐桌。我们点好餐,可以喝着啤酒看着两三米之遥的厨师做好一道道菜送过来,很新鲜的味道!

在"酸甜苦辣咸"之外,我喜欢探寻食物另一种味道:鲜。这种味道的得来全不费工夫,仅仅来自于食物和食客之间的距离。

首先是食客和厨房之间的距离。"虽说今天是家常便饭,可是食盘里菜肴的搭配可以看出大部分是从大垣菜馆子里叫来的。在这样的大热天,比起小城市的和风菜馆做出来的划一的筵席菜肴来,幸子宁愿吃他家厨房里做出来的新鲜蔬菜。她举起筷子夹了一片生鲷鱼片放到嘴里一试,果然味同败絮。对于鲷鱼特别敏感的幸子,连忙举起一杯酒和着软绵绵的生鱼片一起咽下,久久不再动筷。"(谷崎润一郎《细雪》)不是非不得已,还是别叫"外卖"。

"寿司不过三秒。"日本寿司之神小野二郎说。他希望客人可以在师傅出菜的三秒内将寿司放进嘴里,因为寿司师傅为了让客人能够在他捏制完成的那一瞬间享受到最佳的美味，在捏制的过程中会将食物的温度与软硬口感控制在最理想的状态。

生鱼片和寿司如此，热菜更是离食客愈近愈好，有人称之为食物缺不得的灵魂——"锅气"。不管是在日本的"居酒屋"或者台湾的"夜市"，还是成都的"鬼饮食"，能激发食欲的重要一点就是食客离刚出炉的食物足够近。

其次是食客和食物原材料之间的距离。好食材似美人，经过长途跋涉，定会失去许多娇艳活力，如果你喜欢她的病态美，就让她千里迢迢到你身边，不然，还是你穿越千山万水去看她吧！在那里，你会发现更美的她。刚出土或者出水的食材，定然神采奕奕，看到它立刻产生愉悦感，做出来的菜好吃，是因为那些它熟悉的水和风都在促成它。你到外地会水土不服缺少活力，食材亦如此。

有一次吃嫩苞谷馍馍，我同学说："我舅舅做苞谷馍馍，凌晨四点钟就起来，跑到苞谷地里，凑近每一根苞谷，听它们灌浆的声音，决定掰哪一苞。"离食材足够近的食客寻味到的美食，就好像战地记者离枪炮声愈近才能写出真正好的报道。某些天天在城市大餐厅转悠，发发文章的"美食家"们，是不是像坐在斗室里编写前线故事的记者？当然，他的读者离战地更远，好忽悠。你问："我要吃猪肉，是不是要自己去杀头猪？"这个没必要，但是广东有些做猪杂的粥店，食客会在半夜排队守着老板把新鲜猪杂买回来下锅。

还有一个距离是食客和厨师之间的。在"居酒屋"，更让我印象深刻的是做菜的小伙子们，充满着激情，动作娴熟，处理食物时全神贯注，对食物的态度表现出某种"仪式感"，大师说，"仪式感能让快乐更有感染力，更持久"，那晚厨师们的态度让我感觉出食物更美妙的味道，而这种美妙如果隐藏在很多道墙壁后，你还感受得到吗？

在另一个晚上,我们去吃寿司,更小的一家店,面向操作台有五个座位,已经坐了四个人,我们只有选择靠墙两张桌子中的一张坐下。厨师是个中年男人,在我们点菜的空隙,他给自己倒了一杯啤酒,同食客碰了杯,聊起天。我看见他在做寿司时,很自然地把切下来的边角碎料扔进自己的嘴里,不禁让我泛起在厨房里偷嘴的亲切感。后面进来两位客人,先坐在我们旁边的桌子,看到有人吃好离开,他们马上搬过去,这样更靠近厨师。如此近的距离让谷崎润一郎笔下"与兵"的老板多么生动:"他回绝顾客时的生硬语调,拿起菜刀时兴奋的表情,他的眼神和手势等等都由妙子绘声绘色地详细说明过了。等他们去到那里一看,本人确实像妙子模仿的那样可笑。掌柜先依次排好顾客的座位,让顾客选定爱吃什么,可是实际上还是听凭他爱怎样做就怎样做……当他摆出第二道四喜饭时,如果顾客还没有吃完第一道四喜饭,他就不高兴,会催促说:'分给的四喜饭团只吃了两三个,还剩着哩。'……不过他那里最拿手的还是鲷鱼和对虾……有些不知趣的顾客动不动就问有没有金枪鱼,这种顾客在他那里决不会受欢迎。遇到掌柜的不高兴时,会端出山葵菜做的饭团,把对方吓个一跳,甚至使人簌簌地淌眼泪,他自己却在一边暗笑,这就是他的作风。"四喜饭团就是寿司,那晚我也是先点的鲷鱼饭团,还点了大虾饭团。

网友吐槽中国版的《深夜食堂》,也给出了他们心中的版本,有些片段看了忍不住眼睛湿了。看这一条:"@靖101:想起大学毕业最后一夜,跑去园西路吃饵丝,我知道这是我在这个城市吃的最后一碗饵丝,下次再见我便是个过客。老板是个阿姨,认得我,说,毕业了吧。我点头。她笑着说:吃了一年我的饵丝也没见你吃胖,最后一碗我得多给你下点饵丝。"又如:"@_光_年:十一年前失恋的时候在烧烤摊崩溃,一个人点了很多串,然后边吃边哭,老板和老板娘一句话都没说,等吃完了老板娘递给我一瓶矿泉水,问我,不咸吗?我擦擦眼泪拿起水说,有一点。"那些在深夜慰藉我们的不仅是食物,更是人与人之间的一份情感。半夜的路边小摊,食客和厨师的距离如此近,不仅是空间上,还包括心灵上的距离。能在大半夜出来吃东西的,多是有故事的人;同样,大半夜还在做"鬼饮食"的,他们的那份孤独有多少人能知道?

为什么距离对于味道如此重要?

人对世界的感知和理解主要通过自身的三个功能器官:眼、耳和口(舌)。根据依赖程度的深浅和优先性,诞生了三种认知方式:看、听(闻)和味(作动词用),并在此基础上形成了视觉优先的视觉思想、听觉优先的听觉思想和味觉优先的味觉思想。前两种思想看世界时一定要保持距离,并且是愈远愈好。"站得高看得远"和"鼠目寸光"孰优孰劣?家人在耳边说千遍不如外人提醒一句管用,效用最好的还是几千年前的"上帝说"或者佛陀"如是我闻"。"味"的过程中和对象是零距离,并且要将对象打散、咀嚼,和对象融为一体,不仅味物、味人、味事是一样的。

在我心中,食客与食物之间最美好的距离是这样的:到屋后菜园子里摘几苗青菜、两根黄瓜,转过身在水井边洗干净,切了,炒好煮熟,端到厨房外的院子里,开始"味道"吧!

那么,厨师去哪里了呢?我不知道。

四川泡菜

在四川，随便走进一户人家或者餐馆，如果没有见到泡菜坛子，又或者吃饭的时候不随上一碟泡菜，就会感觉怪怪的，好像少了点什么。穿越回到三千多年前，《尚书》中就有"若作和羹，尔惟盐梅"。一开始人们想用盐渍来延长蔬菜保质期，后来发现其别有味道，好吃着呢！好东西是要分享和歌颂的，于是《诗经》中有了"中田有庐，疆场有瓜，是剥是菹，献之皇祖"，菹就是泡菜，或者叫酸菜。四川人做的腌酸瓜味道"美好"，被表扬在一千四百多年前，《齐民要术》里还描述了"此蜀人方"。有传统，并且到今天依然传承着春秋战国时期烹饪里制菹法的，或许只有四川。

家里有三个泡菜坛子，用得最久的那个是我刚参加工作时买下的。当年大学毕业，去工厂报到晚了没房间，被安插到老宿舍楼的空床，三个毕业生和一位姓向的老师傅住到了一起。即将退休的向师傅对人很热情，见面第一天，三个年轻人刚吃过午饭回到宿舍，老师傅大声地喊道：

"走，我带你们去买泡菜坛。"

我们几个一愣，转念又明白起来，从这天开始，我们要自己当家过日子了，不过做饭的锅碗瓢盆都没来得及购置，咋个第一件事是买泡菜坛呢？

"泡菜坛子里捞金砖，没听说过吧？日后就晓得了。"向师傅一副"不听老人言，吃亏在眼前"的神态盯着我们。

初来乍到，老同志的话肯定要听的。跟着到了菜市场，卖泡菜坛的摊子上，摆满各式各样的坛坛罐罐。老师傅一边帮我们挑选，一边唠唠叨叨地传授窍门。泡菜坛有坛沿和盖子，坛沿里注满水后，盖上坛盖，就将坛子里的泡菜和外界隔绝开来。坛子表面有涂上釉彩显得好看的，也有面相粗陋的，最好选用未施加任何粉饰的那种，因为它能"呼吸"，泡菜浸在盐水里，坛子密封着，它依然会透过坛壁和外界交换细微的空气，施了釉彩的坛子会阻挡它的"呼吸"。先看看坛子的外表是否圆润，有没有肉眼能看出的裂痕；接着量量坛沿是否够深，太浅了的话就得很勤快地加水保持密封；再看坛盖是否和坛身匹配。这些都瞧好了，我们一人选一个正准备买走。"不要急，年轻人。"老师傅给坛沿注满水，点燃一团纸扔进坛子里，燃过几秒钟后，迅速盖上坛盖，坛沿里的水咕咚咕咚地冒泡，过一会儿又全被吸进坛子里了。"这个坛子不错，可以买起走了。"那天的阳光，将老师傅自信而略带得意的神情印在了坛子上。

回到宿舍，把坛子里里外外清洗个干净，晾干，就可以准备泡菜水了，这一步也叫作生（作动词用）盐水。舀一盆干净水，最好是泉水，好水泡出来的菜就是不一样。在乡下，立秋后，村民会为了找个好水井跑很远，排着队挑一担水，起泡菜盐水。只要坛子还在，泡菜水就不会换，若要一生好享受，多花点心思也是值得的。城市的自来水，含有很多化学成分，不适合泡菜，但你又无法为泡一坛泡菜到几十里外的地方打一桶水带回家，有个简单的办法，把自来水烧开，晾上一天半宿。把水倒进坛子里，加些盐、花椒，几根辣椒，就可以开始泡泡菜了。很简单吧！

四川泡菜

如果这时有一碗稀饭,来一碟泡菜,足矣!

从那以后，这个泡菜坛就一直跟着我。在工厂的那些日子，吃饭油水少，每餐必定要捞几根泡菜下饭。有时，一搅盐水，才发觉泡菜被捞光了，原来这几天忘记放新的菜进去泡。不急，旁边还有三个泡菜坛，给主人打个招呼："捞你两块泡菜，下次还给你哈。"这东西能还吗？隔两天你没有泡菜了，把筷子伸进我的泡菜坛里捞吧。它们并排放在墙边，外形相似，但揭开盖子后，每个泡菜坛里的味道都不一样，好像这城市里的人家，外面看每间房屋都差不多，而生活的味道肯定不同。这些年来换过好几个住处，其间一直保留未扔掉的东西有两样——一箱书，一个泡菜坛，没有从书中寻到黄金屋，更无从在泡菜坛里捞出金砖，它们依然只是简单的待在屋子一隅，寂默无言，如老友，一次目光的抚摸足以让你平静如斯。

简单如泡菜一般的东西并不代表没有脾气。你不好好伺候，它也不会给你好颜色。菜泡下去三五天后，忽然发现泡菜的水面上白花花一片，麻烦来了，泡菜生花了。赶快遍访高人寻求消灭生花的绝招，有人指点加白酒，或者说放笋子，也有说木瓜可以去花。可是手段用尽也不管用，泡菜反而越来越难吃，到后来只有倒掉了事，重新来过。这时候你才想起老人说的话：泡菜坛最讲究干净。油星不能入，捞泡菜的筷子最好单独放一边；生水不能碰，要泡的菜洗干净后一定要把水分晾干再放进坛子，有的人会把菜晾晒一个星期才泡；坛沿水不能干，还要勤换水，定期清洗打整干净；泡菜的种类也有讲究，不是什么菜都适合泡，有些菜会坏盐水。凡此种种，如果你都做到了，还是不能做一坛好泡菜，那就是你的"手气"有问题了。这辈子别再做泡菜，吃别个做的好了。

小时候，家里有一个半人高的泡菜坛。每天吃饭前，妈妈从里面捞一碟子出来，有生姜、辣椒、萝卜，或者豇豆、大蒜、黄瓜、蒜薹，每个季节变换着不同的泡菜。伴着泡菜，一顿饭就有了味道，那些困苦而平淡的日子，我盯着母亲捞泡菜，期望她从里面捞出的下一块泡菜能给我惊喜，但常常伴随着的是失望。每一天，我们咀嚼着昨天浸泡下来的味道，日子就这样一天天延续着，长大，成熟，老去。

家后面的山那边，泡菜风更甚，一家人有几个以至十几个泡菜坛，他们严格遵循着一个坛子泡一样菜，以保持纯粹的味道。并且泡菜的种类繁复，如土豆，或者削剩下的青笋皮之类，也能变成好吃的泡菜。我知道那里更贫困，但能将泡菜也做得这么富有变化的人们，会轻易地对生活失望吗？

将泡菜发挥得淋漓尽致的，还得数川东一带。他们不仅把泡菜来下饭，还创造性地用在菜肴里，泡椒味是川菜中别具一格的味道，而更为世人知晓的鱼香味，少了泡姜和泡辣椒是做不出来的。

有人说，在外赴宴，常常吃不饱，还得回家下碗面吃了才踏实。于我，如果这时有一碗稀饭，来一碟泡菜，足矣！一点咸味，一份米香，咀嚼的，还有"一箪食，一瓢饮，在陋巷。人不堪其忧，回也不改其乐"的简单。

回锅肉

聚餐选在这家苍蝇馆子，是"肉头"的建议，他以为这家店的"回锅肉"做得好。怎么个好法？香、赶口，他的评判标准很简单，后来他又认为应该去掉"香"这一条，那种属于个体的主观性评价取决于每个人的口味，最粗暴的方式就是观察菜上桌后的空盘速度，看食客连续下筷子夹肉的时间间隔。不过那天他有点丢面子了，没有人感到值得为那盘回锅肉跑这么远。

放下筷子，关于回锅肉的争论开始了，每个人天马行空，你说你的我讲我的，聊什么是正宗的回锅肉；谈吃肉的心情；曾经一小段时间话题变成消失了的回锅肉；而另一段时间则聚焦在回锅肉的菜名上；有人回忆儿时吃肉的经历却勾起某些人的眼泪。那天谈论的所有这一切最后都转变成了回锅肉的四维图像。

我希望去阅读这幅图像。必须先找一个入口，进入它，同时不至于岔口太多在里面迷路，还需要找到一种打开一条走出来的道路的可能性。每一段讨论都可以加一个小标题："回锅肉与记忆""回锅肉与城市""回锅肉与欲望""回锅肉名字由来""正宗的回锅肉"……后来我决定用地名来命名每一个小标题，每一个地方都为回锅肉打开了一扇门，最后用"菜名"来结束这段旅程。至于能不能走出来，那不关我的事，我只讲述了走出来的一种可能性。

关门石

我们那一代人对于回锅肉的记忆来自于家中的味道，因为当年到餐馆吃饭几乎是天方夜谭。

婆婆把肉块捞起来放在案板上，锅里头煮肉留下的汤里放进萝卜片子继续煮。

几兄妹盯着案板上的肉直吞口水，烟雾飘过，一阵阵香气窜入。等肉不烫手了，婆婆开始切肉，我们也开始了对她的轮番轰炸：

"我帮你尝尝肉煮熟了没有嘛。"

"我来尝，老二的嘴巴不灵。"

"还是我合适，我就只要一点边边上的肉渣渣就可以了。"

"让开点哈，一会儿菜刀切到你们。"婆婆一边喊一边挥手，驱赶大大小小的"苍蝇"，"肉都没煮熟，要炒了才能吃。煮肉的时候没放盐，莫盐莫味的咋个吃嘛？"

长大后我看了很多专家写的回锅肉菜谱，有人说肉要煮透心，有人说只煮六七分熟，我默默地将专家分成两类，不煮熟的那些肯定是受了婆婆和妈妈的教诲，让你馋不成嘴。

切完肉，婆婆挑出几片不成型的肉片放在案板边上，"一人一片，莫要抢。"怎么可能不抢？哪个手快哪个拿大片，弱肉强食，课堂上老师讲这个成语时立马浮现这一幕。

嘴里含着肉片，围在灶台边看婆婆炒回锅肉。

锅里不放油，用菜刀起起案板上的肉片倒热锅里，锅铲兜底悠悠地铲不让肉巴锅，肉片开始出油了，慢慢地锅底汇聚起一小窝油，婆婆把肉片推到一边，露出锅底，从坛子里舀一勺豆瓣放下去，在油里翻几下，再把肉盖过来炒几转，每片肉都裹上了红红的豆瓣，婆婆又把肉推到边上，下蒜苗，炒几下，再伙着肉一起炒匀。

"拿筷子，舀饭。"婆婆一边铲起锅里的肉一边叫我们。

连山镇

记不清是1996年还是1997年了，一个星期天，小赵把单位的车偷偷地开出来，搭上我们去广汉玩，晚饭去吃连山回锅肉。20世纪八九十年代连山镇的代木儿做回锅肉很有名，一整块二刀坐腔下锅煮，直接切大片，肉片有一拃长，筷子厚，据说每片肉的重量在二两八到三两二。

那时候年轻，吃得。四个大小伙子，上了一盘连山回锅肉，几下子整完，有人提议再来一盘，有人说恐怕吃不了哦，最后还是又上了一盘，一次吃个够。三下五去二，就着回锅肉吃完几碗干饭。

回去的路上，大家算计着哪个吃的最多，算来算去，四个人差不多，只有小韩多吃了一片，一合计整整超过一斤肉。都说这一下子吃巴适了，好多天都不想吃回锅肉了。

车子突然停下来了，下车一检查曲轴断了。那时候我们都没有手机，前不挨村后不着店，必须连夜把车停回单位，不然领导发现就麻烦大了。咋办？推吧！四个人弓着背在北京212的屁股后面吭哧吭哧地推，推到车库，天色已经开始泛白了。

所有人瘫坐在地上喘着粗气。"还得再去吃一盘连山回锅肉！"

东京都

柿木先生仍然如二十年前一样准时，提前五分钟出现在餐桌前。

"抱歉没有征询你的意见，就直接订了这家川菜馆。"他的中国话已经略显生疏。

"太好不过啦!来东京好几天了,天天吃日本料理,正想念川菜呢。"到东京玩,给以前的老板打电话,竟然联系上了,然后约着在银座附近的一家餐馆见面。

"这家店的川菜做得很正宗,隔一段时间我就会来吃一次,回味一下川菜。接到你的电话,让我又想起了在中国的那段日子。学道街的那家餐馆还开着的吗?"

"早关掉了!那一片地方的街边店全拆光了。"

"小饭馆的老板炒的回锅肉很好吃啊!肉很香,火候控制得很好,蒜苗没被炒死过去,但又不像有的厨师,蒜苗的茎没炒熟就端上来了。"

那是家典型的苍蝇馆子,当年是我们的伙食团。"我记得你说来中国前也吃过回锅肉,是莲花白炒的。"

"是的,是的!在日本的中餐馆几乎都会有回锅肉这道菜,以前都是用莲花白炒,到了四川才晓得应该用蒜苗配。"

"我在学校食堂吃的回锅肉基本上也是放的莲花白。"

"先生,打扰了,这是你们点的回锅肉,请慢用。"服务生递上一盘莲花白炒肉片。

一座城市的语言是如此根深蒂固,不管外来语的冲击有多大。回锅肉就是城市语言的一种,只是对有些城市来讲,它是外来语。

西 岳

千禧年,和两个同事到西安出差,趁着办事的空隙去华山玩了一趟。

坐缆车到山顶，天色已晚，住下来第二天一早看日出。山顶只有一家餐厅供应炒菜，我们点了回锅肉和其他几样菜。记得回锅肉是五十八元钱一份，这价格在那个年代不算便宜，但考虑到东西运上山不容易，心里也平衡了。

服务员端上来一盘菜，炒的是猪头肉和青椒。

"等一下，菜上错了。我们点的是回锅肉。"三个人都没动筷子，等着服务员换一盘。

"没错，这就是回锅肉。"服务员冷冷地说。

我还想跟他争论几句，教他什么是回锅肉，却被同事拦住了。我们是来华山玩的，不是来"论回锅肉"的，厨师的功夫如何不清楚，看店小二高深莫测的神态就知道上山要谨慎。是不是回锅肉无所谓，青椒炒猪头肉正好下酒。

十六年后又上了一次华山，到餐厅吃饭，点菜时同亲友摆起了多年前在山顶吃的那盘"回锅肉"，吸取了上次的教训，先看旁边的客人吃的什么再点菜。

"来一盘青椒炒猪头肉。"我对服务员说。

"没这道菜。"服务员答道。

"咋会没有呢？你看旁边那桌不是吗？"手指着隔壁桌子。

服务员转过头去瞧了一眼，冷冷地说："那是回锅肉。"

金　城

一个兰州朋友陪着父母来四川玩，尽地主之谊请两位老人家吃个饭，朋友说要吃一顿地道的川菜，于是找了个耳熟能详的连锁餐饮店，点了诸如宫保鸡丁、麻婆豆腐、鱼香肉丝、夫妻肺片等，当然回锅肉不能缺少。

凭我的口感,这家店的回锅肉不算出色,但做得中规中矩不难吃。不过我看到两位老人家尝了一下后就没再拈回锅肉了,我想可能是他们平常吃惯牛羊肉,对猪肉不怎么感兴趣吧。

第二天朋友打电话跟我道别,我问他:"昨天我看老人家不怎么吃,是不是地方没选对?"

"我是说真话还是假话?"朋友开玩笑说。

"我们之间还用得着客套?"我说。

"他们说,这里的川菜不正宗,没有兰州的回锅肉好吃。"

锦官城

百分之九十九的文字是这样描述回锅肉的:"主料选用黑毛猪的二刀坐臀,三寸宽,水里放姜片、葱段、料酒去腥,下锅煮至七分熟,捞起候凉,切薄片。热锅凉油,放切好的肉片,炒至起灯盏窝,下剁好的郫县豆瓣、甜酱,调料和肉炒相生,下蒜苗,炒熟起锅。"

回锅肉的世界,表面上百花齐放:蒜苗回锅肉、青椒回锅肉、莲花白回锅肉、盐菜回锅肉、旱蒸回锅肉、新派回锅肉等各领风骚,暗地里却涌起一串鄙视链:用二刀坐臀的看不起五花肉,放蒜苗的见不得青椒,下锅前放猪油的觉着放菜油的搞窜味了,用甜酱的瞧不起加豆豉的,没炒出灯盏窝就放配料的似乎不入流,盘底回一层薄油的会吐槽肉浸在油里的,甚至用了五年陈酿的郫县豆瓣自认身价远高过用二年陈酿的郫县豆瓣……

这时候我会想婆婆当年炒的回锅肉完全不合格,从原材料到炒法每一条都不达标,但为什么吃起来那么香呢?有时候我会观察不同的人吃回锅肉时的表情：有些人吃着厚薄不均油都没炼出来的肉片时，满脸幸福；有人在餐厅教育服务员"肥肉的油都没熬出来，咋个炒的"；女儿喜欢吃回锅肉，永远都是要求炒青椒回锅肉，但永远都不会挑青椒吃，换成蒜苗对她应该没影响啊？不行，就得青椒炒。

当食物进入书面描述时，描述者更愿意相信的是文字的正确性，而不愿承认口味的差异化。从前，掌握文字的人也掌握了话语权，于是"成都省"认为正宗的回锅肉就应该是这样的，渐渐地，所有人都认为这就是正宗。

问题是何为正宗？宗在哪里立着？一门出来那么多派，都自称为正宗，何况一盘菜。

关于菜谱的文字、图像和视频是可憎的，因为它们试着强暴味蕾。

遵循菜谱接受的味蕾是可憎的，因为它们愿意被强暴。

菜　名

据说，之所以叫回锅肉，是因为要在锅里煮一次，捞起来，再回到锅里炒一次的缘故。

也称为"熬（āo）锅肉"，因为要慢慢熬成灯盏窝。或许用"燺"更准确，尽管《新华字典》把"燺"归为"熬"的异体字。

记忆中，小时候没人叫它为"回锅肉"，问母亲以前咋个叫法，母亲说："以前不叫回锅肉，叫老锅肉。"她接着补充，"又好像叫捞锅肉。"追问到底叫什么，她也说不清，反正是口头传下来的，她说再问一下九十岁的外婆。

微信上收到一条语音信息："外婆说以前叫老观（根据声音猜

写）肉。"

"再问问为啥这样叫。"

"过去的人就这样叫的,其他摸不到。"

苞谷疙瘩

我的老家叫石门，也叫关门石，名字的来源与一个传说有关。

有一年七月间，天气很热，天天大太阳，已经好久没下雨了。这一天中午，太阳如往日一样地毒辣，明晃晃地罩住街道和房屋，槐树上的蝉躲藏在树荫里，仍然热得叫个撕心裂肺，家家户户掩上大门，在屋里摇着蒲扇眯上眼睛等待太阳下山。街上走来一位老人，是外地人，头顶的草帽遮住了脸，尽管有人坚信说看见过他的容貌，却描述不出来任何一个特征，只记得白发白须从草帽下飘出来，穿一件阴丹蓝土布长衫子，那么热的天，动一下就浑身是汗，泥巴路上一脚踩下去尘土飞得老高，老人身上却出奇地干净。他走得很慢，但并不停下歇一歇，一直走到街尽头不远的一间茅草房，才在屋檐下站住。

这家住着剃头匠，孤身一人多年。躺在剃头椅子上打瞌睡的剃头匠听到脚步声，睁开眼看到风尘仆仆的老人，赶忙进屋拿了一根板凳让老人坐下歇息，又倒来一杯茶水。两人摆了一会儿龙门阵，剃头匠才反应过来，老人还没吃午饭，于是说给老人煮点吃的。剃头匠在锅里烧上水，到米缸里舀米时，才发现没有多少米了，新米出来还要一个多月，他自己都快饿肚子了，剃头匠犹豫了一下，把全部米都抓了出来，却也只够煮半锅亮水米汤。剃头匠搭了米，搅了搅饭锅，想了一下，带着歉意对老人说，家里米不多了，怕你不够吃，这个季节只有嫩苞谷赶上了，搭一些苞谷疙瘩，能吃饱，只是有些怠慢了。

剃头匠来到苞谷地里，掰了几根苞谷。嫩苞谷比成熟后的要减产，剃头匠轻轻叹了口气，今年天干，还摸不到打下的粮食能不能吃到来年呢！两个人坐在灶前，一颗一颗地剥起嫩苞谷米，稍一用劲，苞谷浆就蹦了出来，黄色的浆浆染在指头上。剥完苞谷，锅里的米也煮伸腰了，剃头匠用手磨子把苞谷米磨细，刮进大碗里，拿一支调羹，在大碗里掭一勺子苞谷浆，浸进饭锅里，金黄色的苞谷浆在翻滚的米汤里一受热，凝结成苞谷疙瘩。剃头匠掭完苞谷浆，锅里浮上一层苞谷疙瘩，煮了不到半袋烟的时间，灶膛里只剩下余火，剃头匠从酸菜缸里舀了半瓢酸菜搭进锅里，搅了搅，酸菜散开来。

剃头匠捞了一碟子泡咸菜给老人下饭，盛上一碗苞谷疙瘩酸菜稀饭，土巴碗里稀稀洒洒几颗白米掺杂在一堆金黄色的苞谷疙瘩中间，黑色的酸菜在面上浮浮沉沉。老人没多客气，端起碗就吃，也可能真是饿极了，几口下去就吃完一满碗，最后居然把半锅饭吃得一干二净。剃头匠在一旁看着老人吃饭，摇了摇头，他并不是心疼粮食，而是可怜老人，这么大的年纪，这么热的天，还独自一人走那么远的路，并且还不晓得接下去到哪里。

老人吃完饭，又坐了一会儿，就要告辞赶路，剃头匠劝他天阴一些再走，太阳太大会中暑，老人坚持要走。临走时，老人从怀里掏出一样东西，递给剃头匠，说道谢这一顿好饭，尤其是嫩苞谷疙瘩很香，一股子清香味，甜甜的，搭上酸菜，一口吃下去酸酸甜甜的，以前从没有吃到过，他也没什么可以回报，来的路上在河边捡到一块油光石，很奇特，看起来也乖，就送给剃头匠留个纪念。剃头匠说"在家千日好，出门一时难"，哪个在外没遇到个难处，两碗亮水米汤算不得个啥，坚决不收。老人说，你如果是嫌我送了你个莫用的东西，心里怪恨我，不收就算了，但这东西你要是留下，说不定哪天有用呢！老人这么一说，剃头匠只有把油光石接了过来。送走老人，剃头匠拿着石头端详了一阵子，是件有意思的玩意儿，通体黢黑，看形状居然像一把开锁的钥匙。看完就顺手一放，就去给剃头挑子上的炉子生火，太阳斜下去了，天气要凉下来了，该准备出门给人剃头去。

第三天晚上，剃头匠做了个梦，在梦里前天见到的白胡子老头跟他说，三更天前，拿着我送给你的油光石，去漫水桥上面不远的那块大石头，敲三下，门就会打开，你进去后不要问话，里面的人会给你一些东西，拿了就走。千万记住，不能逗留太久，门关上就出不来了。

一梦醒来，天还不到三更。剃头匠摸黑满屋子找那块石头，终于找到了。手里攥着油光石走到大石头对着的河岸边，很长时间没下雨，河水很浅，他踩着河里冒出来的乱石几步就爬上了河中间的大石头。贴着耳朵听，里面真的好像有推磨的声音。于是他拿着油光石敲了三下，吱吱吱，一道石门打开了。剃头匠走进去，只见一个老太婆赶着一头驴在磨苞谷。老太婆看了他一眼，说，小伙子，我给你舀几瓢苞谷面，赶快出去，一会儿太阳出来门关了你就出不去了。剃头匠说我没带口袋，不好拿，就算了吧。老太婆从磨盘上抓起一把苞谷面，在手心捏了几捏，捏成了一个苞谷疙瘩，没几下，就堆了一堆，说，你把这些装在衣服包包里，能装多少就装多少。剃头匠在衣服包包里装满苞谷疙瘩，连声道谢，赶紧出门而去。刚跨出来，门就合上了。冰凉的河水一激，才想起刚才拿苞谷疙瘩时，顺手把油光石放在磨盘上，忘记带出来了，这下再也进不去了。石门关闭，这块大石头就成了关门石。

夏天太阳出来得早，剃头匠在河边掏出苞谷疙瘩对着阳光一照，这哪是苞谷疙瘩，沉甸甸金晃晃的，是金子。

嫩苞谷馍馍

有一年我在云南白马雪山待了一个月,住在响古箐最上面的野生动物救护站。

那天围在火塘边吃晚饭时,我们聊到了苞谷,也就是玉米(我们老家话叫作糜蔓,不知道是不是这两个字,读作ménmán)。事情的起因是从滇金丝猴观察点回救护站的路上,大伙儿看到了一片还未收获的苞谷地,边走边聊了起来。

"都快中秋节了,苞谷还没收?"

"这里海拔高,玉米成熟得就比山下要晚一些。"

"那么现在应该还有嫩苞谷?"

"这年头一年四季都有。"

"相对而言,我还是喜欢吃嫩苞谷。晒干后的苞谷,就算是磨得再细,不管是做成窝窝头还是煮成苞谷粥,都不太好下咽,有点干。"

"在火塘边烤出来好吃,但是搞不好就要烤焦,要有耐心才行。"

"水煮玉米也不错,够甜。"

"用水煮就不如隔水蒸,更能保持苞谷的原汁原味。"

"剥下来的玉米籽,用青椒粒炒出来,下饭巴适。"

"我家女儿特喜欢吃一道玉米做的菜,金沙玉米,不过每次在家都做不好,不知道是啥原因。"

"玉米浓汤就不要拿出来讲了嘛,那是西餐做法。"

"煮稀饭时,放一些嫩苞谷米进去,煮出来的稀饭都有一股清香味。要是有点耐心,先把嫩苞谷用石磨磨出来,捏成团,一个一个地放进稀饭里煮熟,味道更香。再给你们讲讲我们老家在嫩苞谷出来时,几乎家家都要做的苞谷馍馍。做一次苞谷馍馍,要掰一背篼嫩苞谷回来,少了难得淘神费力;然后剥出来,嫩苞谷不像晒干了的那么好剥,有些掰得太嫩的苞谷,里面还是一包浆呢,老一点的倒是好剥,可是啊,口感就不好啰。一大盆刚剥下来的苞谷米,用石磨磨细,一定要磨细,有一次,推磨推到后面想偷懒了,每一下就多放了几颗,结果磨出来的苞谷浆就有些粗,做出来的苞谷馍馍总感觉有皮皮渣渣的。这个磨好的苞谷浆里面,啥东西都不要加,把锅烧热,只要巴锅底的一点油就可以了,舀一勺子苞谷浆放进锅里,用勺底轻轻压几下,让它成为一个圆形,厚度适中就可以了。现在城里也有卖嫩苞谷馍馍的,一个个大小都一样,滴溜儿圆,因为他们是倒进模子里煎出来的。以前是锅里不放油,因为油贵啊!为了避免巴锅,锅底铺一张桐麻叶,把苞谷浆舀在上面,煎出个成形的外壳,铲起来把桐麻叶去掉。看到苞谷馍馍差不多成形了,把它翻过来再煎一下,两面都略微变得一点点发焦就可以铲起来。不用煎太久,因为这只是第一道工序。有时候我在街边看到卖新鲜苞谷馍馍的,完全靠油炸熟了的,不安逸。把苞谷浆全部煎好后,就要烧一锅水来蒸了。不用蒸笼什么的,很简单,直接把剥干净的苞谷胡子垫在锅底,上面铺一些刚才剥下来的干净苞谷壳,然后把馍馍放在上面,蒸上个十来分钟就好了,揭开锅盖,一股清香真的是扑面而来!旁边熬着的一锅稀饭也该好

嫩苞谷馍馍

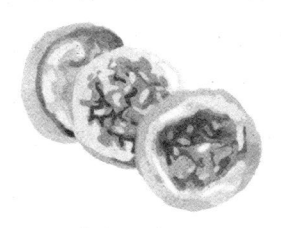

嫩苞谷馍馍切成片,青椒切成丝,做一个青椒炒嫩苞谷馍馍,下稀饭,很好!

了，这个稀饭真的是稀得很，可以照见人的。一碗稀饭，两个馍馍，再来点泡菜，'回也不改其乐'矣！"

"听你说起来，应该味道不错啊？"

"岂止是不错。你想想，绝对新鲜的食材，这就占了起首；经过一道油煎，外壳有一些酥，当然还有点油香吧？再蒸一次，更何况蒸的时候把苞谷胡子和苞谷壳都垫在下面的，它们的清香顺着水蒸气往上跑，可以说整个苞谷的清香都被吸收进了这馍馍里。"

"一顿饭也吃不了那么多啊？"

"说得对！当然吃不完，不过做一次也要费不少工夫，因此就会多做一些。下一次再吃的时候，蒸出来也可以，不过，再次蒸热的苞谷馍馍就比刚做出来的差那么一点点意思了。我们有一种更好吃的方式：苞谷馍馍切成片，青椒切成丝，热锅，下点油，这时候油可以多一点，把青椒丝倒下去，翻炒几下，然后下切好的苞谷馍馍片片，再翻几铲子，洒点盐，起锅。青椒炒苞谷馍馍，就这么简单。看颜色，黄中有一点焦色，再夹杂些绿色，舒服吧？味道嘛……"

"怎么刚吃完饭，肚子又有点饿了呢？要不，明天做几个出来尝尝？"来自广州的小胖咽了咽口水。

"好吧，光说不练是假打。明天就做几个给大伙儿尝尝。"

做嫩苞谷馍馍这事儿就这样摊在我身上了。

第二天，站里的车刚好要下榻城镇，顺道在菜市场买了几个嫩苞谷回来。

晚饭后，把下午剥好的苞谷米放进搅拌机，打碎。这里啰唆两句，都进入现代化了，咱也没必要那么矫情，非得像有些开专栏的美食家说的，用石磨磨出来的就是比搅拌机打出来的香；更何况现在要找个石磨真是为难了自己，就算找到了，推出来的苞谷浆还不够巴磨

172.

子呢。

把打碎的苞谷从搅拌机里倒出来。不对啊！怎么成这样了，跟我以前磨出来的完全不一样嘛！咋个是稀溜溜的一碗？这买的苞谷也不是太嫩啊，剥的时候就能感觉得出来；难道是海拔高了的缘故？但只听说海拔高沸点低，没听说苞谷磨出来也要变稀。

管他咋回事，加柴，热锅，放油，舀一勺苞谷浆下锅。

糟糕，满锅流呢，这怎么能成型？

想象一下当时的脸色，火塘边一群人围着，等着吃呢。

"我出去一下，小胖，你帮我看着火。"

找了个僻静点的地方，拨通了父母的电话："哦，是我，我问点事情。"直截了当地打断他们的寒暄。

"你讲嘛，啥事？"

"那个，我做的苞谷馍馍为啥不收水，不能成型呢？磨出来的苞谷就像稀汤汤，苞谷也不是太嫩啊！"

"你买到甜玉米了，那种玉米越煎越稀，淀粉太少；而且听说是转基因的，我们现在都不吃……"

红 苕

从小我就不爱吃红苕。

秋末冬初，每天早饭必定少不了红苕，稀饭里搭红苕，苞谷珍珍里搭红苕，酸菜汤里还搭红苕。瞅着清汤寡水的几颗米被坨子大的红苕块子横七竖八压着，实在是没胃口。婆婆在一旁说："多吃两个红苕，经饿！"一听更来气了："既然吃了要饿，还喊我多吃？"一直没有分清楚"经饿"和"饿"的区别，对红苕的怨气是吃一块堆一层——如果没得你，我就能吃上全用米煮的饭了！"莫米吃怪红苕"，别说当年幼稚，现在我做事也常常这样，谁叫红苕遇到了我呢？

父亲会换一种说法劝我们多吃红苕："红苕是太空食品，宇航员去月球上都吃。"我总是半信半疑，红苕好重，比提一口袋馍馍费劲多了，还要运到天上去？听长辈们摆我没经历过的年代倒也有可能：拼着"人定胜天"，许多人红苕都没得吃，可能宇航员凭"口粮供应证"买得到几根红苕；还有就是红苕比肉好保存，到月球路上走的时间久呢。

到了我小时候，红苕随便吃，家家院子里都堆成山。有一出戏里面的县太爷拔冠一怒："当官不为民做主，不如回家卖红薯。"我就为这个七品芝麻官的后半生担忧，红苕咋个卖得出钱来嘛？像我们街上只有几个吃"国家粮"的，可人家也从来不买红苕，想要吃了，亲戚朋友一听赶紧送一口袋给他，谁还收钱？写剧本的要么没体验过生活，要么是故意写得这么惨。话说回来，这县太爷真是有良心，为民请命甘愿丢官，就算回家搞个小本买卖，也要做有益于人民群众健康的事业，据说红苕排在健康食品第一名。

相对于红苕稀饭，我对烤红苕的好感更多一些，也仅限于吃而不是自己烤。要烤出一个恰到好处的红苕实在不容易，火大了要烤焦，火小了烤不熟，还要不停地翻动让其受热均匀。冬天的夜晚，坐在火炉旁烤红苕，父亲在旁边教徒弟搅糨糊："看似简单，没一点细致和耐心就做不好。哪个把糨糊搅好了差不多就可以出师了。水和面的比例要拿捏准，火候更重要，还要不停地搅动，时间不够粘合力不足，时间长了又成面糊了，还得重来。" 糨糊盅子一会儿放在火炉上不停地搅动，一会儿又取下来凉一凉。我在旁边一直把炉子底下的红苕翻过来翻过去，默念着："怎么还不好，怎么还不好？"似乎从来都没有烤成功一个完美的红苕，简单如烤红苕都做不好，也难怪会一事无成。

冬夜里围着火堆烤红苕是一件很舒服的事，但是诗人们怎么没留下传唱的诗句呢？倒是烤芋头的有不少，"探梅尚忆陪山屐，煨芋何因共地炉"（宋·刘克庄《怀保宁聪老》），"紫藤坞里归逢雪，煨芋曾烦慰客愁"（明·高启《过海云院赠及长老》），等等。难道像沈从文认为"茨菰的格比土豆高"一样，诗人们也认为芋头的"格"比红苕高？事实并非如此，只因红苕比诗人们来晚了，明朝才进入中国。

高二那年放寒假前一晚，从外面搞了些柴火偷偷地在寝室里烤火摆龙门阵，半夜肚子饿了，有人提议去教师宿舍搞点香肠腊肉回来煮。出门转了几大圈，没见到腊肉香肠的影子，看到一家放在阳台上的红苕，拿了几个回寝室，煨在柴火堆里，左等也不粑，右等也不粑，龙门阵摆得差不多了，柴火燃尽了，一个二个困得不行，上床睡觉去了。第二天一早连红苕带柴灰一起扫尽出门。烤红苕没吃到，记忆却忘不掉。

炸红苕也好吃，因为是油炸食品嘛，不过一般不会专门做，常常是炸酥肉后剩下一些没用完的粉面子，把红苕切成条裹上粉面子放进油锅炸，但这个东西不像酥肉可以存放，最好是边炸边吃，能站在油锅边用手抓着吃味道更是不摆了。

红苕易储存，但放久了也烂得快，常常会放进地窖里盖起来。印象中还会把红苕晒干了或者蒸熟后存放，但因为没有亲自做过，只好打电话问在老家的父母，两个人在电话那头抢着说：

"红苕洗干净，皮削了，切成小颗子，晒干。磨成红苕面。"

"蒸红苕面馍馍，那些年都把我吃伤心了，再也不想吃了。"

"说不定现在的人又喜欢吃呢！开水掺进红苕面里，用筷子搅，不要把开水掺多了，等稍微凉一点，揉成面团，做成馍馍，上笼蒸熟。"

"你这费事，直接揉成一个圆筒，用刀切成一片一片的，在蒸笼上立起来依次码好，一笼可以蒸好多。"

"还有一种，是把红苕淘干净，上笼床蒸。"

"不要蒸得太粑，太粑了切不成。"

"蒸好后等它冷了切成条条，摊在簸箕里端到外面晒，要天气好才行。"

"前两天你二孃又给我们背了一背篼红苕。"

"说那些废话干啥？天气不好晒不干要发霉。"

"还可以晾整个的红苕，用细铁丝拴根麻绳，把红苕一个个穿过去，挂起来等风吹干。"

"你这个还不如把红苕皮剥了，用切刀压蓉，做成一个个圆饼，用架子在灶上熏一下再挂起来，就像做豆腐干一样。"

"你这样不麻烦？还莫得挂整红苕好吃。"

"你晓得啥，吃都没吃过。"

"好好好，我记下来了，做成红苕干以后咋个吃呢？"听到他们要跑题，我赶紧插话。

"跟新鲜红苕的吃法一样，稀饭煮开了搭进去，蒸菜可以打底子。"

"蒸鲊肉用红苕垫底又香又甜。"

"以前办酒席，又不像现在一年四季啥蔬菜都有，萝卜南瓜没出来的时候就用红苕干坝底子。"

"现在馆子里有道菜，蒸粗粮，如果把里面的新鲜红苕换成红苕干，口感不一样，说不定还好吃。"

"河沙洗干净倒进锅里，风干的红苕干埋在沙子里，小火慢慢炒，炒好后当零食吃，吃起来是酥脆的，你们都没吃过。"

"你这是一种炒法。我给你说一种，现在没人做了，把风干的整红苕上笼蒸熟，外面的皮剥干净，用刀压蓉，放香油炒，火一定要很小很小，稍不注意就要炒焦，啥都不加，炒透后铲到盘子里，可以淋点儿桂花糖，甜得伤心，吃的时候小心烫嘴哈。"

"……"

我在电话这头用心记录下来，我们这两代人用这种方式延续着食物的生命，至于下一代么，管他呢！

烩 面

每个人的童年都有一个关于外婆家的梦。

这年暑假,眼看着开学的日子一天天靠近,我的焦虑和不满也一天天增多,和街上的小伙伴们偷偷下河洗澡或者走二十里山路去元坝区上赶场已经提不起我的任何兴趣,今年还没有去外婆家玩呢,而弟弟妹妹去耍了十多天都回来了,直到有一天下午爸爸说要带我去外婆家。

我们搭公社农机站进城的顺风车,在回水粮站下车的时候,天已经黑了,然后走了十来里山路,翻过一道梁,爸爸用手电筒射向半山腰的一套尺子拐瓦房,说:"到了。"

"汪、汪汪、汪汪汪!"狗叫声打破了山中的宁静,接着,有一间屋子拉亮了电灯,昏黄的灯光从窗子里倒下去,映在静静流淌的嘉陵江上,轻轻摇荡。

"咋块这么晚才来?"外婆给我们端来一盆洗脸水,"还没有吃饭吧?提前也摸不到你们要来,没给你们留饭菜,要不就给你们煮碗烩面吧!"

爸爸陪着外爷在院子里聊天,我却坐不住,跳起来去跟外婆做烩面。

外婆从灶屋房梁上取下一块腊肉,切了半截,把剩下的又挂上去，短了一截的腊肉晃来晃去，模模糊糊的影子在墙壁上时而长时而短，它在逗着旁边的腊肉，不想让它们看出自己变矮了。

"走那么远的路，这么晚还没吃饭，饿坏了吧？"外婆倒了半瓢热水，用竹刷把翻来覆去刷洗着腊肉，侧着头问站在旁边的我。

"不饿。"我说。

我对很晚才吃的晚饭并不会感到厌恶，因为正常的晚餐几乎是千篇一律，只有当母亲干活回来很晚时，才会做不一样的食物，比如烩面。那晚我并不是跟外婆拘礼，只是因为兴奋代替了生理上的饥饿感。

外婆洗干净腊肉，又倒了半瓢开水泡着，开始和面。案板上的一堆面粉，在外婆的双手下，先变成了一块光光生生的面团，接着，她用擀面杖压出一个圆饼，洒上扑面，卷在擀面杖上，在案板上前前后后擀几遍，退出来，再洒扑面，略微转一个角度，把擀得薄一些的面饼再卷在擀面杖上，反复多少次，面团已经变成一大张薄薄的面皮了，我担心再擀就要破洞了。

"再擀一次，你爸爸吃的面薄得很，往常我们自己吃，要少擀三遍。"外婆小心翼翼地把面皮从擀面杖上摊开，再折起来，切成八分宽的条，再把面条铺抻展，铺一条洒一层扑面，一条条重上去，每根面切得那么均匀，好像用尺子量过一般。她斜着菜刀，沿着一个方向切下去，然后提起一沓沓面片在空中抖散，扔在案板上，一块块梭子花一样的面片杂乱地趴在案板上，每个面片的兄弟姐妹都那么一致，好似一个模子里倒出来一样。

外婆给面片搭上一张纱布，拍拍手，对我说："想跟我去园子里摘菜吗？"

"想。可是我害怕晚上有蛇。"我一边说一边跟她走出灶屋。

外婆从偏屋墙角捡起一根竹子颠颠，上面有一些竹叶子还没掉光，递给我："有这个就不用怕了，你们老师教过那个成语没有——打草惊蛇？"

我拿着竹梢走在前面，高高举起，扫着小路两边长得密密的野草，发出"沙沙沙"的响声，忽然"噗通"一声响，"啊！"我被吓了一大跳，叫了出来，"汪汪汪"，我的叫声把狗惊醒了。"哈巴儿，不要叫，家里边的人，咋个那么没眼水呢？"狗听见外婆的骂声，哼哼两声又躺下了。外婆对我说："莫怕，那是癞切蚂。"

热天的菜园子长得下不了脚，我们分开从绳子上吊着的菜藤子，小心翼翼地避让着趴在地上的南瓜、菜瓜子，我看到了圆圆的茄子。"外婆，我们摘个茄子回去嘛。"我说道。

"茄子过季了，老了不好吃，豆角子也老了，全是筋，我们摘根丝瓜，这几天的丝瓜嫩气，吃起来带甜味。"外婆正打算从藤子上摘丝瓜。

我急忙拦着："我来摘。"正准备动手，我又问她，"咋个晓得是不是嫩丝瓜呢？"

"你凑近了，听听丝瓜有没有喝水的响声，如果听到了就是嫩丝瓜，就像乜娃儿在喝奶一样。"黑夜，我听见外婆的声音带着笑意。

我把耳朵贴近一根丝瓜，没有听到喝水的声音，再悄悄地挨近旁边一根，屏住呼吸，我好像听到丝瓜里有水在流动，我摘下来，举着对外婆说："这根是嫩丝瓜，我听出来了。"

我们又从地里摘了个菜瓜子，掐了几苗葱，来到屋后的水井旁淘洗。

"这水好凉快啊！"我一边用手捧着水往脚上浇，一边对外婆说，"我来刮丝瓜。"

外婆把洗过的丝瓜递给我，再递给我一块烂碗片。

"咋不用刀子刮呢？"我问外婆。

"刀口太薄，又锋利，容易把丝瓜刮断，不小心还会切到手。"外婆说。

碗片的缺口刮过丝瓜，一团丝瓜的外衣掉下来，我的左手握着丝瓜的黏乎乎，右手捏着碗片的滑润，丝瓜和碗片靠在一起发出的"唑唑"声，还有外婆划拉井水洗菜瓜子的声音，一阵阵被青蛙和虫子的声音盖过。

我点燃柴火放进灶膛，外婆在案板上切腊肉、丝瓜和菜瓜子，灶膛燃红了，锅烧热了，外婆舀了一勺清油，从大锅的半中腰一圈淋下，接着放了点姜片和蒜片，然后用菜刀铲起腊肉片倒到锅里，刺啦！一阵香气升起，在灶屋里弥漫。

我记不起外婆把菜瓜子、丝瓜倒进锅里炒香了后，是铲起来再掺水煮面还是直接在炒好的菜里掺水。

后来，外婆告诉我，那晚我在灶门前睡着了。

"你有没有梦到什么？"外婆问我。

糍 粑

新修的高速公路进入山区路段后，车流越来越少。天色渐渐暗了，月亮就更明快起来，毕竟是中秋，一年中最好的月色。银辉下起伏的群山比多年前奔跑得更快，那时候我们乘一辆老旧的大客车，在山里摇晃一夜，才能回到老家。

还有很长一段路要走，得跟车上的人聊点什么，以驱赶悄悄袭来的困意。公路两旁的山坡上，一些庄稼田里仅剩下稻茬，这些粗短的秸秆正在伏下身子，开始亲吻泥土，重新回到大地。山上更高的地方，还有稻子在等待收割。秋天，乡亲们又该吃上新米了，只是，中秋节他们还做糍粑吗？

以年少时干过不多的农活经历来看，在我的老家，端阳、中秋和春节，这三个节日真是一步步踏着农时的脚印在走。一年里种一季小麦一季水稻，如果老天给力，风调雨顺，人不偷懒，辛勤劳作，到端阳节前半个月左右，从山脚开始，一台地一台地的小麦开始收割、翻晒，端阳节可以吃上当年新磨的面粉；快到中秋，水稻熟了，有上两三个出大太阳的日子，过节就能吃上新米。在一个延续了几千年的农耕社会，吃饭是头等大事，主产的粮食丰收了，自然要享受和庆贺一番，以感谢上天的恩惠，以酬劳几个月来的辛苦。在农历五月，用新磨出来的面粉包上馅做成包子，或是在仲秋八月中，把刚打出来的糯米经过千百次捣锤做成糍粑，它们就是最美最新鲜的味道。当然，在享受之前，我们得先敬奉上天，尽管我们犁地、播种、施肥、浇水、锄草、收割、晾晒，多少个日子付出无数的心血，但如果没有老天的帮助，或许这一年将颗粒无收。选出做得最好的包子或者糍粑，盛上满满一盘，放在院子里的桌上，袅袅烟气将我们的感谢和对下一季的祈祷带给上天。最初是每一家人或早或晚几天，独自进行这种仪式和享受最新鲜的食物；后来，村子里的长者提议了，我们集中在某一天做这事吧，大伙儿说好啊，这样岂不更热闹，于是日子慢慢固定下来，就成了节日。

该聊聊糍粑，那些曾经在无数个中秋节被我老家的人们作为节日享用的食物。

有一年开始，我们又可以按照自己的意愿来耕种粮食，尽管土地仍不属于自己，多年以前我们曾经拥有过土地，不过我没有问父母那些岁月会不会种糯谷。育秧苗时，父亲决定将其中的两块田种上糯稻，经历了多年的忍饥挨饿，乡亲们都希望能吃个饱饭，家家都种上了高产水稻，而糯稻的亩产量比稻谷低，想来我家两块糯稻田在那一年成了村子里的唯一。

进入农历八月，田里的稻谷一天天看着变黄，大人们每天都来到田边转转，思量着什么时候可以收割。

一天早上，正准备出门上学，母亲在身后说："明天跟老师请一天假，家里打稻子。"

接下来的第二天，有一些东西永远不会再出现在我的生活里了，比如那天老师的讲课和家庭作业，但有一些事情如密封多年的窖酒，开缸才知道平静的外表下一直在发酵，好像我写这些文字时，停下来抚摸手臂，那一天被忙碌穿梭的稻叶割开的伤口依然顽强地从光滑的皮肤下冒出来，想要感受掌心的温暖。

收割完稻子后没两天，大人们在谈论着明天就是中秋节，要准备做糍粑了。从他们带笑的脸上，孩子们莫名地泛起期望的喜悦。晚饭后，我们不约而同地放弃了玩耍，围着婆婆的身后转。刷洗干净一口大锅，在跟着她；去屋里米缸舀米，在跟着她；捡拾不小心掉在地上的糯米，在跟着她；给锅里掺水泡糯米，也在跟着她；当她回屋休息时，我们还跟着她，以为她能变出糍粑来。

第二天吃过午饭，家家开始做糍粑了。浸泡了一夜的糯米，变得滋润饱满。沥干水分，盛在甑子里，烧大火开始蒸糯米。隔一阵子，将盖子揭开，从上面给糯米透一次水，差不多透两次水后，再蒸一些时间，糯米就蒸透心了。院子里已摆好洗干净的簸盖，等着糯米从甑子里倒出来。八月的阳光下，一团银白色在盖子上轰然铺开，滚热的糯米香气四溢，飘浮着半年来阳光、雨水和禾苗的味道。

洒一些开水在糯米上面，用湿毛巾盖好，等开水从底下渗出来后，就把它们舀进石臼里，用一根木杵开始舂。上下翻动的木杵被糯米黏糊着，每舂一次都要使出很大的力气。我们兴奋地抱怨着："今年的糯米真难舂，黏得很，做出来的糍粑会连牙齿都粘住哦。"

从小镇走过，听见沉闷的舂糍粑声音，此起彼伏。

屋外，孩子们围着大人在舂着糍粑。屋里，婆婆正在将黄豆和南瓜子炒熟，用石磨磨成粉，做成糍粑的蘸料。

在木杵的捣鼓声和炒黄豆面的焦香中，夜色降临，这一年中最明最圆的月亮升起来了。舂茸的糯米放在案板上，婆婆用手扯一块下来，抟成一个圆糍粑。一个个糍粑装满大圆盘后，婆婆端上它们放在院子中间的凳子上。刚才还打闹不停的孩子们也安静下来了，澄澈的月光静静地照在白色的糍粑上。我不记得会不会想起端阳时的那一笼在阳光下沉默不语的包子。多年后我猜想父母那一刻想起的是一个季节劳作的辛苦,他们也许是在感谢带来丰收的神们,还在期待来年一样风调雨顺。

该吃糍粑了,月光洒满小院,桂花飘来淡香,白色的糍粑,黄色的炒面,晶莹的白糖,和家人有几句没几句的闲聊,我的记忆把它们想象成一幅画面了。

故事结束时,我们也到老家了。爷爷婆婆在屋子里等着呢,一阵寒暄过后,婆婆对孙女说:"路上走这么久,一定饿了吧?今天是中秋节,给你留了好吃的。"

母亲转身从里屋端出来一些包装精美的食物。

炕面子

这几张照片给了我少年时的眼睛，带我回到老家的灶膛边，看着母亲炕炕面子，往昔我是靠着记忆来回味。

母亲将煮好的酸菜稀饭从铁锅里舀出来，准备炕炕面子。灶膛里炭火已燃尽，烧上了柴火，炉火就不再那么生硬，它们柔和地映在灶门后边的墙壁上，时明时暗地舞动着暗红的身姿。母亲将一瓢面粉倒进小菜盆里，加一些水，用筷子顺着一个方向搅动。那些逃离了菜盆的麦面微粒，在透过屋顶亮瓦的一柱阳光下跃动，是飞跃过光芒还是最终跌落在大地上呢？这些和水交融在一起的面粉兄弟们低下头，俯进盆里沉思着。她用筷子挑起一些搅匀的面糊，看它们重新滴落下去的姿态和速度，以判断水和面粉的比例是否合适。

母亲顺着锅边一圈倒进一点菜籽油，只有那么一点点，刚刚浸润半个锅面。"妈，再倒一些油嘛，太少了。"油香随着青烟飘散，我踮起脚伸长脖子使劲地吸着。"够了，多了就不是炕炕面子了，是煎饼子了。"对话一遍遍重复，我知道每一次说出来都是徒然，而我仍然期望母亲有一天手抖了，会放多一点油。在缺少油水的少年心里埋藏着的简单愿望，成年后我用某一种方式表达出来。

母亲左手端着面盆，微微前倾，与铁锅保持着若即若离的距离，右手的筷子开始指挥起舞了。筷子伸进面盆里向上向外一挑，面糊被筷子带动起来，如一面三角形的风帆，麻利地跃出面盆，跳进了热锅里，轻轻地"吱"一声，就贴紧了新朋友。在重力的作用下，面糊顺着锅壁向下一点点流动，终于停了下来。就这么一点点时间，母亲快速挥动的双手已经围着锅边转了一圈，面糊参差不齐地刷满最上面一层，母亲接着转向下一圈刷面糊。或许该用"甩"字，那些听话的面糊被两根简单的筷子甩出了面盆。上面一圈的面糊流下来，连着下一圈的面糊，却还在锅里留下一些空隙呢！眼花缭乱中，母亲已经"甩"满一锅面糊。那些长短不齐厚薄不均的面糊全部连接起来了，却没有布满整个锅底，中间留下大大小小的空隙，如大师笔下的山水画，它们懂得留白的艺术。

这会儿，母亲放下面盆和筷子，用锅铲轻轻地赶一下某些还在流动的面糊，如同在补色这幅黑白相间的山水画。那些面糊好似中国画大师的用墨，有厚重，有浅淡，在柴火的加热下，浅薄的地方渐渐变色，开始微微翘起来了，一锅炮面子渐渐在长成；院子里，一条狗在撵着公鸡上蹿下跳；山梁上，一轮血红的残阳映着炊烟；地球的另一面，一声清脆的鸟鸣唤醒新的一天；某一间地宫里，一段千年前的故事慢慢鲜活起来；而在太空，一颗刚睁开眼的星星诧异地看着身边一个带翅膀的新邻居……

一锅的炮面子，从薄到厚慢慢地收干水分，铁锅拉开了面饼的黏糊，母亲用锅铲兜住整张面饼，抬起来飞快地翻个身，让另一面与柴火更亲近地接触。翻过来的这面，麦粒色中布满星星点点的焦黄。感觉另一面炕得差不多的时候，母亲将面饼铲起来，盛在筲箕里，然后开始下一次的创作。而我便动手将这张面饼撕成小片，热热的、柔软的、带着些许油腻的炮面子在我手中掉下。

终于将一盆的面糊"甩"干净了，母亲炕好最后一锅，我也把它们全部撕成了小片。母亲向锅里倒了一些菜籽油，把筲箕里的面片倒进去，用锅铲翻动，让它们再次均匀地受热，然后洒一些盐，上下翻动。灶膛里的柴火已经燃尽，只有微弱的火星在跳动。母亲抓起案板上切细的葱花，洒在面片上，起锅。

炕炕面子就这样做好了。

请相信我，它不是你们眼中的煎饼或者锅摊。"让面糊入锅摇之便薄，曰煎饼。"那些浸满了油脂的锅摊厚薄均匀，切得整整齐齐，如印刷品一般了无生机。而老家的炕面子就是一幅泼墨山水画，每一个炕炕面子的女人就是生活的艺术家，充满着个性，不能被复制。

一碗酸菜稀饭、一盘炕面子，是最生活的搭配。在缺少食物的年代，它们一个承担着主食的职位，一个是下饭菜。一餐饭里，米和面，带着四季的风、阳光和雨水与你相逢；粒和粉，带着粗犷和细腻与你相知；稀和干，带着单调的印刷版和生动的泼墨中国画为你呈现。它们在你的口中相遇、中庸、平衡。

干活的人，只吃酸菜稀饭是受不了的，一会儿就饿，炕面子就管用了。那时候，山里有一个大个子，干活不偷懒，力气又大，附近的人都愿意找他帮忙，人们都说："那个憨子，找他帮忙做事，撇脱得很，干完活你给他炕两盆炕面子吃就可以了。"

我从遥远的村小放学回到家里，大人们已经吃完饭干活去了，婆婆从热和的锅里给我盛一碗稀饭，端出一盘炕面子，再从坛子里捞几块泡菜。那些温热的炕面子，在清油和葱的味道映衬下，散发出幽幽的麦香味。"吃麦子长大的/在月亮下端着大碗/碗内的月亮/和麦子/一直没有声响"，"麦地/别人看见你/觉得你温暖，美丽/我则站在你痛苦质问的中心/被你灼伤"，我相信，相对于诗人，一盘炕面子还是喜欢遇见我，因为我们都没有那么深刻。舌尖先遇到那微微发硬的炕面子的边缘,然后是渐次变得柔软的中心,这一片相遇的炕面子,如水墨般再次在我嘴里晕染开来。多么香的炕面子!让我想起父辈以及父辈的父辈,还有山里的日子,我势必要珍惜它们。

那一餐饭吃到饱,居然还剩下半碗炕面子没吃完。

米豆腐

到家的时候，父亲在院子里听收音机，见到你的那一瞬间，后背从椅子上离开了片刻，接着又靠了回去。

"咋没打招呼就回来了？"父亲把声音关小了点，收音机仍然开着。

"临时起意的，也就没有打电话给你们。我明天一早走。"你一边倒开水一边回答。

"正赶上煮晚饭，让你妈多搭点米。"

"妈，我回来了，多搭一个人的米。"你朝厨房里喊道。

"你啥时候钻出来的？咋不提前说一声，我也好准备点菜和肉嘛。"母亲从厨房里快步走出来，双手在围裙上揩抹着，"你先坐着，我煮点腊肉香肠，再炕个米豆腐，说来也巧，昨天你大孃做米豆腐给我送了两筒。你最爱吃这个了。"母亲又折回厨房。

"我去帮妈煮饭。" 两个人默默地喝了一阵茶。你和父亲之间的话本来就不多，长大后就更少了，哪怕是几年不见也一样没攒下几句。

"你不陪你爸喝茶，跑进来干啥？饭已经好了，本打算蒸干饭，不过你走了一天肯定想喝点带汤的，熬的是酸菜稀饭。等我把米豆腐炕出来就可以吃饭了。"母亲正在切最后一块，先斜着切成块再切成一片片菱形的米豆腐，在菜墩上散开，旁边的盘子里有一些寸长的蒜苗。

你在灶门前坐下，炉膛里的柴火舔上了你的脸，红红的火苗依然如少年般洋溢着热情，而你发觉自己正在远离它们。母亲给锅里刷上油，将切好的米豆腐倒进去，一片一片摊开。你把柴火向炉膛的四周驱赶，好让温暖塞满每一个角落，让锅中每一片米豆腐都均匀地受热，小火慢慢地炕熟。这是一个需要耐心和细心的过程，米豆腐的某一面要煎到恰好，微微起小泡的时候把它翻过来再煎一下，翻面的时间要掌握得好才不至于过硬或者太软，锅铲用得不对就会把娇嫩的米豆腐折断，炒出来的模样很难看。母亲小心翼翼地用锅铲翻着每一片米豆腐，灯光下，她的影子比你小时候看到的更短，岁月把她拉扯得离锅沿更近了。

母亲把炕好的米豆腐铲起来，锅里再倒上油，你将柴火烧旺，母亲把米豆腐倒进锅中，轻柔地翻炒几下，放入切好的蒜苗，再撒些盐，就铲起来了。

"另外切得有腊肉，米豆腐里我就没放肉了哈。"母亲似乎带着歉意跟你讲。

父亲已经在院子里摆好桌椅。坐下去的一瞬间，小木椅吱吱吱地问你：这还是原来的小主人吗？多年不见，依然是那种熟悉的触觉和味道，但为什么重了许多？是我老了吗？这些年你会在哪里落座？小木椅的这些问题你已无暇回答，因为桌上有你喜欢的米豆腐。

青青的蒜苗间杂在淡黄的米豆腐中间，散发着一丝丝清香，一片片米豆腐几乎没有断裂的，其中的一面略微酥脆布满小泡，另一面只留下一点点煎过的痕迹。夹一片进嘴里，酥脆中有柔软的感觉，这是家乡的味道，这是母亲做出来的味道。这些年在外地，也有米豆腐或者叫米凉粉的食物，但没有这种吃法，它们更多是被煮着吃。

"这一盘米豆腐不够你吃吧？要不我再炕点？"母亲看你吃得那么香。

"不用了，差不多饱了。"你不想让老母亲再去劳累。

"那我今晚上用柴灰泡些米，明早做些米豆腐你带上走。尽管说城里也有卖的，但都是用碱泡米，机器做出来的，不好吃。"后面这句话很熟悉，你常常在外地朋友面前用这种语气讲述。

"去隔壁毛老汉家换点'矮子粘'，他前几天刚打了一背篼，也打算做米豆腐。"父亲朝母亲说道。

"现在还有人种'矮子粘'？"你好像对这种稻子还有印象。

"只栽种了很少一点，城里做米豆腐的店子专门订购种植的，现在的品种煮饭好吃，做不成米豆腐，太黏了。只有'矮子粘'最合适。那时候，引进的'矮子粘'是高产稻了，区上的赵书记大会小会都会讲他编的顺口溜'矮子姑娘脚脚矮，广东嫁到四川来。不要嫌她脚脚矮，年年评比显人才'。"父亲的目光回到了60年代的某片稻田。

第二天一早，你在床上听到了门外推磨的声音，你也睡不着了。天还未亮，父亲推着手磨子，隔个两三转，母亲就往磨眼里加一勺泡好的米。在柴灰中浸泡了一夜的大米，已经被母亲淘洗过很多遍，依然略微发黄。磨出的米浆也泛着微黄。

"我来推会儿吧。"你站在父亲身后。

"不用。你再去睡一阵，天还早。"

觉是睡不下去了，就让你的这双眼睛记录下父亲母亲做米豆腐的影像。

母亲把磨好的米浆倒进锅里，又掺了一些水搅匀。父亲点燃柴火,大火煮开后,将火放小一点,期间要用大饭勺一直不停地搅动米浆。你和父亲在灶边,默默地看着,那些水分在柴火的烘烤中渐渐消失,如同这些年的日子,像一阵阵烟雾般飘散。米浆变得越来越干,母亲搅动得也越来越吃力,但这时你是无能为力的,母亲不会放心将锅铲交给你,因为火候控制到了最关键的时候,弄得不好,做出来的米豆腐要么不熟,要么就太老了。你不知道如何去掌握火候,是凭借手搅动的感觉吗?还是眼睛看到的颜色呢?又或者来自于空气中弥漫的香味?你为自己感到幸运,因为你还能看到母亲为你做米豆腐,许多年以后,当你的儿女长大时,他们只能在故事中听你讲述。

差不多可以起锅了,母亲将黏黏的米团铲在案板上,趁热开始揉成一条条粗筒,如同加粗了的擀面杖。一筒筒揉好的米豆腐再放进蒸笼,大火蒸半个小时,就可以出笼了。

吃过早饭,你要踏上另一个归程。母亲为你收拾了一些东西让你带上。口袋很沉。

"太重了,取一些出来。"你开始动手往外面取米豆腐,带上两三筒就足够了,而母亲竟然装了满满一袋。

"多带点,到外面吃不到。回去放在冰箱里,十天半月也不会坏。"母亲捡起你取出来的米豆腐又往袋子里塞。

你有点不耐烦了,或许嫌老年人的啰唆,抓住米豆腐向外一推。这时,母亲也放手了,以为你已经抓稳。

一筒米豆腐带来的争执就以这种方式解决了。

苍溪红心猕猴桃

时间来到9月，该写一篇猕猴桃的文章了。近些日子市场上到处可见猕猴桃，很多人已经吃得不爱了，是不是写晚了些？不会晚，前两天老家来消息：中秋节前后，红心果可以下树了。

好像吃猕猴桃也就是最近二三十年的事。

2004年，在新西兰的一家农场，店里堆满漂亮的猕猴桃，尝了一个，味道不错，我问道："你们的猕猴桃是绿心的和黄心的，怎么没有看到红心猕猴桃？"他们告诉我："在新西兰没有红心猕猴桃，只有中国有，它们被保护不能引种。"一来因为我老家有红心猕猴桃才故意这样问的，另一个原因是因了猕猴桃，我的家乡和新西兰在多年以前就有渊源。

二十世纪80年代末，我在县城读中学，一天全校师生被临时集合在操场，说有老外来学校做演讲。内地偏远小城，来个老外是当地的大新闻，那是我第一次亲眼见到老外。当天讲了些什么，已经完全没印象，只记得客人来自新西兰，因为猕猴桃而来。

查询资料，了解一些新西兰猕猴桃的种植历史。1903年，新西兰女教师伊莎贝尔把中国猕猴桃（从前叫羊桃）的种子带回新西兰。1910年结出茶色形状奇妙的果实。1937年提普基的农场主马克劳林，在约4000平方米的地上栽培了猕猴桃。1940年企业栽培成功，在新西

苍溪红心猕猴桃

猕猴桃这东西也不例外,别去采野的吃了,好吃的还是"苍溪红心猕猴桃"。

兰国内，同时作为商品被公认为水果。马克劳林并不只满足于国内市场，于1953年呼吁当事者首次向英国出口。1980年，新西兰栽培猕猴桃12300公顷，年产量达2万吨，独占世界市场。因此在20世纪七八十年代我们要向新西兰学习猕猴桃种植技术，其中就包括我的家乡。

1982年，在家乡那块土地上实生选育出红心型猕猴桃品种"红阳"，1997年通过四川省农作物品种审定委员会审定，2003年申请了国家植物新品种权，这是中国国家层面通过的首个猕猴桃新品种。2004年，"红美""红华"申请国家植物新品种权。这些年，越来越多的红心猕猴桃品种出现，查其品种来源，大部分从"红阳"等杂交选育而来。"红阳""红美""红华"等都是在我家乡苍溪本土选育出来的，2004年国家质检总局对"苍溪红心猕猴桃"实施原产地域产品保护，特别界定为：在苍溪县独特的地理和气候环境下出产的优质猕猴桃，以红色系列的红阳、红华、红美为主打品种。2011年11月20日，"苍溪红心猕猴桃"成功注册为地理标志证明商标。

因为这些渊源，当我在新西兰看到猕猴桃时，才会问他们有没有红心果。

纵观猕猴桃栽培史，从野生果子到可食用，短短十多年时间，人类就有了新的植物品种，越往后更多新技术的出现，或许孕育新品种花的时间更短。与此同时，每天也有一些物种在消失，它们生存了千万年甚至亿年才消失，是不是消失的速度很缓慢？这样的一生一灭，你会怎么看？

有一年国庆节回老家，在山林里找到几株野生猕猴桃，上面挂着果子，毛茸茸的，摘了些大一点的带回家捂起来，等捂熟了吃。结果放忘记了，过了好几天才想起这事，打开一看，还是硬邦邦的，切开，尝了一口，酸、涩，无法入口。

文章写到这里该结束了,不过上午受到批判,说我向来说话不说完,总是留一半让别人猜。这个坏毛病就是写文章惯出来的,文有歧义,要留点意思让读者自己去想象和发挥。但是坏习惯得改,现在就改。最后一段话,是想告诉你,野生的东西不好吃,以人类的聪明才智,能吃的、好吃的,肯定会想方设法给你搞来,并且驯化、选育,让它越来越体贴你的胃、你的脾气。猕猴桃这东西也不例外,别去采野的吃了,好吃的还是"苍溪红心猕猴桃"。

第四季 天冷了

大雪小雪,烧锅不熄。

喝茶——红茶

响起一阵敲门声。

"是谁啊?"屋子里传出不紧不慢的声音,夹杂着暖暖的炭火味。

"隔窗无缘知是谁。"阴冷的朔风吹散门外的回话,摔打在雪地上。

房门打开了,主人一欠身,让进客人,反手将风雪关在屋外,但有一丝暗香窜了进来。此刻,他们同时都面向着一堆炭火,燃烧得正旺。

"是来点酒还是喝茶?"

"两个人,喝茶好了。"客人落座后说道。面前放着的茶壶热乎乎的,一个茶杯陪在壶的那一边,尚余半杯残茶。

"那让我新沏一壶吧。"主人弯腰去取茶壶。

客人一手提起茶壶,一手翻开茶杯,倒上茶水。"来了,就是新茶水。"

主人哈哈一笑,在对面坐下,给自己也续上一杯。

一阵阵热浪从身旁的炉火里涌出来,红色如火一般的艳丽,映在四周的墙壁上。客人端起茶水,徐徐喝干,再倒,再饮,连饮三杯,火红的光亮渐渐从脸膛上泛开。

"漫天风雪,一路辛苦吧?"

"终究日日是好日啊！"客人笑着答道。

"我去院子里打一壶水进来。"主人披上外套，从炉子旁边提起水壶。还是那把老水壶，尽管被主人擦拭得几乎一尘不染，但岁月的痕迹却抹不去，那提手上有着年轻时手心的温暖，客人的心也被轻轻地拎了起来。

"昨天从山后的泉水井里挑下来的，放了一个对时，正好合用，山石的腥气散得差不多了，而水的灵性还在。"看到客人也跟随了出来，主人边走边说。

"是什么时候找到这眼泉水的？"

"泉水就在那里啊，我也没有找它。"主人揭开水缸盖子，"在半山上。一股泉水顺山石间流出，石上有一低洼处，正好可以盛流出的水。夏天，水透凉乃至刺骨，冬日，漫漫白雪中但见其所在之处热气蒸腾；饮之，有微甘，但不夺味；刚一过舌，及腭，根本来不及吞咽，便下到肚里了。"

"应该是泡茶的好水！"

院子里一片澄静，月光从雪上反射，水的寒意明晃晃地亮了出来，在被掺进水壶之前。旁边的蜡梅被前半夜的寒风吹落一地，树枝上却又有新芽冒出。屋子里温暖的光芒从门口漏了出来，转过身去，背后的寒气更深。

两人回到各自的位置上坐下。主人将炭火拨了拨，等待火势燃得更旺了，便把水壶坐在炉上。

"这把水壶跟随你有二十多年了吧？"

那时候，无论是喝酒还是喝茶，都是一大帮人。开始时，杯子一人用一个，话一人说一句，慢慢地，杯子越用越少，摔碎了，就捡不起来，话却越来越多，说慢了，就跟不上趟。到后来，泡茶没有足够的杯子，于是，你把茶叶直接放进水壶里，用碗盛着喝。记不清谁一不小心，没接稳，水壶掉地上了。

"看到这个坑了吗？就是刚买回来那次摔的。"那两下沉闷的响声陷进壶上的坑凹里，再没有出来。

主人打开一袋茶叶，抓一些放进洗干净的茶壶里。

"是今年的新红茶？"

"茶是新茶，不过不是今年的，是因为你来了，它就是新茶。"

这一回，客人先笑了。

炉子上，水开始发出响声，一阵阵变大。主人仔细听了听，揭开了盖子。

"壶底应该是爬满蟹眼了。"

两个人同时将目光移向了水壶，聆听着壶中的响声。他们从响声中看见一些蟹眼从壶底爬起来，消失了；另一些却跑向了身旁的同伴，变大成鱼眼状；接着，这些蟹眼、鱼眼即将消失，壶里水面好似吹过一阵微风，涌起了轻浪。

主人将水壶从火炉上提下去，半壶水倒进暖水瓶，另一些留在水壶中，揭开壶盖，雾气从壶里升起，两个人的对面似乎都不那么真切。

"这茶叶是从哪里买的？看不出字号呢。"

"它没有字号，就只是一包茶叶。"

"喝起来好吗？"

"好喝不好喝，我不清楚啊，你要问你自己。"

主人将水壶的盖子盖上，提起来，把水倒进茶壶，洗一遍茶和茶杯，再倒水，等候片刻，给客人的杯子里斟好茶水，接着给自己也倒上，"当我一个人喝茶时，我感觉到茶的味道；当两三个人喝茶时，我已经记不清喝过的茶味；更多的人在一起时，我们已经忘记谈论茶了。"

深红色的茶汤在茶杯里呈现，仿佛又见到了日落时从四面包裹住自己的温暖。淡淡的茶叶香味随着热气飘散，一层又一层时间的味道在漫开。若有若无间，茶水已端了起来，在鼻尖前，想要迫不及待地去亲近嘴和舌。

炭火变得小了，安静了，刚才烧水的声音慢慢消失，屋外的风声停歇住，只有茶水在滑过喉咙。

客人和主人一杯杯地喝着红茶，在某个寒夜。窗外，有疏影横斜，暗香浮动。

"茶如何？"主人终于打破了宁静。

"你要问你自己啊，我怎么知道。"

"哈哈哈……"

山中，两个人的笑声越过了寒冷。

他们又聊了起来，伴随着一杯杯茶，依靠着一团团炉火。至于谈论些什么，我不知道啊！或许你更清楚，因为你不会缺席这场茶会。

"再继续泡一壶新茶吧？"

"可我们什么时候中断过呢！"

酒　席

"你们几个去搬桌子板凳,再把李家的蒸笼抬来。"支客老王伯扶了扶老花镜,翻开记满大小事务的小学生作业本,不紧不慢地吩咐着前来帮忙的人。

吃过午饭后,被央来帮忙的邻居们接二连三地到了,开始忙活起来。我和一帮半大小子被派去搬东西,这让我十分兴奋,晚上就可以坐席了,从今天开始要大吃好几顿,还能没人管束地疯玩。吃酒吃三天,这是老家乡下的习俗。张叔家成圆儿子,明天中午是正席,婚礼前一天晚上是四桌饭菜,为先到的外地亲戚和帮忙的街坊邻居准备的。那时候乡下没有自助餐,人多了总得弄几个菜出来,不然要被人说闲话——"某某家请客,稀饭泡菜就把人打发了,哎呀!越有钱越小气"。我们对吃总看得很重,就算是吃别人也不例外。

"明天要早点动身,路远,走晚了赶不上开席。"

"李嫂,你赶快把海带洗出来,不然晚上只有牙口好的人才嚼得动哈。"

"丁师傅,萝卜切板凳腿还是滚刀?你发个话,到时候弄拐了不要骂人哦。"

"把火烧大点,兵娃儿,半天水烧不开,晚上吃个铲铲。"

"哪怕是在家里,做菜也要讲规范,主料是规整的条子,坝底子的搞成个滚刀块，有点四不像嘛！"

……

院坝前的露天厨房，切刀敲击菜板，桌腿磕打地面，柴火在灶膛里燃烧，待宰杀的土鸡扑腾着翅膀，它们的声音被淹没在每个人更大声的喊叫中，似乎还夹杂着几十年后做菜时教训他人的话语。

晚上的四桌饭菜比较简单，吃完饭还得忙活明天的正席。

"来的都是亲戚朋友团转人。你们花些钱淘些神，走得一身汗淋淋，既花费你们的金钱，又耽搁你们宝贵的时间。今晚就请早点歇，安排了住宿的邻居把远客带回去，安顿好哈。帮忙打杂的莫忙走，你们忙前忙后、爬坡上坎、提壶传盘、安席走杂、熬更守夜，主人家以后慢慢还，先代老张家谢过你们了。"老王伯的话说得很圆范。今天晚上我将和一帮小伙伴挤在柴楼上睡，床铺要让给客人，小地方没有旅馆，哪家客人来多了住不下，只有安排到左邻右舍，这却让我兴奋不已，晚上可以闹腾到很晚才睡，还没有家长们烦人的唠叨。

昏黄的灯光下，大师傅正在做坨子肉，更文雅的名字不清楚，我知道还可以叫肉碇子。不同于红烧肉，是清蒸出来的，正席要双上，谁家办酒席这道菜做得好，会在四里八乡传诵许久。刚刚煮定型的大块五花肉，捞出来晾干水分，趁热抹上糖色，接着将肉皮向下放进油锅里炸，这道工序是酥肉皮。大肉块在油锅里翻滚，锅里的阵仗让我充满敬畏，柔弱的菜油比生硬的铁锅更厉害吗？纵然成年了这问题也没有随着岁月远去。大师傅不慌不忙地用叉子指挥着它们，看到火候差不多了就一块块地捞起来。酥好的肉皮油光闪亮，不再是平滑而紧密，变得凹凸不平。大师傅将肉块修整成四四方方的，切出的一整块肉刚好能填满一个大蒸碗，将肉皮贴着菜板，一刀切下去但不会将肉完全切开，肉皮还连着。把切好的肉放进蒸碗里，撒几颗盐、花椒、几片姜和葱段，半成品便准备好了。明天蒸好后翻碗出来，看着还是完整的一块肉，用筷子一夹便分离成了小块，不多不少桌上一人一份。那深褐色的肉皮，雪白的肥肉，透着红色的瘦肉，层次分明而又不分开，牙齿和舌尖触碰到它的那一刻，倏然化了大半，汁液满口，只感觉到肉皮和瘦肉还在挑逗味蕾。有味道吗？没有。没有红烧肉或咸或甜的调料味，没有咸烧白的芽菜或者冬菜味道，有的只是猪肉的味道。那一刻我突然冒出"肉食者鄙"几个字，当老师在课堂上讲到那篇文章的时候，我闭着眼睛在回味坨子肉。不过，如果刀法火候没掌握好，就有好看了。偶尔酒席上，哪家的毛头小伙儿性子急，一筷子下去就将整块肉挑了起来，颠来颠去总也掉不下去，在席上众人的起哄声中，索性挑进自家碗里，慢慢消化，吃完这顿足以"三月不知肉味"。他不可以放下肉抽回筷子嘛？当然不行！那时人们还循古礼，无论坐席还是吃菜是要讲规矩的，夹上筷子的菜怎能又放下去？

妇女们在卷龙眼肉，却要说着东家长西家短的闲话；墩子上的帮手摆着龙门阵，手上更没有停歇，切出来的菜在一旁堆成了小山；旁边几个年轻人围在一起打扑克，时而沉静时而争吵不休；作为主人家的张叔，还在和老王伯以及几个亲戚轻声细语地盘算着；孩子们在藏猫猫……

"滚远点，再过来就把你的手放进油锅里炸。"大师傅吼起来。我们又蹲在油锅边看他炸酥肉，旁边筲箕里堆高了一摞尖，趁着大师傅不注意，拈起一块就往嘴里塞，没来得及吞下去却被发现了，我们赶快含着酥肉跑远。刚刚炸出来的酥肉，还有着菜籽油的热度，带着花椒的香味，在嘴里铺开。

夜深了，酒席的菜也准备得差不多了，除了大师傅和两个帮手还在忙，大人们都去歇息了，我们也被赶去睡觉。铺满稻草的楼板上，小伙伴们翻来滚去，没有半点睡意。在被叔叔孃孃们骂过几次后，终于安歇下来。稻草伴着阳光的味道，夹杂着从门缝飘来的肉香、油香，枕着少年的梦，和着口水滑落在草席里。

第二天清晨，少年醒来时，接亲的队伍已经出发多时。十多层的蒸笼上了笼盖，炉膛的火烧得正旺。一摞摞碗碟干干净净整整齐齐地摆在大师傅旁边，静候美味。客人们从房前屋后的山间小路汇过来，送上一份份贺礼和祝福。主人家满脸堆笑，那笑意本想被压制在内心，却不安分地一丝丝冒了出来。人群三三两两聚在一块，喝茶，聊天，偶尔看一看天色，议论道："老张家这门亲说得有些远啊，接亲的天不亮就该走了吧。"再远的媳妇，也得在午饭前赶到，这规矩延续了多少年，还会继续下去。

"来啦！来啦！新娘子马上要到了。"孩子们在山梁上远远地看见他们走来，队伍中走在第三位的就是新娘子。坐着的人站起来了，屋里的人走出来了，忙活的人停下来了，准备迎接一场盛宴，一场即将开始的人生盛宴。新媳妇带着长长的一队嫁妆来了，这些崭新的家具和用品，将会陪着她和今天成为丈夫的人一起，慢慢变老。

行过礼仪，新媳妇已经是张家的人了。老王伯宣布宾客入坐，酒席开始。

先上的是干碟子。酥肉、油果子和其他炸制的食物，还有糖果、大枣、核桃、花生等干果，这些菜不是在酒席上吃掉，每位客人取一份，用纸包好，为今天没能前来吃酒的家人带回去。主人家收到了他们带来的祝福，也希望捎回谢意和分享喜庆。

接着是凉菜，酒也开始喝起来。酒席酒席，没有酒哪能成席？酒席之乐远非美食带来的乐趣可比，那位厨房里的哲学家说，如果想充分享受酒席的乐趣需要同时具备四个条件——不错的食品、好酒、投缘的朋友以及充足的闲暇时光。在这里，所有的条件都齐全了，怎么能不让人们高兴快活？"李大哥，""幺舅爷，""很久不见了，最近在忙什么呢？""改天我到府上来拜访。""喝完我得再给你把酒杯斟满，不然空杯留给你太没礼貌……""看你的身体还是那么硬朗，越来越年轻，""我得亲自给你斟一杯，才是敬酒，刚才那杯是别人倒的，不能作数。""今天借老张的酒，敬你一杯，""今天要多喝几杯。""我们老家喝酒的规矩就是这样的，"酒，酒杯；人，人群；话语声，龙门阵；在人群中穿插往返，拥挤着，不小心碰着了，洒落一地，话语碎了，多年过去，我也无法将它们拾起，整理成一个个完整的句子。

该上热菜了。大师傅在灶前霸气十足，指挥着帮厨的人们，一层层蒸笼抬下来，取出冒着热气的蒸碗，动作麻利地翻在盘子里，浇上准备好的清汤或者高汤，摆满一个个掌盘，然后被举过头顶端出去。传菜师在酒席间优雅而快速地穿梭，一份份美妙的大菜在不经意间上了酒桌，坨子肉、姜汁鸡、烩酥肉、咸烧白、粉蒸肉、龙眼肉、蒸肘子、擦鸡、蒸菌子、蒸海带等，摆满了桌子，掂沉了筷子，也填满少年的胃和心灵。

在大人的怂恿下，我喝下一大口酒，眼神渐渐变得迷蒙，在灶前飘过的青烟里，少年醉了，沉睡在那一年的乡下酒席上。

忌 口

最近这些年请不熟悉的客人吃饭，点菜前总会要问一问："有什么喜欢吃的吗？"或者是："有没有忌口的？"你会发现有不同饮食偏好的人越来越多。

某人甲是不吃带翅膀的，比如鸡、鸭、肉鸽等。"小时候家里养的鸡、鸭，到集市上卖了钱供我上学，它们帮助了我，因此我不吃带翅膀的肉。"这是有情怀的忌口。

另一个也是有情怀的，某人乙，不吃兔肉。"上学时养了一只小兔子当宠物，每天回家给我带来很多快乐，有一天突然死掉了，好伤心！于是我发誓这一辈子不吃兔肉。"

同样是因为信仰的缘故，不同人的忌口却不一样。某人丙不吃牛肉，每次一上餐桌就先申明："不要点牛肉，我信佛，许愿忌牛肉。"而某人丁是藏族人，肉食中基本上只吃牛肉，并且主要是牦牛肉。在川藏线上的一个小饭店里，他告诉我："活佛说过，要想吃肉的话，就吃牦牛肉，一头牦牛可以供很多人吃。如果吃鱼虾，一顿饭要吃掉很多条生命。"他信藏传佛教。

而在清真食品中更有禁忌。那一年，保护站的志愿者小郭到成都，请他在家里吃饭，为了准备他能吃的菜品，跑了几条街才买到有清真标识的牛羊肉。

有许多人不吃羊肉，说是膻味太重。为此，我专门写了篇谈吃羊肉的文章，穷尽口舌说羊肉香啊！好吃啊！可某些人看完，淡定地一撇嘴："还是不吃。"某人戊，不吃羊肉的原因是因为偶然看到宰羊，羊子辛酸的叫声和眼角的泪水，让她不忍心。是故，君子应该远庖厨也。

某人己不吃肥肉，说太油腻了，吃了怕长肉。我现在也不怎么吃肥肉了，倒不是因为这个原因，而是以前吃太多了，有一天发现身上长满脂肪瘤，再吃下去的后果是什么？对死亡的畏惧超过口腹的欲望，还是忌了吧，尽管每次看到都要咽口水。

很多地方的人是不吃动物内脏的，原因之一嘛，据说是认为不干净。点菜时还是小心一点，不然，面对一桌子菜，让一盘干煸肥肠就毁了某人庚的胃口。

吃海鲜过敏的人，不忌口都没法啊！有一次在家里待客，花了几小时炖好一锅墨鱼炖鸡，某人A一进门，大叫一声："什么味道，这么臭？"恨不得一锅泼出去。

愈来愈多的人受到动保的影响，不再吃那些稀奇古怪的食物。曾经有一个朋友请客户吃饭，说规格高一点吧，一人来碗鱼翅捞饭。客户和我都说不吃鱼翅。

不仅对肉食有忌口，一些人对某些蔬菜也不吃的。

以前有位同事，新加坡人，不吃所有的绿叶蔬菜，我很奇怪他怎么补充维生素的。有人不吃苦瓜，说是不愿意忆苦思甜；有人不吃折耳根，因为有一股鱼腥味；有人不吃芫荽（也叫香菜），嚼起来好像农药没洗干净的味道。我家一位长辈不吃包包白（卷心菜）、菠菜一类含铁丰富的蔬菜，因为做了心脏手术，医生交代忌食。某人B，忌吃茄子，吃两口就会出现中毒症状，得赶紧处理，原因是以前吃多了。

至于食物的调料，就更多人有忌口了。

每天中午在小面馆吃面条，一会儿就听到收银员交代后厨："刚才那碗不要放葱。"又进来一位："三两牛肉面不加芫荽。"接着是："不要加味精鸡精。"还有一位交代："素椒杂酱不要辣椒。"……

不吃大蒜的人不少。吃四川火锅，蒜泥油碟是标配，某人C是只要香油，不要蒜泥。又听闻："德国人的嗅觉对蒜最敏感，只要你吃过蒜，漱口刷牙嚼口香糖，全没用，你不说话，他们也能闻出来……可能对很多德国人来说，蒜味，是世界上最难闻的气味。"哪天问问山东同学，跟德国人谈生意前，吃大蒜了吗？

现在不管东西南北，好像都能吃点辣椒了，不过仍然有人受不了，"有几个年轻的女演员去吃汤圆，进门就大声说：'不要辣椒！'幺师傅冷冷地说：'汤圆没有放辣椒的'"。某人D，地道四川人，却吃不得一点辣椒，一次点了个清炒空心菜，川菜厨师习惯性地加了两个辣椒炝油锅，他要求重新炒一盘，餐馆嫌麻烦，端进后厨，把辣椒拈掉又端出来。一吃，浑身冒汗，发飙了："你这是重新炒的吗？"没办法，对一点辣椒不吃的人，骗不过去。

同样是辣味，有人对芥末就不认可，辣得有区别吗？当然有。

很多人说："辣椒我可以吃一点，但是，花椒，不习惯。"见过某人E不小心吃了颗花椒，拼命找水漱口，缓过神来后，连连摇头："麻得闭气。"

食物匮乏时，很少人谈到忌口。一群人围着唯一的一个馒头，心里清楚吃完这个就没有明天的早餐了，于是，"一个馒头引发的血案"就不是一个调侃了。食物丰富了，有可以选择的了，不吃这样，还有其他好吃的，并且，成熟的公民尊重你有选择的自由。这个过程，是从没有选择，到不选择，再到自由选择的，餐桌上的自由和民主，同人类的自由和民主进程是相似的。"所谓自由，不是随心所欲，而是自我主宰。"说得绕口一点，"自由不是你想吃什么就吃什么，而是你想不吃什么就不吃什么。"

为了发扬餐桌上的民主，我有一个梦想：哪一天把某人甲、乙、丙、丁……A、B、C、D……全部邀请在一起，请他们吃顿饭，点菜的事就交给他们自己来处理好了。服务员不得不飞快地记下：

"我不吃猪肉。"

"不点牛肉。"

"闻不得羊肉味。"

"不吃带翅膀的。"

"不吃兔肉。"

"海鲜过敏，免点。"

"不……"

"不要加芫荽。"

"不要放葱。"

"不要加大蒜。"

"不能吃辣。"

"不要加味精。"

"不要……"

我相信厨师是可以搞定他们的，毕竟，"治大国若烹小鲜"嘛！

如果遇到这位客人，点菜就简单了：

"有什么喜欢吃的吗？"

"喜欢吃贵的。"

"那……有没有忌口的?"

"忌便宜的。"

"鲜"入歧途

"食不厌精,脍不厌细",不仅指明老夫子对饮食的态度,同时也道出了"脍"这一烹饪方式在中国古代占据着重要的地位。"脍"与"炙"合在一起就是"脍炙人口",这是两种不同的烹饪方式。脍,《说文》描述为"细切肉也",《汉书·东方朔传》提到"生肉为脍",所以,脍是细切的生肉,拌作料食之。炙呢?《说文》解释:从肉,置火上,是炙肉的意思。

人类没有搞到火种之前,过着茹毛饮血的生活,自从有了火,先民的生活发生了重大的改变。先有了烤肉(炙),然后有煮、煨、烩、炖、焖等各种烹饪方式,对于味的追求也愈来愈高。无论从文明的进化还是从卫生的角度来看,煮熟了的肉好过直接吃生肉,但是"脍"这种饮食习惯仍然保持了下来,尤其在近年,吃鱼生近乎是一种饮食时尚。究其原因,是因为对于味来讲,鲜是很重要的一点,生食新鲜的鱼、羊和牛肉等,可以品味最简单直接的鲜味。

除了食脍,在其他的烹饪方式中,厨师也非常讲究食材的新鲜。川菜的"开水白菜",据说一定要选当天离土的白菜,如果用了隔天的,那就真成了"开水煮白菜"。

有些厨师对于原材料的要求近乎苛刻。有一年我家办酒席,早上买了一些猪肝,午后厨师动手准备时,发现因放置时间过久,猪肝的颜色已变得不新鲜，一通牢骚后，干脆弃之不用，酒席上就少了猪肝这道菜。

记得小时候，家里吃炒猪肝，常常是在早餐，这是为何呢？因为小镇上只有赶场天才会杀猪供应猪肉，通常在凌晨三四点钟开始杀猪、放血、烫水、刮毛、剖肚、分割等，一系列完成后，刚好赶上天亮卖肉。吃猪肝一定要新鲜，放置时间一长就不好了，因此我们多是买回来就炒了吃。炒的火候也很重要，按照一位老厨师的说法，火要猛，油要多，下去划几个来回就要起锅，不然，就不鲜不嫩。

以前，在四川的大江小河，有一种吃鱼的方式，叫"担担鱼"。河鱼捕上来后，即刻剖鱼刮鳞，岸边有人挑着担子，生着炉火，炉子上有一小锅，洗净的鱼放进这锅熬好的汤里，挑起担子就走，一边走一边炖着鱼，到了某个大户人家，正是开宴的时候，刚好鱼也熟了。鱼从江河里打起来，到上宴席，一刻也没有耽误，尽得鱼之鲜。从前只有富人家才能吃到的美食，现在已不足为奇，你看每条靠近城市的江河，哪里没有几艘甚至几十艘的"鱼"船——食鱼之船？不过这里的鱼不是现捕，是提前捕起来后养在船边的网笼里，旋杀旋吃，倒也新鲜。

除了求鱼之鲜，虾、蟹一样要新鲜味才美。一种炮制活虾的方法叫醉虾。醉虾古已有之，袁枚《随园食单》中"醉虾"一条："带壳用酒炙黄捞起，加清酱，米醋煨之，用碗闷之。临食放盘中，其壳俱酥。"看来当时的醉虾是炮制中加酒而已，非生食也。但今人为求鲜，所作的醉虾已全变样：取大小适中的活河虾，清水中放养两三天，清空脏腑，临吃时捞出放入加好酒和作料的大碗，盖住少许时间。上桌揭开盖子，仍有小虾在挣扎，吃进口里，有新鲜虾肉的清脆感。醉虾固鲜，可未免有些残忍，有人是不吃的。

电视剧《雍正王朝》中，年羹尧在赶往杭州任职的路上，有一餐饮食准备的情景，就是显现古代的"豚脯"食用方式。把一头猪赶到一个院子，几个人手持木棍不停地棒打奔逃的猪，直到猪被打得奄奄一息，然后快速地用刀活活地从猪的脊背取下两条里脊肉，据说因为没有失血的肉是活肉，口感更鲜美细嫩。

烤鹅是一道美味，可最早的记录中，烤鸭却是残酷的笼炙鹅。唐人张鷟《朝野佥载》："周张易之为控鹤监，弟昌宗为秘书监，昌仪为洛阳令，竞为豪侈。易之为大铁笼，置鹅鸭于其内，当中取起炭火，铜盆贮五味汁，鹅鸭绕火走，渴即饮汁，火炙痛即回，表里皆熟，毛落尽，肉赤烘烘乃死。"明代，谢肇淛《五杂俎》也记载有："京师大内进御，每以非时之物为珍……至于宰杀牲畜，多以残酷取味。鹅鸭之属，皆以铁笼罩之，炙之以火，饮之椒浆，毛尽脱落，未死而肉已熟矣。"

另有鹅掌菜，其残酷不在其下。《清稗类钞》记："上海叶忠节公映榴好食鹅掌。以鹅置铁楞上，文火烤炙，鹅跳号不已，以酱油、醋饮之。少焉鹅毙，仅存皮骨，掌大如扇，味美无伦。"因死时全身膏脂都集中于掌，使掌增厚几厘米，所以掌大如扇。此掌据说又嫩又好吃，但全身皮肉反而变臭，要全部丢弃，一盘菜要折磨死十余只鹅。李渔的《闲情偶记》中则有："昔有一人，善制鹅掌。每豢肥鹅将杀，先熬沸油一盂，投以鹅足。鹅痛欲绝，则纵入池中，任其跳跃。已而复擒复纵，炮瀹如初。若是者数四，则其为掌也，丰美甘甜，厚可径寸，是食中异品也。"此种吃法，是以沸油活烫鹅掌。

有一段记载显得有些离奇了。《古今怪异集成·中编上》"饮食类"记载：清道光年间江浦巨室寡妇，嗜驴阳，其法使牝与牡交，俟其酣畅时，断其茎，自牝阴中抽出，烹而食之，嫩美无比。后来为县太爷知道，拘去责打，以正风俗。本来其想法已怪诞；以其一己之力，能做成已属不易；可又为外人知晓，不知是否聊斋。但这种鲜嫩想必是有道理的，这块肉是动物最敏感、最细腻的地方，又是在充满血时断下的。

民间流传较广的还有猴脑，也是一种酷吃。相传以前在广东食猴脑，须取一只活猴放在特制的餐桌上，这种餐桌形如枷锁，将猴头枷在里面再合上，桌上只见猴头，用刀剃去猴头顶上的毛，用锤子凿开猴子的天灵盖，食客于是取用活猴的脑髓，据说大补。

呜乎！人类之残忍可见一斑。《岭表录》有一则更可证言之："雷州有养蛇户，每岁五月五日即担蛇入府，只候取胆。每蛇以软草籍于盘中，盘屈之。将取，则出于地上，用杈拐十数，翻转蛇腹，按约定分寸，于腹内剖出肝胆。胆状若鸭子大。取讫，内肝于腹，以线缝合，担归放之。或言蛇被取胆者，他日捕之，则远远露出腹疮，以明无胆。"蛇知人之可畏，哀求以期逃过一劫。

这些食物是否真的鲜如其言，没有尝过，但不知这些食客们吃到肚里能受用吗？袁枚言："至于烈炭以炙活鹅之掌，刮刀以取生鸡之肝，皆君子所不为也。何也？物为人用，使之死可也，使之求死不得不可也。"万物皆有灵，纵然是为人类享用，但我们也不可暴殄之。小时候听说牛在被宰杀时，不会如猪一般狂叫不止，会流泪，因此说杀牛的人都得是硬心肠，这也许是"君子远庖厨"的原因之一吧。

庄子云："天地固有常矣，日月固有明矣，星辰固有列矣，禽兽固有群矣，树木固有立矣。"人类须得循道而为，顺乎自然，饮食也不例外。

现代科学的一些研究从另一个方面告诉我们，以上种种方式的求鲜反而适得其反。一个人在情绪上受到刺激的时候，体内会产生大量的毒素，动物亦然，尤其是在面对即将被宰杀，那种极度恐慌的情况下，体内必定会产生有史以来最大量的毒素，当动物死亡之后，它身上所有的排泄、解毒功能都停止了，毒素完全被残留在血液以及肌肉组织里面。吃这样的食物，人还会好吗？

世事变迁，社会进化，以上种种传言当不再有。今录之，做茶余饭后闲言。

宴席上的短剧

序　幕

【画外音】如果不是过年时在饭桌前的一场争吵，下面似小说非剧本的东西将不会出现。我尽量写得清楚些，但各种信息浮现，好像监控室的拼接大屏幕被打开一样——父辈们教给我的那些礼节；抚摸年少时因不懂礼节挨打而残留的疼痛；以及每天不同地方不同角色在上演着的下面某一幕。为了掩饰教化者的面孔，我假借各种虚拟存在着的角色来表演和陈述，如果和读者有丁点相似之处，也请勿对号入座。

第一幕　家中

中午，近一点钟。

热闹的屋子里，冲泡了不知道多少开的茶水都快把茶字抹掉，持续了两三个小时的聊天渐渐失去激情，只是偶尔有某个声音在独自游荡。

一位年轻妈妈教训儿子的话语在疲惫的沉默中浮现出来。

"妈妈，什么时候开始吃饭啊，肚子饿了。"小朋友很乖，没有不耐烦地大吵大闹。

"快了，等一位叔叔到了就可以吃饭，再等等。听话，别叫。"妈妈一手把儿子抓到身边，担心小朋友的抱怨被主人家听到。

主人淡定的表情逐渐变得焦急，陪客人的谈话有一搭没一搭的，"你们先聊着，我再打个电话哈。"

"走到哪里了？大家都到了。"主人小心翼翼地问。

"快了，快了，五分钟，只要五分钟就到。"电话那边似乎在紧赶慢赶而来。

【画外音】连这个电话在内，已经五个五分钟过去了，依然还要五分钟。

"好的，搞快点哈。"主人只有强压住满腔焦虑，这时候他可不敢乱讲话，某个故事里的糊涂主人不会是他，说什么"该来的没来"，"不该走的又走了"。

二十分钟后，主人邀请大家入座开席。那位在路上的客人依然还有五分钟。

几个小时后，迟到的客人终于来了，该吃晚饭了。

【画外音】在东南沿海某些地方，客人一般要迟到两个小时，不知道这种习惯现在改变了一些没。

第二幕　乡下 村子里毛叔家酒席

【画外音】画面回到三十年前。

"开席了，赶快走，赶快走，再不去只有喝洗碗水了哈。"专门负责请客人的张叔已经挨家挨户催促第三遍了。

"马上来，马上来。"父母回答道。

"为什么还不走？人家都催我们好几遍了哦。"我渴望那桌酒席已经很久。那年月，十天半月能吃上一顿肉就不错了，有酒席吃是多么值得期待的事。

"又不是饿痨鬼变的，着什么急？那么早赶过去，人家以为我们没吃过酒，惹人笑话。去早了要干等着，尴尬得很，等大家去得差不多了再去。"妈妈训斥着我。

【画外音】多年前，人们认为赴宴要有一种姿态。那时物资很匮乏，宴席是难得一遇的吃香喝辣。去得太积极，会被邻居笑话："那家人就像没吃过酒似的。"另外，当时人家几乎都没有时钟，大家日出而作，日落而息，赶上农忙季节必须得忙完农活才吃饭；又加之，哪家请客只会说是某天的中午，不会将几点几分说得清清楚楚，因为接亲或者出殡的回来也不是个准点。于是，迟到是一种姿态和可以接受的习惯。而今天，这些原因都不存在了，主人邀请的聚会是忙碌人们难得的交流沟通机会，早一点到，大家可以聊聊天，迟到，应该是一种不礼貌的行为，你似乎只是为了赶这口饭而已。

第三幕　宴席一

【画外音】多年以后一个冬天，我已经老了，我和老同学受邀参加某个宴请，我们动作迟缓，举手投足都比一起参加宴席的年轻人慢半拍。

主人招呼道："请各位入席。"青年们已经坐好，一个个靠着墙和窗户，最后空着的两个位置靠近门口，我们两个老家伙没得挑了，背对大门而坐。

每一次上菜，服务员开门而入，一股凉风从背后袭来，我瘦弱的身躯尽管裹着厚厚的棉衣，但寒风依然浸透到骨子里，温暖的宴席上，寒意在我的体内升腾。

服务员上一道菜，两个老家伙就得挪挪身子，刚开始我们反应还不赖，但越来越频繁的挪让，快有些配合不上服务员上菜的速度了，有两次菜盘碰到我们，汤水差点洒一身。

"老家伙，叫你让开点，好像听不到一样，下次倒你一身，看你……"我的耳朵还没被岁月塞满，服务员转过身去的埋怨飞了进来。

老同学似乎也听到了，我们放下筷子，怀念起少年时光的某一次酒席：

画面闪回。乡下某户人家。

席桌布置得端端正正，所有的人恭候着屋子里年岁最大的长者先落座。老人依旧要辞让一下：

"李书记，你是父母官，又远道回来，该你上座。"

"不敢不敢，在这里，你为长，又最受乡亲们尊重，你请坐先。"被称为书记的在外地为官多年，这次是回家乡省亲。

老人最终在面对大门的位置先落座，其余人依秩序而坐，我们两个小家伙因为还有空位置，也赶上坐席了，自然只有坐在靠近席口。

其实，老人在酒席上也吃不了多少东西，年轻人的一点点谦让只是满足他们即将老去的虚荣。

"席不正，不坐。"我和老同学即将离席而去。

第四幕 宴席二

夜幕降临，城市进入灯红酒绿的时刻。

一场盛大的聚会正在高档餐厅举行。参加的人员有政府要员，商界名流,高级白领,以及国际友人。旁边坐着的老外很健谈,趁着开席前的休息时间,我们低声闲聊,看来他对主办方今天的安排比较满意。

一系列冠冕堂皇的讲话结束后,晚餐开始了,桌上很快热闹起来,酒杯的碰击声愈来愈勤,谈话声也愈来愈大:

"这道菜不错,把盘子递给我,我把它包圆了。"有人直接端起盘子往碗里倒。

"这是什么东西做的?啊!是牛蛙,我不吃这个的。"有人夹在筷子上的菜又被扔进盘子里。

"鱼刺真多,我都差点卡住嗓子,呸呸呸。"有人侧着身,使劲地往地毯上吐鱼刺。

老外突然停下来,摇了摇头,低声说:"杨先生,你们中国人吃饭太不讲卫生了,还是我们西餐分餐的方式好,既卫生又不会浪费。"

"我还是先给你讲个小故事吧。"瞧着老外这样看不起用筷子吃围餐的国人,我怎么也得挽回点面子。

"从前,大户人家娶了媳妇进门,会烧一条全鱼端上席。公婆说以后家里要辛苦你了,这条鱼是专门做给你的,你先请。新媳妇看到公婆这么温和,心里可高兴了,推辞不过,便小心翼翼地挑一小块鱼到碗里。公婆看在眼里不吱声,但心里对媳妇的看法就有了:如果媳妇是从尾部开始夹鱼肉,说明这位在娘家是受过良好教育的;而有的媳妇看到鱼肚的肉好刺少,常常第一筷子会先动这里,鱼肚肉好吃,不过以后在家里就要受些折磨了,礼节教育得补上。

"一桌人用各人的筷子在一个盘子里夹菜,看似不卫生,然而,如果每一个人都守着祖辈留下的礼节,你或许就不会有这种看法。让我简单地告诉你用筷子的一些小规矩：

"桌上的长辈不动筷子其他人是不允许先夹菜的；不能站起来夹菜；尽量夹盘子里向着自己一面的菜，不能将筷子伸到盘子对面；不准用筷子在盘子里乱挑乱翻，不能将夹起来的菜又放下去；筷子上不要带着饭粒去夹菜；夹起有汤水的菜时要用碗或者调羹接着；谈话时不能用筷子指着别人；给客人夹菜自然要换一双干净筷子……

"其实饭桌就像一个社会的缩影。无论是用刀叉还是用筷子，都不可能是完全将自己和他人分开，重要的是要想到自己所做的会不会影响别人，一个人人考虑他人的社会能不舒服，能不和谐吗？"

"那我今天看到的却是这样的场景呢？"

"很抱歉，我们已经失去礼仪很久了。《礼记》讲'凡礼之初，始诸饮食'，中华文化和美学起源的礼是围绕着饮食而产生的，然而，从现在上溯两三百年，回顾一下这段时期的历史和社会的变化，你也许会原谅我们的失礼。"

"你们准备如何解决这样的难题？"

"礼失求诸野。"

尾声　乡村

洪荒时代

茅屋下　秋风四起

乡人饮酒

杖者出　斯出矣

米凉面

一大早老同学就在酒店大堂等着我，要带我去外面小食店吃米凉面。昨晚喝酒的时候，我突然说起好久没吃米凉面了！

第一次吃米凉面应该是1995年的元旦节。那次我去三堆镇看望一个高中同学，他大学毕业分配在这里的一家三线厂，山沟沟里的基地是当年李觉骑着毛驴找的地方，够隐蔽。第二天早上，我俩一人背个小包出门，打算在镇上吃过早饭去爬山。找到一家小饭馆，一人叫了碗酸菜稀饭加上一碗米凉面。已经过了吃早饭的时间，店里只有店老板和我俩，店老板是个中年人，一边从掌盘里给我们端稀饭和米凉面，一边问："你们也是去淘金的吗？"还没等我们回话，他摇着头说，"唉！出门讨口饭吃艰难啊！"我俩才恍悟过来，他看我们背着包，以为是从外地来的淘金客。就在两个多月前，流经三堆镇的白龙江上游不远，发生了令人震惊的"金矿血案"，180余人参与械斗，18人死亡，16人失踪。那一碗米凉面垒得尖尖的，后来每次到广元都会吃上一两顿米凉面。

老同学领我来到附近的一家小店，店子里只摆了几张饭桌，吃早饭的客人挤得满满当当的，可以一眼望见厨房里的忙碌：一个女人用铜勺子在大盆里搅动几下，舀起一勺磨好的米浆，倒在铺着布的蒸笼里，轻轻抬起蒸笼从不同角度倾斜，让米浆均匀流满蒸笼，上笼床蒸

米凉面

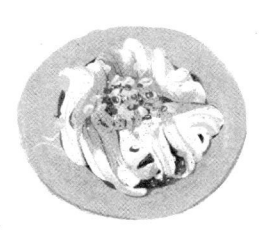

各家有各家的味道，口感的差异主要来自于米浆里大米、糯米品种的选择、比例的多少不一，以及辣椒油（红油）的色、香、味不同。

熟，然后把整张面皮取出来放在案板上，趁热抹上一层清油以防止粘连；另一个人把略微晾凉的面皮叠好，用大刀切成指头宽的条，抓进碗里，放一撮汩熟的豆芽，娴熟地从面前一排调料碗里依次舀出盐、酱油、醋、辣椒油、香油、白糖、花椒面、蒜水等放上，一碗米凉面就做好了。

同其他任何食物一样，各家有各家的味道，口感的差异主要来自于米浆里大米、糯米品种的选择、比例的多少不一，以及辣椒油（红油）的色、香、味不同，其他的调料多来自于成品或半成品，只有辣椒油的制作看各家的习惯和喜好不同而让食客选择自己钟爱的饭馆。

我点了一碗米凉面和酸菜豆浆稀饭，老同学叫了一碗稀饭和两个包子。

"你咋没要米凉面？"我问他。

"我不吃那东西。"他接着说，"大学毕业来广元等待分配单位，没钱，找了个小旅馆住下，旅馆外一排小饭馆，家家都卖米凉面，五角钱一碗，一天三顿，顿顿吃，一家一家挨着吃，连续吃了一个星期。天天吃完就回旅馆睡觉，等人事局通知等得心头毛焦火辣的，后面都吃不出米凉面是个啥子味了，把我吃伤心了，从那以后我再也不吃这东西。"

米凉面在我们两个人心目中的待遇是如此完全不同！或许是因为它不是我们从小吃到大的食物，是成年以后才走进我们生活中的。偶尔，我们也会说"某种东西吃伤了"，某次吃太多了而产生排斥，但并不会彻底拒绝，过一段时间，受伤害的味觉恢复后，又会不计前嫌，重拾旧爱，这类食物是从童年时就开始吃，在肠胃里、血液里扎下了根，想抛弃很难。

问题是同在广元，为什么我们老家没有米凉面？

从地理上讲，苍溪和广元接壤，南充、重庆经广元出川的国道212线穿过苍溪县城；两座城市又同饮一江水，20世纪90年代前，嘉陵江上苍溪到广元的航道一直是畅通的，前几年因为修电站中断二十余年的水上运输又复航了。在行政区划上，苍溪是广元市下辖的一个县，人员流动频繁，我们老街上就有不少人搬到广元定居。从饮食习惯上看，两地都喜欢吃外地人没福气享受的酸菜，都做酸水豆腐，包包子的馅料也都一样。可是在对待米凉面的问题上，两者好像从不曾交流互动；反而邻省的汉中有同样的食物，只是叫法不同，两地网友因为米凉面的源头和正宗与否闹得不可开交。

解答这个问题还是要从上面提到的三个方面。首先是地理因素，尽管两地接壤，城市与城市之间的距离却不近；从广元到成都，是历史上的重要官道，这条道路经过剑阁而不用过苍溪；曾经一些历史时期作为重要军事驻地的阆中，与广元之间连接的要道是过梓潼、剑阁，就是那条有名的翠云廊，绕开了苍溪；水路上，嘉陵江连着两地，但是苍溪向下约二十公里就是阆中，再往下离南部也不远，放船的人不会每个城市都歇，苍溪也许只是行经的一个点，因此水路上带来的交流也有限。其次，行政区划上的交流，两者之间也是断断续续，从秦朝分划巴郡蜀郡开始，至宋代，苍溪与广元都分属不同郡（州），元、明、清和民国，尽管同属一路（府、道），但两城市并无隶属关系，因此人员、文化交流有限，苍溪划归广元管辖也才是20世纪80年代中期的事，之前苍溪属南充管辖，广元属绵阳管辖，两地往来极少。第三个方面，饮食习惯上，两地差别不大，食物和制作方式都很接近。有一种说法，提到相较于广元，苍溪温度高湿度大，做出的米凉面容易坏，但同样的凉粉凉面也容易坏，却不影响两地都有。我想还是要在原材料上找理由，从米凉面起源的传说和实际制作上，原料中一半以上要用到陈年大米，我们那里很少吃陈年大米，因为年成不好的时候米缸里见不到米，年成好的时候谁还吃陈米呢？

至于有人说离开广元的水做不成米凉面，这个理由有点牵强。我写文章的时候，楼下推车的在叫卖，一声高过一声："凉粉，凉面，广元米凉面！"

一个被冷落的"白富美"

以今天的标准看,她仍然是典型的"白富美"。

首先验出身。传统文化讲究"门当户对",若不是改革开放人人致了富,放在四十多年前,普通人家还难得把"富贵"的她请进门;并且家世渊源,身出正统,各类史书典故中熟见其家族亲人,尽管《黄帝内传》中说她是西王母授给黄帝的,自黄帝始已有之的说法已被证伪,但是《周礼》《大戴礼记》《礼记》《考工记》以及此后的《齐民要术》等都有记载,并且对其称呼和差遣做了详细的描述,以合于礼,比现在压过她势头的竞争对手出现早得多。

接着让我用多一点的笔墨赞美一下她的"白"。俗话说"一白遮百丑",李笠翁在《闲情偶寄》中写道"女人本质,惟白最难。……白难而色易也"。诗人和词客们写得更美了!韦庄《菩萨蛮》中称道"垆边人似月,皓腕凝霜雪",那位给你斟酒的女子像月亮一样的美丽,一伸手,手腕如霜雪一样的洁白。温庭筠的感发"小山重叠金明灭,鬓云欲度香腮雪",乌云般的鬓发想要飞过如雪一样香嫩的脸庞,好一幅对比分明的山水画!连稳重的"诗圣"老杜都忍不住要直白地赞美"越女天下白,鉴湖五月凉"。用霜雪来形容她的"白"总有些隔,有"不食人间烟火"的味道,不如另一个词带着温度。"春寒赐浴华清池,温泉水滑洗凝脂",白居易笔下的杨贵妃居然有汗出的油脂？闹笑话了，追溯到《诗经》，诗人形容高大美丽的"硕人"，"手如柔荑，肤如凝脂"，有着像凝脂一样的肌肤。陈澔注释《礼记·内则》"肥凝者为脂，释者为膏"，脂就是凝固的油，有见过凝结后的油脂吗？有用指尖轻抚过它的感觉吗？

"善舞能歌，暗香盈袖"来形容她的"美"最为恰当。美应仪态万方，要有柔弱似柳的腰身，"隔户杨柳弱袅袅，恰似十五女儿腰"。她的歌声不会"响遏行云"，细细聆听，如"嘈嘈切切错杂弹，大珠小珠落玉盘"。更为美妙的是，她天生自带淡淡香味，"晚妆初了明肌雪，临风谁更飘香屑"，她的香发自于内，不是浓烈四射，而是一种淡淡的"暗香"。

看：四周的灯光都熄灭了，漆黑如墨的舞台上，一束光映照洁白如雪的身子，随着四周热度升腾，缓缓起舞，身姿如雪花般旋过舞池，舞影却不散去，泠泠的歌声随之飘荡，暗香浮动，她渐渐变得珠圆玉润。接着，她的恋人出场了，将她温柔地拥入怀中，在恋人热情相拥中，她将自己的身体，还有她的美、白和香全部奉献给对方，与恋人真正的合而为一了。到后来，世人只看到了她的恋人，喜欢上她的恋人，而这一切都是因为她带来的特殊的香和美味。

她的美并非天生丽质，是后天经过了支分节解，水中浸润，火上煎熬，才修得这般风姿。

如此的"美人"谁不喜好？有人却不敢亲近，要么是柳下惠，要么是"有病"。

近年来，她的被冷落却也是不争的事实，想一想，你是有多久没见过她了？

究其原因，时移世易也。

全球财富的大增长，敛财手段的多样化，新的暴发户一茬一茬野蛮生长，小富人家怎能入其法眼？出门玩的是火箭，吃的嘛，前段时间网络上的一份菜单，一桌四十多万，见过那些菜品吗？应了那句"贫穷限制了我的想象"。

　　世界变得愈来愈平，黑色的、棕色的等等新鲜事物从全球各地飞过来进入视线，别有一种风味，人们的审美趣味愈来愈多元化，"白"已不是唯一的标准。

　　对"美"的理解和认知，在历史上一直是变动不居的，"楚王好细腰"，唐以丰腴为美，如今的T台上流行"骨感美"。近年来，人们对于健康的理解和追求更是发生颠覆性变化，我们在嘲笑当年秦皇汉武寻求长生的荒唐之举，却不知，一个个有关"健康"的观点在足够短的时间内就被后来者推翻，也有一些曾经被诬陷埋没的又被翻案重新正名，但这背后总有资本的力量在推动，而小富人家的"白富美"拿不出钱买"水军"，日渐落得"门前冷落鞍马稀"。

　　这是一个无关公平和正义的世界，与时代无关。"长门事，准拟佳期又误。蛾眉曾有人妒。千金纵买相如赋，脉脉此情谁诉。君莫舞。君不见、玉环飞燕皆尘土"（辛弃疾），连被"金屋藏娇"的阿娇都会被冷落，被遗忘，纵然千金能买才子司马相如为她上一篇《长门赋》，却仍无法挽回命运，还有那杨玉环、赵飞燕皆成尘土，你又何必自哀自怨？

　　但仍有人会记着你，想念你，并且至死不忘。某虽不才，不能做到：

　　　　山无陵，

　　　　江水为竭。

　　　　冬雷震震，

夏雨雪。

天地合,

乃敢与君绝。

仍愿意为你歌一句:

啊!亲爱的猪油,请让我温柔地拥你入胃!

农民的西餐

我已经做过十年的西餐了。

故事里十年是一个需要特写的时间，同样，一位好厨师会考虑对用了多年的菜单做一个改变，最好是颠覆性的。这需要足够的经验和想象力，而我并不是一个娴熟的西餐厨子，因为每年我只做一次西餐，在圣诞节前。

终于想起来这张不是我第一次做西餐的菜单，因为上面的副菜是焗蜗牛。还记得蜗牛是在网上从浙江一家养殖场订购的，大概是女儿小学四年级，曾经带她在某客吃过焗蜗牛，然后就嚷着还想吃，于是在这年的圣诞晚餐中加进了这道菜。不过，实话说没做好，因此后来再没出现过。

找不到第一次的餐单了，这几张打印的菜谱应该是我最初的西餐老师。十二月中旬的某一天，跟女儿讲："圣诞节我们去吃西餐好吗？""不要！那是西方人过的节日。"明年秋天即将上小学的女儿说，"不过，要是那天把我的朋友请过来一起玩就好了。"给她朋友们的父母发了第一封邀约短信，从此以后第二年第二封，第三年第三封……

牛排是西餐里不变的主角，度娘有很多老师，对于牛排的处理各有各的诀窍，我尝试过几次后就一直用一种笨拙的方式。前一天晚饭后，把解冻好的牛排清洗干净，每一面抹上调好的酱汁，边抹边轻轻揉搓。酱汁是提前兑好的，里面有姜末、蒜末、老抽、黑胡椒粉、一些红酒和芝麻油，有时候我还会加一点蜂蜜进去，如果那一年从山里买的蜜没吃完的话。十多块码上调料的西冷、上脑、菲力歪歪扭扭，用保鲜膜封上，在冷藏室待上二十个小时，让它们有足够的时间去勾兑。我从来没能做出很嫩的牛排，不用刀背去拍打牛肉，也不放嫩肉粉，我喜欢带点嚼劲的口感。我想，厨师的坚持可以影响食客的喜好。

当他们还是小学生并且早期只有四家小朋友参加时，家里小小的餐厅可以挤得下所有人一起围坐。前菜、汤、沙拉，每上一道菜，陪大家喝几杯，聊聊天，好拉长时间的距离。大人们聊得正欢，小朋友们却开始无聊地玩着盘子里的一两苗蔬菜。

"同学们，让我们绅士和淑女点，好吗？用餐时间的长短体现了你的层次，国宴的四道菜可以吃上两三个小时呢。"我希望未来的他们比我们更高雅，而他们却在某个小朋友的带领下，举起空盘子望着我。"好、好、好，我马上去煎牛排。"干完一杯红酒，我转身进了厨房。

维也纳肠是先煎好了的，再进烤箱是为了保持温度，现在就可以直接装盘。热和的餐盘可以让菜品在寒冷的冬夜不至于降温太快，咱家条件有限，就把盘子在滚烫的热水里浸过再用。从2011年开始，煎维也纳肠作为副菜一直没变化，之前曾经做过的芝士焗大虾、咖喱鸡块等，都没有这个受小朋友欢迎，做起来还简单。

同样作为副菜的黄油焗鲜蘑，自从第一次出现后就在我的圣诞菜单上确定了其江湖地位，对它感兴趣的不是肉食爱好者的小家伙，而是大朋友们。一大堆新鲜圆蘑菇，选出品相好、个头差不多的留下来，其余的用来做汤或者意面酱。锅里放一些黄油，把蘑菇倒进去，一会儿就出来很多水，改中火，等蘑菇里的水慢慢消失，再改成小火煎一会儿，待白色的蘑菇变成深色，就差不多了。很简单的一道菜却是大人们的最爱。

不知不觉中小朋友们长高了、长大了，有一年来了八位小朋友，一桌坐不下，从此之后就分成两席上菜。先做给小朋友们，他们吃得快，吃完后就去一边玩游戏。每年晚餐结束，都要大人们催着才依依不舍离开。好像有谁打碎过我家的东西，但是有吗？是不是我记错了呢？当我们老了以后，你们会告诉我们吗？

那一年有人上初中了，小朋友们似乎开始分阵营了。一位初中同学不屑地对小学六年级生说："小屁孩，一边玩去，我们大人说话没你啥事。"真资格的大人们一下子乐了，小男孩一脸无辜地望着对方，他没想明白——我们的年龄就只差几个月呢！

孩子们撤下去后，大人们可以从容地享用了，红酒成为席上的主角。2013年12月21日餐单上的记录："是夜，到凌晨2:45结束。第二天，清点，共饮九瓶半红酒……" 九瓶半，需要的不是更多下酒菜，而是时间和撑开时间长度的某种力量。

还记得2011年的圣诞晚餐是最累的一次，包括生理上和心理上。"早晨7:30航班从大连飞回，下午1:30新年文字——如果明天来临》。

孩子们很年轻，不应该活在记忆中，但我有必要制造一点点值得他们回忆的、那些可以共同回忆起来的东西，在多年以后他们有机会再相见时。

因此拟定今年的菜单让我陷入了沉思。

十余年下来，有几道菜是固定不变的。主菜：煎牛排、意面，无

237.

论牛排是用哪一个品种还是直面条换成通心粉；副菜：煎维也纳肠；蔬菜：沙拉、黄油焗鲜蘑。能让我发挥的都尝试过——前菜的选择从鱼籽酱、腌小黄瓜、三文鱼、北极甜虾到乌鱼籽，到后来干脆取消掉；我还做过不同的汤，罗宋汤、牛尾浓汤、奶油蘑菇汤、老玉米甜汤和奶油南瓜汤，做南瓜汤是那一年从老家带回来的一个大南瓜一直没吃，正好大伙儿一起消灭；偶尔市场上出现新食材可以换换，比如前年见到的冰草。这些变化都是小打小闹，体现不出一位西餐老手的功力。

直到有一天晚上，读到赫贝特的文章，我知道今年的圣诞晚餐菜谱该怎么定了：

"我首先订了面条，大家知道，这是一道开胃菜，它之后才开始吃这顿饭的主菜。法国人是从有刺激的冷菜开始，意大利人更明智，他们的做法是按照他们最优秀的烹饪技术要求，这是一种农民的烹饪方法，他们做出的菜既丰富多样又很有营养。这个半岛上的饮食哲学表现在首先要尽快填饱肚子，然后才考虑味道。真正的意大利空心面的确是很不错的，把它煮老之后，加上掺和了帕尔马干酪的一种有辣味的调料，然后用叉子把它卷起来送到嘴里，这是一种饮食习惯。吃了以后一般是再吃一块撒了胡椒的牛肉、四分之一个西红柿和几片生菜叶子，再加上甜食：熟透了的桃子。所有这些东西都要洒上当地刚酿制出来的葡萄酒……"

炖 肉

12月26日
天气：阴

今天我们家吃萝卜炖肉坨子。

一到冬天，我们家基本上都是吃炖菜，因为爸爸说天冷炒菜凉得快，吃到后头油都凝住了，冰呱冰呱的，炖肉吃起来就是热热和和的，舀一碗吃了再去锅里舀，炖肉的锅一直在炉子上煮着，随时都是热的，吃完肉和菜再到锅里舀一碗热汤喝，围到炉子边上喝完汤还要冒汗，热和得很。

还有个原因是到了冬天都要烤火，炉子烧起，坐个鼓子锅在上面炖肉，或者放把茶壶烧开水，也不影响烤火，一举两得。

中午放学回家，走到大门口就可以闻到炖肉的香味。我和弟弟打赌今天炖的是啥子，猜中了的中午就多吃一块肉。说起来是炖肉，其实锅里大部分都是萝卜、海带、干豇豆这些，里面的肉少得心焦。我和弟弟常常为一块肉是哪个先挑到的吵个没完，妹妹不跟我们争，因为她不喜欢吃肥肉，说肥肉腻人，可是一个肉坨子上面只有一滴点儿瘦肉，摸不到瘦肉有啥好吃，既不香又卡牙巴。爸爸妈妈常说妹妹就该生在城里头的人家，听说城里卖肉是把肋巴骨旋下来单独卖，卖得比肉还贵,城里头肥肉卖不动,都想买瘦一些的。我们街上卖猪肉的,要是砍肉时刀没举端正,给哪个多砍了点骨头在上面,要被诀到仙人板板。

隔三岔五地,我们家还炖猪大肠。猪肠子比肉便宜,只是洗起来淘神费力,不过妈妈每次都洗得很干净,她先用根筷子把肠子翻过来,使劲搓,然后抓几把盐再搓,搓得发白,接到起她把莫法吃的老葱叶子或者菜叶子伙到肠子一起搓,洗出来的肠子闻不到丁点儿臭味。一副猪大肠要分好几次炖,每次都没吃巴适,我就不明白妈妈为啥子不一起炖了,让我们一次吃个够,这样就再也不馋肉了。大肠炖出来的油好多,面上漂厚厚的一层,汤也香得很,喝完汤不搞快点擦嘴,油就会凝在嘴巴上。上街的幺娃儿就故意不擦嘴,下午到学校让同学们晓得他们家晌午吃了肉。

昨年冬天,爸爸妈妈听隔壁在元坝罐头厂上班的杨叔说他们厂里做猪肉罐头旋下来的猪骨头内部处理,便宜得很,于是就托他买了一口袋,杨叔专门喊他手下的小伙子给我们挑上头肉还多的龙骨。妈妈拿到龙骨,当天炖了两根,剩下的用盐腌起来,隔几天炖一根。腌龙骨尽管莫得腊肉香,上头还莫得好多肉,但是炖上萝卜荚子,就相当于吃炖腊肉了。

炖肉倒简单,可是对我却有个麻烦事,就是每天早上要起个大早烧炉子。这么冷的天,冻得缩手缩脚,铁皮炉子冰呱,提炉子时好像抓了根冰凌。最主要的是炉子半天燃不起来,我们家用麸炭子给焦煤引火,焦煤不易燃,麸炭子又少,都是头一天煮饭时闭的没燃过的柴。

今天的日记字数早写够了,刚才妈妈问我咋还不去睡瞌睡,弟弟妹妹早就打梦觉了。我跟她说今天的日记还没写完,明天老师要检查。其实我想拖到她给爸爸煮面条吃，今天中午炖的肉坨子还剩了好几坨，一哈儿靠实要热了吃面。到了冬天爸爸要给人家打过年穿的新衣裳，每天都要熬夜，晚饭就不能吃太饱，吃饱了要打瞌睡，于是每天半夜等他饿了的时候妈妈再给他煮碗面，吃完继续熬夜打衣裳。有时候我就故意写作业写到很晚，等妈妈煮面的时候也给我下一小碗，舀一大瓢羹中午炖肉剩下的肉汤，在炉子上热开了的。

这会儿妈妈就在炉子上煮面条，问我要不要吃一点，我假巴意思地说如果爸爸吃不完就挑给我嘛。

冬天的夜深了，外面刮着呼呼作响的北风，我捧着一碗热乎乎的舀满炖肉肉汤的面条，和爸爸妈妈围着火炉吃，好热和！好香！

1月29日
天气：小雪

昨天我们去走人户了，去的山上姑父家。

天上飘着小雪，羊肠小道两边的草都枯黄了，只有柏树郁郁葱葱的；地里的麦子有一拃多深，有的地方雪都堆起来了。"瑞雪兆丰年"，明年应该有个好收成，只是走在路上太冷了，脸包子冻得生痛。

终于到了姑父家，嬢嬢麻利地接过背篼，喊我们到堂屋烤火。我在堂屋里听大人们谈闲，一会儿就坐不住了，刚好表弟过来喊我去跟他杀鸡，中午炖鸡吃。

我们到灶屋拿刀和碗，灶台后头燃了一堆疙瘩柴烧的火，比堂屋的炭炉子烤起来安逸多了。疙瘩柴火上吊了个黑乎乎的鼎锅，里面烧的开水，一会儿烫鸡毛用。

姑父抓了只老母鸡，说是好久都不下蛋了，捏住脖子，割了一刀，鸡血接到装了盐水的碗里，老母鸡蹦腾了几下就咽气了。姑父把鸡扔到大木盆里，妹妹赶紧扯了一把漂亮的鸡毛，留到做毽子。表弟把鼎锅提过来，我们把老母鸡翻来翻去让开水淋透，七手八脚地扯干净鸡毛。

　　然后我们一人提一只鸡脚杆来到灶屋，姑父在疙瘩柴火上添了把谷草，火燃大了，我和表弟扯着肥滚滚的老母鸡，翻过去翻过来，把没扯干净的绒毛毛燎得一根不留。

　　我们来到屋后面的水井旁，把鸡剖开，舀井水洗干净。天上飘着雪，可是井水却是热和的，而夏天又是凉津津的，真是一口神奇的水井！我们家就是到河里去洗菜，这个天河水太冰了，前天我在漫水桥上看到李孃和菊娃子在河里洗衣服，菊娃子抱怨水太冷了，李孃莫好气地说："有好冷？冷得河头的鱼都披毡了？"

　　孃孃把洗干净的鸡剁成一大块一大块的，我晓得不能剁得太小，不然人家要说这家人太小气了。鼎锅里已经掺上水，孃孃把剁好的鸡块放进去，又拍了块姜，挽了一小把葱，再抓了几颗花椒和两根干辣子，都放进鼎锅里，盖上盖子，在疙瘩柴火上炖。

　　姑父孃孃忙完就去堂屋陪爸爸妈妈谈闲，我们几个小家伙就在灶屋围着疙瘩柴火，守着鼎锅炖鸡。不一会儿，鼎锅里的水就开了，热气从锅盖四周冒出来，鸡肉的香气也飘出来了，好香啊！

　　表弟把鼎锅上面的绳子往上拴了拴，鼎锅离火稍微远了些，我们听得到鼎锅里的鸡汤没有先头煮得旺了，现在要小火炖了。

　　鸡肉在鼎锅里咕嘟咕嘟地炖着，香气随着热烟子飘出来，惹得在疙瘩柴火边上的我们好馋啊！我听到弟弟的肚子在咕噜咕噜叫，他憋不住拿起火钳在鼎锅肚子上敲了一下，"咚，嗡嗡"，鼎锅闷声闷气地回答着他:"等一哈儿。"他不服气又敲了两下,鼎锅还是一样回答他:"等一哈儿。"表弟在红苕筐子里挑了几根细长细长的红苕,埋进柴灰堆里烤。我们隔一阵子把红苕刨出来,翻个身,又用柴灰焐到起。柴灰在火钳的翻动中向空中飘去,我看见灶屋的梁上挂着一条条腊肉,还有香肠,最当头有一条新鲜肉,是我们赶礼的刀菜。

孃孃拿着盐罐子过来,要往鸡肉汤里面放盐了,一揭开鼎锅的盖子,天呀!一股子香气扑面而来!

今天真冷!我们要弄点热和的食物吃,于是在家炖上一锅肉。等肉熟的时间里,我翻开一本本发黄的旧本子,找出来两篇跟炖肉有关的日记,应该是写于20世纪八九十年代,里面有些词语是老家的土话,文笔和语法之差更不消说,本打算改一改,还是原样抄下来吧,轻声念出那些尘封已久的土话,就像在寒冷的冬夜,喝下一碗千炖万炖的老汤,热和!

臊子面

这年头去面馆点一碗不加臊子（某些地方叫浇头）的面条，难！然而，如果不是我的同龄人，你很难想象到多年前在我的老家，要吃一碗臊子面，是有多难！你更无法想象一碗酒席上才能吃到的臊子面怎会让我如此回味。

过去办酒席，通常是先上六个或者八个干碟子，有炸果子、炸螃蟹等做成不同形状的油炸面食以及花生、核桃一类的干果，每个席位会放一张手帕大小的草纸，取了属于各人那一份，包好带回家，将美食和主人家的心意分享给没能前来的家人。空盘子撤下去，接着上凉菜，大人们开始互相敬酒，而少年的心思却从眼前的桌子上跑开了，东张西望寻觅端掌盘的人啥时候把那碗臊子面端上来。

终于等来了！帅大的一个碗，面条加臊子却只占了三分之一的空间，太少了！数根面条上浇了一勺子臊子，撒了几颗葱花，没有其他调料，太简单了！然后，我抛弃所有的描述，直接写道——太好吃了！

请原谅这么蹩脚的作者吧！那时的我不会品尝所谓的味道，三下五除二，一碗面下肚，没有第二碗，你可以随意加米饭，面条就只上这一碗。现在的我生活在"五味令人口爽"的世界而不知如何描述最本真的味道了，然而，我依然花了一些时间去发现如何做出这样一碗臊子面。

连着有两口大锅，一口锅煮面条；另一口锅烧热，倒菜籽油，放进去切好的肉丁翻炒，炒至出油，掺水，煮开，加切碎的黄花、木耳、豆腐、蛋皮、芹菜等，然后放辣椒油、花椒面、酱油、猪油、盐等调料，煮好后，勾芡，起锅。锅里再放油，把切好的酥肉颗颗放下去再过油炸一遍，用漏勺打捞起来，撒在刚才做好的底料上。另一口锅里的面条煮好了，挑一筷子面条，舀一勺子臊子，放一撮葱花，一碗臊子面就成了。

写下这一段话后，我停下来了，这是我想要写的臊子面吗？它怎么可能让你吃得那么香？可这就是我看着做出来的臊子面啊！难道美好的味道只存在于我们对于既往的回忆？因为以我现在之身态，断无资格发周容之问"何向者祝渡老人之芋香而甘也"！

还是想了解个究竟，问了几位长辈，他们是这样跟我说的：

"臊子面要好吃，关键当然在臊子上，不过酒席上的臊子并不是你想象的那么讲究，不是为做臊子而专门去准备材料，黄花、木耳都是做蒸菜垫底选剩下的，反正要切细；豆腐是做素扣挑出来品相不好的，知道素扣吗？说俗点就是清蒸油炸豆腐，因为蒸出来的豆腐像扣肉才这样叫，因此你看到臊子里的豆腐都是炸过才切细的，不是切的活豆腐，你说油炸过的香不香？还有肉颗颗，那时候哪像现在，舍得把大块五花肉拿来切细？还不是做坨子肉时规整下来的边边角角，这些肉在酥皮时过了油的，当然香；还有些骨头上剔下来的筋筋串串，现在你们叫剔骨肉，馆子里卖得贵不说，还不一定吃得到，为啥？少啊！还有那些做扣鸡扣鸭切不成型的也把它切成丁丁，掺在肉颗颗里面。现在做酒席没得这些了哦，都是上整鸡整鸭；以前做扣鸡扣鸭，那是把鸡肉鸭肉煮过切成大一字条，放碗里蒸熟再扣过来，所以叫扣碗。办酒席主要是'三蒸九扣',一只鸡可以切出来好几份,那时候穷嘛!你莫要说,现在的整鸡整鸭看起来气派,吃起来还没得扣鸡扣鸭巴适,肉纤维没宰断嘛!酥肉颗颗也不会专门弄,一些是炸酥肉时掉进油锅的面渣渣,还有把清蒸酥肉挑剩下的切小,有时候还不够用,厨师就把馍馍切成骰子那么大,在油锅里炸一下,也可以。但是放这一样的时候一定要在最后起锅了再放,放早了的话就泡软了,还有就是放之前要再用油炸一遍,才酥脆。你看这些哪样值钱?哪样是专门准备的材料?唯有一样,就是蛋皮,打几个鸡蛋,煎几张蛋皮,切成条条就行了,讲究点的厨师,要弄个两三样颜色出来,比如加点红颜色、紫颜色,搞个三色蛋皮,也只是为了把臊子岔个色,不会多花钱。有些厨师会把煮鸡煮肉的汤用起来,不过在之前煮的时候要处理好,不然有膻腥味。这些汤不够就用开水,加一瓢猪油也香,但现在哪个敢放好多猪油嘛?一个二个讲养生,猪油都不敢吃。其他加的素菜,遇到剩的啥就放啥,芹菜啊、白菜啊都可以。

"要说考手艺的话,也就是勾芡了,稠了稀了都不行,因为臊子面是不放汤的,全靠臊子里的汤和匀。这样说下来,你看哪有那么复杂?单独弄出来都不成菜,可是弄在一起就搭配出好东西了,所以以前的厨子值得尊重:惜材,不浪费,还有想法。

"还有,你晓得为啥要在凉菜后面热菜前上臊子面?要是像现在吃饱喝足了再上,管你是担担面还是清汤面,咋个都不啷个香,舌头都麻木了嘛。还有一点,嘿嘿!就是面条子下肚,可以少整两个肉坨子,主人家问你吃好了没,你咋说?当然面条绝对不能挑多了,坝底底的一筷子就够了,少了爱,多了恨,而且面条挑多了,人家会在背后说主人家:面都给胀饱了还吃啥子菜嘛?当然这都是玩笑话,一个原因是从前办酒席大都是在农闲的冬天,天气冷,先来一点热和的;

并且不像现在来吃酒都是开车,以前是走路来,走了远路肚子空了,如果上来就喝酒,容易糟。

"最后给你讲一个,坐席第二轮子的臊子面更香,晓得为啥子吗?这儿就不讲了噢。

"以前元坝李师傅做的臊子面好吃,20世纪80年代开了个面馆,赶场天只卖臊子面,三角钱一碗,吃的人要排队。"

我还有他的印象,老人家跟我们家多年交情。2000年时,七十多岁了,我家办酒席,一定要前来帮忙。冬夜昏暗的灯光下,老人坐在火炉旁切菜,动作很缓慢,模糊的背影一上一下无声地磕打着墙壁。再往前十年,他那在生猪站上班的小儿子,因为杀人被逮捕,老人为儿子从南充请来律师,花光了他一生开面馆赚的钱。

酸菜面鱼子

那一年我第一次吃酸菜面鱼子，那时我很年轻。

"他们那地方吃一种怪怪的东西：酸菜。不是我们经常见到的用泡菜水和大青菜泡出来的酸菜，他们把萝卜缨子或者红苕叶子或者家菜，洗净切细了，开水泹一下就舀到大缸里，加一瓢烧开了的面水，再加一些老酸菜水，在缸里捂个一两天，菜叶子变黄，就成酸菜了。莫得哪家没得酸菜缸，一打开缸盖子，多大一股酸味，他们说闻起香得很，其实是馊味，舀一瓢起来，酸水扯泫泫，吊得老长老长……"闺蜜听说我第一次去他老家，特意过来见我，嘱咐我一些注意事项。

"他们爱吃酸菜到哪个地步呢？早上煮稀饭要搭酸菜，中午孔干饭要炒些酸菜盖在上头，晚上吃面条，一般是酸菜炒豆芽颗颗和豆腐颗颗当臊子，酸菜炒灰菜，酸菜粉丝汤，大热天，直接从缸里舀一碗酸菜水，兑一些井水就开喝，说是解暑又解渴。他们还用酸菜水点豆腐，叫酸水豆腐，我第一次见到点豆腐不用卤水或者石膏的。外地人第一次吃酸菜，肯定不习惯。要是老人婆不喜欢这个外地媳妇，她就煮一锅酸菜稀饭给你，搭的酸菜，酸水都不挤，吃起来酸得尿滴。最主要的是酸菜那个馊味你受不了，孔干饭和酸菜面都还好，都是放油炒过的嘛。你要是不爱吃把饭剩了，她正好有话把子数落你了。"

在长途汽车上我悄悄问他是不是这样，他笑笑不回答。

惴惴不安地到了老家，说话做事都小心翼翼地，因此没有机会吃到朋友说的酸菜水都不挤的稀饭。早上煮稀饭，他们体谅我从来没有吃过酸菜，都是煮好后先舀一小锅起来再搭酸菜，我吃小锅里的。孔干饭、下面条的酸菜都是用油盐炒过，加多加少由各人，吃过几顿就习惯了，到现在都喜欢吃。

"今天晚上我们吃酸菜面鱼子，不煮面条了，换个口味，就是不知道你吃得习惯不。"在问我的意见呢。

没吃过，总想尝尝，却又担心吃不习惯，吃不完剩下了不礼貌，勉强吃完各人又难受。犹豫片刻，好奇心占了上风，"好啊！好啊！煮酸菜面鱼子，我来帮忙。"

每个人都笑了，开始忙活起来。

干辣子切成段，抖净辣米子，生姜切丝，大蒜切片，小葱切成葱花，堆在菜板上。转过身，从酸菜缸里挑出一碗酸菜，用手挤了挤，酸水从指缝间流下，跟酸菜还黏糊糊的，舍不得分开呢！柴火灶燃旺起来，大铁锅热起来，倒进菜籽油，放下干辣子节、姜丝、蒜片子、几颗花椒，"吱"的一声，辣子花椒混合的麻辣味、姜蒜的挥发性味道，一下子在灶屋里爆开。我很确信，香味是随着声音传开的，在没有城市厨房里抽油烟机马达声的干扰下，我在乡村宁静的灶屋里获得了独特而确定的感受。

把酸菜倒进锅里，炒散开，空气中又混合进青菜的酸味。放点盐，翻炒几下，铲起来。然后往锅里掺水，等着烧开。

从面缸里㧟半瓢小麦面，加水，用筷子朝一个方向搅动。在面粉和水之间需要一个恰当的比例才适合做面鱼子，干了，做出来是面疙瘩，稀了就成一锅面糊了。后来我花了很长时间去寻找它们之间的一种平衡。我甚至沾沾自喜以为自己还发现了做好面鱼子的另一个窍门：用水瓢来盛面粉，因为碗和盆大多有一个反沿，而水瓢的边缘是薄而平的，适合把面糊刮离开大部队。

水煮开了，把水瓢悬在离水面几寸的距离，向一边倾斜，面堆开始缓缓地向水瓢外流动，溢出的刚好合适做成一条小鱼时；另一只手用一根竹筷子快速地贴近水瓢边沿，把面刮下去，一根条型的小鱼跃进了开水锅里，从另一边冒出来。水瓢稳稳地悬着，另一只手则快速地跳动，一条条面鱼儿钻上钻下，圆滚滚的，两头略尖，像门前那条河里的"钢钻子鱼"，大小几乎一样，规整得像城市里水族箱中统一放养的鱼儿。而我后来在城市厨房里刮的面鱼子，长短不齐，又像乡下小河里自然生长的一群鱼。

"火烧大一点，不要煮糊汤了。"我所谓的帮忙也仅止于此了，把灶膛里的柴火拨弄拨弄，燃烧着冬日傍晚的灶屋红红火火。水温要足够高，才能一下子裹紧面鱼子。多年后在高原看到用高压锅煮面条，才想通这道理。

拨完水瓢里的面，大火煮几分钟，倒进去刚才炒好的酸菜，搅匀，放点盐，煮一会儿，抽掉柴火，把案板上的葱花撒进锅里。好了，一锅酸菜面鱼子做好了。

捧着一大碗酸菜面鱼子，热热和和地，面鱼儿筋道，吃到口里结实而滑溜溜的；爆炒过的酸菜已经失去大部分的酸味，但还有那么一丝丝酸、一丝丝辣、一丝丝清香、一丝丝油香……面汤不是清爽的了，有一点黏黏的，贴紧你的口腔。

"好吃吗？"

"好吃！"

尽管为了保持良好的吃相，我吃得慢，但热和酸辣的一碗酸菜面鱼子，让我在川北乡村的寒冷冬夜里，吃得浑身冒汗。后来，当我知道如果喜欢一碗面,应该"哧溜哧溜"地吃出声来时,我想那天我还可以吃得更尽兴。

"通常没有人家用酸菜面鱼子待客,只有家里吃得没东西了,才在应急时做。"

我明白我已经不是客人,我们是一家人了。

"改天早上,我们做醪糟面鱼子。"后来我又吃到了醪糟面鱼子,甜的,过年的味道。

现在,我在一个即将成为国家中心城市的大都市里,做一锅酸菜面鱼子,为我的家人。

油 茶

前几天朋友聊天，有人对我说："你的口腹之欲系列，越往后面写越脱离食物本身了，把一个简单的吃的东西搞成写哲学文章一样……"

我承认我写得越来越无趣了。

在开始动笔之前，我要想到：食物的来历、历史的变迁、名称的变化、原材料的更替等等，为什么它会在某一个地方流行而在另一个地区生活的人几乎没有见到过？两千年前食物的形状和今天有什么不同，而在两千年后还会不会存在？是否在另一个星球保存期更久？在东坡先生嘴里的味道和一位暴发户嘴里有没有不同？这个味道的区别是因为火候的改变导致分子结构的变化还是因为口腔里的温度不同发生的反应有区别？在山里用柴火烧出来的香味是浓过还是淡于五星级酒店里用维萨拉牌温度传感器和AB控制器精确控制到±0.1℃做出来的美味？味道的区别是来自于口腔结构的哪一部分？这些基因链破译出来是哪一段多出来一块？改变食物的基因和改变人体对于食物感知的基因哪一个更不涉及伦理？同样的食物在两位皇帝吃过后会做出上断头台还是大赦的决定？写出来对于食物味道理解的是童年的我还是成年的我？看到这篇文章的人将如何复原从文字到视觉再到味觉的过程……

油茶

舀一碗起来,先放红油(辣椒油),然后放姜末、葱花、芫荽和大头菜颗颗,搅匀后,放花生碎、馓子,热乎乎的。

你该理解这样一个无趣的人写出来的文章和网络流行写手有什么区别了吧？作者当然明白两者之间的阅读量为什么差别这么大。

因此，今天我要简单点，给你写如何做一道简单的早餐——油茶。对，早餐，我通常只在早上吃这道食物，通常只在寒冷冬季的早上。

我不是生来就会做油茶的，是有传承的，吾生也愚钝，算起来前后经历了三位老师才大致学会做油茶。

第一位老师是唤醒的童年记忆。

小时候的冬天比现在更冷。究其原因，大概是全球气候的变暖，衣物的丰富性和保暖性能增加，城市和乡村气候的差别以及个体脂肪的变厚，等等。儿时的早上真不想起床，唯一能让我利索坐起来的就是听见父亲在床前说："走，我带你吃油茶去。"现在回想起来，整整一个冬天，也就那么两三次不在家吃早饭，是跟随父亲去外面吃油茶，并且没有一次是跟弟弟妹妹同去，他们会不会看到这篇文章才知道父亲带我去吃过油茶？一碗油茶一角钱，那时候一角钱能干什么呢？记得有一道算术题：一斤盐一角七分，如何用一角五分钱买回一斤盐？这更是一道生活题，或者是生存题，如果生活中的老师没教会你省下两分钱，你就不能从父母给你的一斤盐钱中换回两颗水果糖，一年中能吃到水果糖的机会掰着指头都数得出来。

只有一条街的小镇上，只有杜二爷一家做油茶，只有赶场天上午卖。他家大门外的台阶上，摆放着一张长条形的书桌，书桌上整齐地码放着一排碗碗罐罐，桌子旁边是一个燃着小火的炉子，炉子上的大鼓子锅里煮好的油茶在一下一下地冒着泡，散发着热气。进门第一间屋子里摆着两张八仙桌，各位客官就在这里吃油茶。穿过这间屋子，后面是一间厨房，大锅里正熬着油茶呢。

如果遇到星期天，又是赶场的日子，有几个小伙伴喜欢跑到杜二爷店里帮忙，其实所谓的帮忙就是在厨房里添添柴火，搅搅锅。一大锅水烧开后，杜二爷挖一勺子猪油闷在水里，将磨细了的米浆一勺一勺地掺进去。这些米浆是昨晚睡觉前泡上的大米，一早起来用石磨推好的。一边加米浆一边不停地搅锅底，稀稠合适的时候就不要放米浆了。小火煮一会儿，杜二爷拿出一个罐子，舀一小勺出来放进锅里，又开始不停地搅动，放进去的深色溶液扩散开来，一锅米糊渐渐变成了泥巴色。后来我知道那罐子里装的是提前炒好的糖色。到现在为止，我见到给食物上色的调料有三种，糖色、酱油和红糖。有人认为放糖色做出来的食物，颜色更漂亮，有一种发亮的红色。炒糖色很麻烦，控制不好火候就要报废。现在这边做菜上色也常常放酱油，出来的效果也不差，倒是方便多了。我认为老家当时用糖色，主要的原因是不愿意花钱买酱油，大人们说"酱油嘛，就是一个咸味，用盐不是一样的啊"。

这几个小家伙直到集市散场没生意的时候也不愿意走，为啥？巴望着杜二爷卖不完油茶，给我们一人舀一勺子，再分点馓子。

我学会了油茶是加了糖色的米浆搅的，重要的是吃的时候要加馓子，其他的调料记不清楚了。

第二位老师，是离开故乡，在外面吃到的油茶。知道油茶是用米面子搅的，碗里还应该加一些其他的调料，比如压碎的炒花生、大头菜颗颗等，但是实话说，到目前为止还没有吃到让我心满意足的一碗好油茶。

第三位老师，就是成功它"妈妈"。个中经历就不多述，言归正传，说说如何做出一碗我喜欢的油茶。

原材料的准备很简单，市场上能买到的细苞谷面，炸好的馓子，炒花生、大头菜、芫荽、小香葱、老姜、辣椒油和盐。有人会问，咋没有花椒面？你可以自己准备哈，如果你喜欢的话。

  米面子换成了细苞谷面，没别的原因，一个是好买，另一个是天天细粮吃久了，换个口味，一样可以用细米面子。馓子就不用买面条回来自己炸了，吃不了多少，可以直接买点成品。吃过的馓子里面，成都卖的更酥脆，苍溪的更硬一点，或许是用途不一样，成都的馓子是直接吃，苍溪的馓子是吃油茶放的，硬一点经得住米浆浸泡，不然吃到后面馓子要变软，想起从前杜二爷往碗里放馓子的细节：手掌在掌盘中的馓子上一拍，扇状的馓子变成一寸多长的节节——这是一般人的；多拍几下，馓子条儿便碎得似米粒——是老年人的；那带柄的头子——是喜欢有嚼头的人的特殊要求。

  炒花生去掉红衣，切碎或者舂碎，要多碎你自己看着办。大头菜切成细颗，芫荽、葱、老姜切细。等锅里烧水的时候，把细苞谷面用水搅散，这一步不能省，直接撒苞谷面到锅里，会出来一些小疙瘩。水烧开后，将搅散的苞谷面慢慢倒进去，一边倒一边搅。搅匀后放点盐进去。盐要在煮的过程中放，如果舀到碗里再放，你可以比较一下两种方式的效果。再煮个两三分钟就能熄火了。如果嫌营养不够，可以打个鸡蛋搅散，蛋液成一条线顺着锅中心一圈一圈地倒下去。

  舀一碗起来，先放红油（辣椒油），然后放姜末、葱花、芫荽和大头菜颗颗，搅匀后，放花生碎，端上桌。馓子呢？就放在你的前面，右手拿调羹，左手抓一把馓子（左撇子自己调换一下哈），边捏碎边放进碗里边舀进嘴里。

  冬天的早上，吃完一碗，通身热和。

  你愿意做给自己和家人吃吗？

虾米汤

"铁家远不远？"

"不远！"

"人已在铁家，铁家怎么会远？"

路的尽头就是铁家。

残秋，木叶萧萧。

铁叔站在路的尽头，落日穿过背后打开的院门，在地上映出一个拉长的铁叔。

铁叔慢慢地向院子里转过身去，头还望着他们，微笑道："来了。"

燕七快步向前道："来了。"

"你们来迟了！"

"铁叔在此相候，莫非已等待多时。"

铁叔领着他们来到院子中间的八仙桌旁："坐吧！"

龙五在铁叔左侧坐下，拎着两瓶酒往桌子上一放，推向铁叔，笑着道："铁叔，我们拿酒来换你做的虾米汤。"

铁叔摇摇头，道："跑这么远，就为了一碗虾米汤，不值。"

龙五道："绝对值！当年我们排队等两三个小时，就为了喝上你做的一碗虾米汤，今天开车过来也就三个小时。"

铁叔道："难得三位还记得。先喝酒吧，就借你们的酒献佛了。"

"老婆子，拿酒碗来。"铁叔朝屋子里喊道。

铁孃给每人面前放下一个浅而小的土碗，桌子中间放了个大碗和一袋炒花生，铁叔手边多添了只细瓷碗。

萧十一打开一瓶酒，站起来正准备给铁叔斟酒。

铁叔一把攥住酒瓶道："给我吧。"

铁叔把酒瓶底朝天，"哗哗哗"全倒进桌子中间的大碗里，又打开第二瓶，仍然全都倒进大碗。

他用三根指头拈起面前的小土碗，伸进大碗中一舀，一滴、两滴，酒顺着碗底滴到桌上。

铁叔端着酒碗向三个人一举："请！"

龙五、燕七、萧十一依着铁叔的方式，一一喊道："请！"

龙五双手捧起一碗酒，向着铁叔道："这碗酒敬铁叔！"仰头一口吞下，抹抹嘴，感叹道，"想当年，我们是吃着铁叔做的一手好菜长大的，这么多年过去，还一直念着这一口，尤其是每次吃酒席，最后上的一碗虾米汤。"

铁叔剥出一颗炒花生，扔进嘴里，淡然道："过去的事已还给过去。"

燕七理了理被晚风吹下额头的发丝，笑着道："可是，只要你一旦做了厨师，就永远是厨师。"

铁叔又剥开一颗炒花生，用拇指、食指和中指轻轻一搓，花生皮吹落在空中，把花生扔进细瓷碗。"我仍然是厨师，现在每天为老伴和自己做饭。"

萧十一的酒意开始显露，脸色红扑扑地说道："可惜了铁叔！你这么好的厨艺,又这么有风范,要是每次做菜拍下来,传到网上去,过不了多久一定成网红。"

铁叔笑了笑道:"什么是网?生活就是一张网。什么是红?"铁叔转过身,指着山头的夕阳,手向空中一挥,红色的晚霞映满半个天空,三个人凝视着无语。

铁叔转过来道:"你们抓着了吗?这么美丽的红色!"他摆摆手,说道,"什么样的网能网住红?每个人都在结网,然后将自己网在中央。"

夕阳落下远方的山头,院子里渐渐暗下去,大碗里的酒已见底,一颗颗花生堆满细瓷碗。

铁叔拍拍手,站起来道:"该给你们做虾米汤了。"

三人尾随着铁叔走进灶屋。

铁孃点燃柴火。

铁叔往铁锅里掺上两瓢水,从陶瓷罐里搣出半勺猪油放进锅里,又撒上一些胡椒面。

他在碗里打了两个鸡蛋,快速地搅散。

再用一个碗,倒进一些粉面子,调成水淀粉。

等水开的间隙,他已经在案板上切好姜末、葱花、芫荽,喝酒时剥好的炒花生也被轧成了碎粒。

水开了,猪油浮上水面,铁叔放上一些盐,搅开。

他用力地搅了搅碗里的水淀粉,水和淀粉不再分家后,他顺着铁勺搅开的水路,慢慢倒下水淀粉,一股白色的细流流进锅中,他快速地搅动铁勺,淀粉溜进了开水中。

一锅汤水渐渐变黏稠,铁叔继续搅动着铁勺,比刚才动作缓一些。

熬着、搅着，四个人静静地盯着锅里。

铁孃不再往灶膛里加柴火了，锅里冒着鱼眼泡。

铁叔飞速地搅动了几下蛋液，从锅中间沿着圆心一圈圈流下蛋液，到最外边一圈蛋液刚好倒完。

蛋液变成了蛋花，呈现在汤上面。

铁叔放下铁勺子，舒了口气道："走吧！到桌上去坐着。"

四个人刚坐定，铁孃端着掌盘就来了，一人面前一碗。

碗里是浮现着鸡蛋花的浓汤，上面撒着姜末、葱花、芫荽和碎花生粒。

汤上面却几乎不冒一点热气，在略带寒意的残秋黄昏。

燕七舀了一勺吞下去，连忙吐了吐舌头，哈口气，对铁叔道："我曾经看你做过好几次虾米汤，好像你每次的操作流程都不一样啊！"

铁叔放下汤勺，看了看燕七道："流程是死的，人却是活的，活的人为什么定要用死流程？"

龙五接着道："所以每一次吃你做的虾米汤味道都有区别。"

"你为什么不认为是你的味觉变化了呢？"铁叔问道。

萧十一最先吃完，略显不好意思地问道："铁叔，还有多一碗吗？"

铁叔笑着道："没了，一人就一碗。"

"呵呵！"萧十一自嘲地笑了两声，"太好吃了！真香！"

燕七也吃完了，道："看着不冒烟，吃起来烫破舌头。"

龙五刮干净碗里的最后一口，赞叹道："铁叔真是高手，简简单单的材料，平平淡淡的做法，没有网红所谓的秘方，也不用任何秘制调料，做出来的一碗汤却馋死个人。"

铁叔最后喝完，把碗往前一推，人向椅背靠去，听着三人聊天，没有任何反应，只是偶尔插上两句话。

"一碗汤而已，哪有那么复杂。"铁叔不紧不慢地说。

"哼哼！"背后有人发出了轻视的声音，"你们越说他越得意。"

三个人回头一看，铁孃已经收拾走碗勺，不知何时悄悄地坐在后面了。

"其实啊，你们喝的就是一碗粉面子汤。"四个人安静地看着铁孃，听她道："为了这碗汤，他却费尽心机。先是让你们大口喝酒，一场酒下来，胃里早就不舒服了。又只是拿点花生下酒，没吃任何东西，开车几小时，喝一两个小时的酒，是不是早感到饿了？他让你们在院坝里喝酒，这个季节的天气，坐在院子里没感觉到凉吗？又冷又饿，加上一肚子酒气，来碗可以烫破嘴的热汤，怎么会不香？这还没完，你们别忘了，喝汤也是在屋子外面呢，冷风吹不停，是不是怕汤冷了想赶快喝完？真的细细品尝滋味了吗？"

铁叔盯着铁孃不说话。

铁孃接着说道："最后，你们还想再喝一碗，他却说没有了。这还是他的小把戏，再好的东西，第一碗香，第二碗胀肚子，第三碗就倒胃口了。"

铁叔挪了挪身子，三个人转过头看着他。

他终于说话了："老婆子，说完了吗？说完了就去把碗洗了。"

铁孃却动也不动。

龙五、燕七、萧十一看着两人，不知道说什么好。

气氛有点沉寂，在深秋的夜晚。

还是铁孃打破了沉寂，说道："你没听见洗碗机还在响吗？"

豌豆颠儿

代老爷子多年前的一桩事至今仍让十里八乡的乡亲们津津乐道。

老爷子当年在北京城当兵，转业回家乡，身后除了方方正正的背包，还多了个俊俏的女娃儿，说话就跟广播电台里的播音员一样标准，年轻的小代说是带的女朋友，北京城里的。半个多世纪前，一个北京女孩出现在小山沟，那份稀奇就如同年轻的代老太太看到满地麦苗时情不自禁地感叹"好多韭菜啊"一样。

北京女娃儿留下来成了代老爷子的妻子。村里人问起这事成功的秘密，代老爷子笑眯眯地说："我跟她讲，我们那里叫关门石（市），比北京市好得多，金子都用磨推，用瓢舀；而且吃的比京城好，你们冬天只有土豆、白菜和萝卜。她过年的时候跟我来，我用豌豆颠儿给她做了三顿饭，她吃完就不想走了。"

代老太太并不认可老爷子说的第一个原因，许多年过去，她仍然保持一口纯正的京腔："谁不清楚那是骗人的？不过他并不是存心骗我，他给我讲的是一个传说，这地名就是那样来的，还带我去看了那块在河中间的关门石。他用豌豆颠儿给我做的三个菜却真的是折服了我。"

那时候国家穷，城市穷，农村更穷。家里来了客人，煮一碗面条就是上好的待遇，只有招待贵客才会额外加上两个荷包蛋。小代安顿好北京来的女朋友在堂屋喝茶烤火后，跑了十来里山路，终于借到一小块猪肉，那是人家买来准备走人户送礼的"刀菜"。小代切下一块肥肉，改刀，在锅里熬出一勺油，铲进碗里。趁着等水烧开的空隙，到屋后园子里摘了一把豌豆颠儿、两苗小葱。不一会儿，小代端出一碗清汤面，他知道北京女娃儿还不会吃辣椒。多磨了两道的面粉擀出的手工挂面夹杂着栗色的细小麸皮，俯在清汤下，上面是翠绿色的豌豆颠儿，中间两个雪白的荷包蛋滴溜儿圆，好似绿色的鸟窝里埋着两个蛋，几颗葱花漂浮在油星之间。北京女娃儿一口气吃光了面，面汤喝得干干净净，才发觉小代在一旁看着她吃，连忙问他："您怎么不吃？"小代说他刚才去亲戚家被人家强留着吃了饭才回来的，问她："吃好了吗？再来一碗吧？""吃好了！吃好了！都吃不动了。"多年后，他们发现那天彼此都说了假话。小代根本没吃饭，等他安顿女朋友休息后才热了一碗酸菜稀饭吃，他舍不得吃面条，要留给女朋友；而代夫人后来说："其实我好希望他再给我煮一碗。那碗面那么香，我从来没吃过那么好吃又那么简单的面条。那是我第一次吃豌豆颠儿，好嫩！好香！好新鲜！我边吃边跟自己说，要是天天都能吃到该多好啊！"

　　第二天，小代把连肥带瘦的肉切了一些条子，裹了鸡蛋淀粉，炸成酥肉。他把酥肉码在蒸碗里，上面放几片姜、几根葱段子、三五颗花椒，注满开水，放进蒸笼，用大火蒸熟。另外用一个大碗，铺上豌豆颠儿；柴火堆上用小锅烧开水，放盐、胡椒粉和醋。取出蒸好的酥肉，扣在豌豆颠儿上，浇上小锅里的开水，洒上葱花。女娃儿看着水灵灵绿油油的豌豆颠儿，惊呼起来："您这菜都是生的呢，能吃吗？"小代说："你尝尝看。"代夫人回忆起那碗清蒸酥肉，一脸幸福："就靠着酥肉和开水的热把豌豆颠儿烫熟了，酥肉蒸得软糯，一点点酸味儿少了油腻，豌豆颠儿浸了酥肉的香，却带着清脆，还有清香。后来自己会做饭了，才体会到豌豆颠儿做菜，只有生、熟、死三种状态，没有煮老了的说法，锅里多几秒钟或者火大了一点，就煮死了，死了的菜好吃吗？"

第三天一早，小代把家里唯一一只还在下蛋的老母鸡杀了，取下鸡胸上的两条肉，余下的在柴火上炖上，一边烤火一边闻着鼓子锅里冒出来的鸡肉香味。小代把鸡胸肉漂洗得发白，切碎，放在昨天剩下的猪肉皮上，用刀背轻缓地捶剁，仔细地挑出里面的肉筋。鸡肉剁成蓉，小代开始做鸡糁，鸡蓉里加入清水调散，再加一些姜葱水去腥增鲜，又加了盐和胡椒粉定味儿，就开始搅鸡蓉。他顺着一个方向使劲地搅，当过兵的年轻小代有的是体力，一边搅一边让女朋友往碗里加鸡蛋清，他不能停手。加了鸡蛋清的鸡蓉在小代青春勃发的手下膨胀起来，最后，他把筷子立在碗里都不会倒，鸡糁就做好了。小代把铁锅斜靠在柴火堆上，从炖鸡的鼓子锅里舀了几勺鸡汤倒进铁锅，靠着火堆的鸡汤冒着小泡，另一边却不沸。小代用筷子夹起洗净的豌豆颠儿，比前两天掐得还嫩，每根只有一个芽苞，沾上淀粉，接着在刚才制好的鸡糁里裹匀，从不沸的鸡汤那头轻轻放进去，豌豆颠儿在鸡汤里一钻，从冒泡的那头浮起来，小代迅速地捞出芽苞，放在白色的瓷盆里，代老爷子形容那一放一捞的速度就跟子弹上膛一样快。豌豆颠儿全部烫完后，把鸡汤烧开，从瓷盆边缓缓倒进，豌豆颠儿芽苞在一碗清汤里自由伸展，缓缓漂浮，像失去地心引力在太空漫步一般。北京女娃儿的心，在那一刻，融化在一碗鸡蒙豌豆颠儿汤里。"我的心从来没有这样舒展自由过，再也没有什么憋屈，就如同那豌豆颠儿一样，我想这就是我要的生活。"

代老爷子说，自己就是靠那三碗豌豆颠儿留住了北京女娃儿的

胃,也留住了她的心,一辈子跟随他生活在这个小山沟里。而代老太太却说:

"我留下来,是咱妈带我去摘豌豆颠儿时下的决心。老人家看我摘的豌豆颠儿说:'掐豌豆颠儿要靠近分叉的地方,豌豆秆心是空的,留一截空秆秆进了水汽就不发芽子了。掐豌豆颠儿是为了发更多,收更多豌豆。'她说的四川话我听不懂,她就手把手地教我,老人家粗糙而温暖的手握住我时,我决定留下不走了。"

米缸馍馍

诗人会这样写：
一双手 在黑暗中深入白色
温暖握紧凉意
柔软包围艰涩
刨拢层层叠叠的碎响
一种现实是：
我从米缸中被揿出
揿米的手抖抖索索抛下一些兄弟
正如你犹犹豫豫又荒闲一块田地
来年 我们的身价会再涨两成

诗人也会这样写：
用水调和
将咱们两个一起打破
你泥中有我 我泥中有你
与你生同一个衾 死同一个椁
第二个现实是：
不应该过早地嘲笑麦子和面粉

此刻我正拖着水急速下落
进入手磨子的心窝

诗人还会这样写：
酵母已深入灵魂
时间被真核微生物缠绕
事实逐渐呈现：
上层的风光源自额外的一道煎熬
然后我们一起搅和 醪糟
都是挨着长大的兄弟
为了让我喝足灌浆的水
隔三岔五就在你的田边挖开一个缺口

赤条条躺平
南瓜叶给我们挠着痒
桑拿开始 全身发烫
膨胀 继续膨胀
在兄弟间蔓延
裂隙已无法修复
女人在灶膛前 守着炉火
把一根白发深深埋藏

白如雪
软糯只出现在牙齿掉光的岁月
米香中混合着阳光 风和夏天

你一遍遍堆砌修辞

试图将我只烙上你家乡的印迹

但人们并不同意 除了

你叫我的名字

米缸馍馍

几个老菜

根据老人们的叙述，整理出几个苍溪老菜的做法。

锅　炸

按一两面粉两个鸡蛋的比例将面粉和鸡蛋加水调成糊状，起锅将一定比例的水烧开后，把鸡蛋面粉糊浇到开水里搅匀煮成稀凉粉状，舀到盘子里摊平约一至两厘米厚，晾冷后用刀切成梭子块，放在干豆粉里裹匀，然后一个一个下在油锅里炸，炸熟后用漏勺打起来装盘，洒上白糖即成。吃起来外脆里嫩，可口。这是李老师告诉我的做法，外婆的说法与李老师有一些出入，外婆的版本是：鸡蛋面糊调好后，锅里放油，摊成薄饼状，切梭子块，下锅炒一下即可。

蛋　卷

鸡蛋液搅散，下锅摊成蛋皮，火腿、豆腐干、葱分别切丝，用蛋皮卷好，下油锅炸，起锅后改刀装盘。

擦　鸡

苍溪"十大碗"之一，里脊肉切片，炸过的豆腐干切片，碗底垫底板菜（黄花等），上面一片瘦肉一片豆腐干依次放好，掺汤，上笼床蒸熟。

苕　泥

风干的整红苕上笼蒸熟，外面的皮剥干净，用刀压茸，放香油（或菜籽油）炒，小火慢炒，注意不要炒焦，勾点水芡粉，炒翻沙后铲到盘子里，可以淋点桂花糖。特点是酥软、甜而不腻。

豆腐干塞肉

赶场天，卖营山（音）豆腐干的用篾条串成一串一串的挑起卖，买一串，将豆腐干泡涨后中间挖空，瘦肉剁蓉，塞在豆腐干里，下锅烧。这个菜是外婆说她父亲喜欢吃的。做法有点类似"客家酿豆腐"。

其他还有如：鸡淖，现在餐馆仍有这道菜，鸡豆花的做法也类似；羊尾，采用猪肥膘肉做成，因为健康养身的原因，现在很少见了；楼板莴笋是考验刀工的凉菜，据了解以前在其他地方也有。

问起还有哪些以前他们做过、吃过而现在几乎消失了的老菜，外婆想半天说没有了，以前"九碟子十碗"，还有做蒸菌子、蒸海带的，"这些是莫得吃的才这样做"，聊着聊着就会讲起一些艰苦年代如何熬过来的老故事。

我拖着下一辈人，希望他们听一听，了解一下历史，可人家不乐意了:"谁叫你们生在那个年代了?"

这话说得似乎有些道理呢!

谈论老菜的中间,老人还讲述了一些事:

"以前家里来客人,上菜,捞的泡菜,不允许捞一碟子放在桌子上,要将各种泡菜镶成一盘,八仙桌的四个角上各放一碟。"

我看过四川作家李劼人先生的《大波》中也有类似叙述:"鱼翅便饭已上到最后下饭的鸡豆花汤。四小盘家常泡菜也端上桌来,红的、黄的、绿的、藕荷色的,各色齐备,都是用指爪掐成一小块一小块的,为了避免铁腥气,不用刀切。

"一道菜端上席,吃完,撤下去,再上一道,不能一下子全部端上来,叠床架屋地堆一桌子更不允许。"

说相声的于谦写他有个街坊大爷,吃饺子,"戴着老花镜,一边包,一边煮,一边吃。包两个饺子,扔到水氽子里,煮熟了,捞出来,马上趁热就吃。吃完这两个,再包,再煮,再吃",最后一个饺子跟第一个饺子一样热乎。拥有完整用餐礼仪的法餐中,也有相似的规矩:撤一道食物上一道食物。

"热天吃饭,一边吃一边喝开水、抽烟,要吃上几个小时。"

这不正应了那句:用餐时间的长短显示了阶层的高低。

"冬天喝醪糟,不能只吃醪糟,还要上五个干碟子,有火米渣、米酥、金条、麻圆等等……"

这样看来,小朋友说得似乎又没什么道理。

第五季 过年了

红萝卜,咪咪甜,
看到看到要过年。

请客（二）

  这条曾经被我诅咒过无数次的崎岖山路，从来没有像今天这样让人如此愉快。三十多年后，作为读者的你，跟随我的记忆回到那一天，是否也会有同样的感觉？——山坡上依然如昨天或者前天甚至更久以前一样光秃秃，路边又少了一两丛黄荆条，一定是被哪家人砍回去做了柴火，在冬天快要完结的时候，是不是更显荒凉？但是今天早上它在我的眼中是如此明亮，阳光从山顶倾泻下来，没有遮挡地浸满我一身，穿透单薄的棉衣，温暖到心里；昨天沉重的书包变得如此轻松，从肩膀上取下来，我高举着它在头顶上飞旋，偶尔的呲呲声，是在告诉小主人：慢点慢点，我快受不了，要散架啦！但我此刻怎会注意到它的抱怨，我完全沉浸在出门前爸妈的交代带来的快乐中呢：
  "初七那天，你把老师请到家里来，吃顿饭。"母亲轻描淡写的语气后面，我感受到的却是一番长久考虑后做出的决定。
  "为啥？"
  "家里那天要杀年猪。"母亲停顿了一下，"一年到头都没请过老师，咋好意思哦。"
  "好嘛。"
  我家也要请老师的客了！我忍住了没有喊出来。毛三娃儿，看你前一段时间在同学们面前那么神气，无非就是你爸给老师做了根教鞭。我摸摸左边胳膊，手掌滑过前天教鞭残留的痛，你爸也太残忍了，难道不能做一根打起来不疼的吗？还有兵娃子，哪个不晓得你从家里带了包酥肉给老师？问你还不承认。还有某天早上在老师的教案旁出现的一堆红苕干，或者两把嫩豇豆，它们比教室里的哪一个都到得早，却不会讲出来是谁带给老师的，我们围着转来转去，也没看出它们长得有一条腿或者一双翅膀。

其实在学校里，我还算一个乖孩子，人们都这么说，老师也很少找我的麻烦，只是，如果他不让我出教室把作业补完了再上课就更好了。请他一顿客，说不定老师就不检查我的家庭作业了呢，每天晚上我就可以敞开玩了，上学就应该只是上课，还要布置家庭作业，老师真会压榨我们的时间。

书包在我的手中旋转得更快，它在头顶叫起来：作业本快飞走了！我重新把它挂在肩上，让我们俩都安静下来，得好好想想怎么跟老师讲这件事。不能让同学们知道我请了老师到家里吃饭，要不然会被他们笑话好一阵子，只有等到他单独一个人的时候跟他说，可下课时间又那么短，总不可能把老师拖到一个角落里去说，也太明显了，还不被那帮家伙一眼就看出来。对了，等他抽烟的时候去跟他讲，常常在这时他都不让我们靠近，说抽烟有毒。

"今天初五，初七就是后天，可——后天是星期天？"我扳起指头计算，"我的妈呀，你们就只晓得说农历，一天到晚连星期几都搞不清楚。星期天又不上课，咋个请老师？"我一下子恼怒起来。

只有换个时间，但今天请老师是来不及了，干脆就明天，正好等下午放学后，想办法拖到最后走，跟老师说请他明天中午到家里吃饭，哈哈，真聪明，啥问题都解决了。

吃晚饭的时候，妈妈问我："跟老师说了吗？"

"说了。"我不耐烦地回答道。烦不烦嘛,这点事还紧到问。

初六的中午,放学铃声一响起,我快速合上书包,冲出教室,跑到前面路口等着老师,不能让秘密在同学们面前暴露。

老师从后面赶上来:"走吧,跑这么快干啥?"

"哦,老师,你先走着,鞋子里进了块石子,我弄一下就来撵上你。"我埋下头,假装整理着鞋子。

崎岖的山路上,老师的身影时而出现,时而消失,但我知道他一直在我前面没有走远。我不想追上他听他唠叨学习上的事,我琢磨着自己的心事呢!

既然请老师来吃饭,怎么也得炒几个菜出来才行吧?尽管家里有大半年没有像样地吃过一顿肉了,天天酸菜稀饭就着泡菜,妈妈还说啥子能吃上这就不错了。回锅肉要算一个,爸爸妈妈你们得让杀猪匠划一块大一点的猪肉,得要二刀坐墩肉,去年过年那次用煮肉的汤炖出来的萝卜太好吃了,唯一不足就是萝卜汤里油星太少了,所以今天你们要煮好大一块肉,把边边角角不齐整的部位切下来,放进汤里炖萝卜,这样的话不仅回锅肉切出来一大片一大片的,漂漂亮亮,萝卜汤里有点肉也更香了,一举两得的事啊!要把肉熬久点,很多年以后我知道准确的说法叫"熬成灯盏窝的形状",妈妈就是舍不得把肉在锅里多炒一阵子,生怕那几片肉炒化掉了,锅铲才翻炒几下就赶紧加调料了,还有就是放那么多蒜苗,那叫回锅肉吗?我看应该叫"蒜苗里找肉"。

凉拌个肚片好吧?!爸爸经常说猪身上"三子"最好吃,当然是说心、舌、肚,尤其是凉拌出来,比烧出来好吃。不过,猪肚子煮的时间可久了,要煮到能嚼得动又还有点韧性最合适,上次到大孃家吃酒席,那个厨子没把猪肚子煮耙,半天咬不断,想吐掉又舍不得。把猪肚子斜切成片，盘子里先垫些莴笋片，上面才放肚片，看起来多大的一盘，不过这种把戏你们大人别想再欺骗我了，不要以为小孩子好骗。

是不是要炒个猪肝？但猪肝只有赶场天才吃得成，爸爸说猪肝要吃新鲜的，隔了夜就不好吃了，还有就是猪肝比"三子"便宜多了，可是为啥也没见到家里买几次吃呢？对了，肯定是他们嫌炒猪肝费油，上次听妈妈对爸爸说："你晓不晓得炒肝子，一斤猪肝要用半斤油，还要清油加猪油混合用，油少了咋炒得嫩？这东西是买起来便宜吃起来贵。"要是油贵的话，中午也可以不吃炒猪肝。

还有，会不会炸酥肉呢？要是蒸个鲊肉该有多美啊！

扑棱扑棱几声响，把我吓一跳，谁家的鸡溜出来了，竟然打断了我的想法，再不老实滚回去，我把你逮回去杀了炖出来。爸爸妈妈肯定是舍不得炖鸡了，家里两只鸡还要下蛋呢。要是炒个鸡蛋也行，多放点油，炒出来黄澄澄的，要多香有多香，遗憾的就是每次都不够吃，没来得及夹两筷子盘子里就光了。

供销社门口的大镜子里，呈现出我得意的微笑。糟糕，我得快跑几步赶在老师前面通知他们，马上就要到家了，不能让老师没有迎接就进去了啊，爸爸妈妈会骂我的。

"妈，爸，我回来了。"说话间我已经跑进大门了。

"你还回来得巧呢，不早不晚恰好赶上吃饭。"妈妈从灶屋里走出来，一手端着碗稀饭，饭里搭的酸菜和红苕味道那么熟悉，老远就飘过来，另一只手拿着筷子，还有一碟泡菜。

"我把老师也请……"

女儿的饮食爱好

女儿刚满八岁,有时候我想,长大以后,她会变成一个馋猫还是美食家呢?

小家伙有一个好胃口,尽管吃饭的速度较慢。从小我们就不用操心她吃饭的事,她不会委屈自己的肚子,有时看见为人父母的,为了小朋友能多吃一点点饭,威逼利诱用尽手段,我就忍不住摇头。

同我一样,女儿对面条有着特殊的偏好。每个在家的周末,午饭不用问她吃什么,没有例外的是面条,偶尔换点花样,也就是抄手或者水饺,因此带她出门玩就方便多了。很多地方不一定能吃到可口的饭菜,但是煮面条呢,味道都不会差到哪里去。记得以前到国外旅游,每天的吃饭成了一件大事,也是头痛的事,玩到后面几天,连看美景的心情都散啦,只想赶快回到成都,痛痛快快地吃上一顿火锅或者一盘回锅肉。那时看到许多旅游的老外,一块大面包,几片腌肉,再来点不用弄熟的蔬菜就打发一顿,当然可以周游列国也不用为口腹发愁。

能有好吃的,她也不会放过。肉食是她喜欢的,经典的回锅肉放在她面前,会只挑选里面的肥肉,不知道是不是有一天我说过的一句"回锅肉还是肥的香"被她捡去了,记忆这么深,常常用来反击我对她的善意提醒"少吃点肥肉"。青椒肉丝好像是她的偏爱,但从没看到她吃菜里的青椒,这样用什么炒肉丝都行啊,为什么非得喜欢青椒肉丝呢?

爱屋及乌,喜欢吃肉,她更喜欢吃里面的内脏。肝腰合炒在她的菜谱中也是排名靠前的,对猪腰的偏好更甚于猪肝。对于好吃的人来说,有点味道的肥肠自然不会放过,自从在一家小面馆吃过后,小家伙常常闹着要吃肥肠面。覆在面条上的那么一点点肥肠满足不了她的胃口,于是妈妈买回来猪大肠红烧,一大勺烧好的肥肠浇在面条上,让她大感过瘾,只是清洗猪大肠够麻烦的。脑花是内脏吗?我想是的,因为这也是她的喜爱之一,每次吃火锅小家伙都要点一份,按照烫火锅的顺序,脑花都是最后吃,看她饱食后还能吃下大半个,在座的都不得服。由猪及鸭再至鸡,甚至鱼,只要是看到脑袋,她都嚷着要吃里面的脑花,弄出来就那么一小点点,她却吃得津津有味。

有一次,女儿忽然跟我说,想吃鱼鳔,这是在哪里引发出她的馋虫呢?我想不出来。好吧,到菜市逛一圈,正好看到一家鱼铺收集了一堆新鲜的鱼鳔,这天收购的人还没来,于是全部买下。回到家,寻思着弄出来一个泡椒鱼鳔,可是腥味甚重,比较失败,也同样倒了她的胃口。本想下次再改进做法,但她再也不提吃鱼鳔了,也没给机会再试一次。

因为被专家告知,虾对于小孩的成长很有帮助,于是做来给她吃,这一吃就忘不掉,虾和螃蟹也成为饮食爱好。前年到东山岛,各种美味的海鲜,大饱口福,吃到第三天,女儿跟我说:"爸爸,不吃海鲜了,都吃腻啦!"哈哈,看来还是我的胃口好点,还想连吃几天呢。

带她吃过一次西餐后,常常就嚷着要吃牛排,还有蜗牛、蘑菇汤,等等。西餐店的牛排不便宜啊,于是在家煎牛排,买回平底锅,从网上搜索煎牛排秘籍，几次尝试后，煎出的牛排得到了认可。前年圣诞节，在家做了一次西餐，罗宋汤配小餐包，蔬菜沙拉，黄油煎鲜蘑，黑椒牛排，香煎沙丁鱼，最后是哈根达斯冰淇淋。美食不能独享，请来一帮小朋友一起过圣诞；去年还提前去荷花池买回一堆饰品，把屋子装饰一番，几个小孩在一起，好不热闹。两个月前一天，女儿忽然跟我说："老爸，想吃西餐啦，等不到圣诞节，还有好久啊……"说着说着，眼泪就下来了。"好好好，这个周末就给你做。"这次她要求换一个汤：奶油蘑菇汤；法国蜗牛仍然买不到，钟爱的法式焗蜗牛还是只有到必胜客去吃；牛排可以管够，三四种不同部位的，在西餐店也不会吃得这么尽兴。大人坐一桌，一位妈妈带着小朋友们坐一桌，前两份牛排上桌，这位可怜的妈妈还没来得及吃一小块就没啦。

可是叫女儿吃蔬菜，却是一个难题，除了土豆和生菜，其他都不是她喜欢的，看来得提高素菜烹饪水平。做过的这么多菜里，好像只有牛排得到她的正式认可，要让她说一声好吃真不容易。

说她有一个好胃口，另一个理由是，每次吃完饭，她的碗里都干干净净。偶尔一次，给她盛得太多，实在吃不了，很抱歉地告诉我们："肚子撑不下啦！"

萝卜荚儿

今年提前回老家过年，看到母亲正在菜园子里扯蔬菜，地上堆了一堆大大小小的萝卜。

"妈，把萝卜全部扯出来干啥？"我们问。

"要把园子腾出来种其他菜了。"母亲说。

"这么多萝卜咋个吃得完？过年也不能顿顿吃啊！"

"留几个拿来炖和烧，切几个腌成萝卜干，泡菜坛子里泡一些，其余的晒萝卜荚儿，你们走的时候都带一些回去，炖腊肉好吃。"

熟悉的味道一下子涌上来，尽管有好多年没有吃腊肉炖萝卜荚儿了。煮过腊肉和香肠的汤太油腻，没人喝，但煮一些萝卜荚儿最好不过，干萝卜荚儿吸足了腊肉留下的油和盐，在腊肉汤里舒展开，吃一片腊肉，再夹一筷子萝卜荚儿，腊肉的油腻感马上被煮熟了仍有着脆生生口感的萝卜荚儿带走了，萝卜吸油，晒干了也改不了习性。

晒萝卜荚儿很简单，萝卜洗净切成厚片子，堆在簸盖里，拿一片萝卜穿进细篾条，脆生生的萝卜被快速刺破，然后向下抹，在路过篾条的竹节处略微顿了一下后继续走，最后到了和前一片隔一个指头的位置停下来。大大小小的萝卜片被穿在长篾条上，一串串白生生水灵灵披着薄薄的红外衣，挂起来等候风和阳光带走水分。

那一年也是快过年了，婆婆洗了一筲箕的萝卜。"去山上姑父家

萝卜荚儿

煮过腊肉和香肠的汤太油腻，没人喝，但煮一些萝卜荚儿最好不过，干萝卜荚儿吸足了腊肉留下的油和盐，在腊肉汤里舒展开。

拿一些青篾条回来,我们串萝卜荚儿。"婆婆跟我说。

"带上把镰刀,要是你姑父他们都不在家,你就各人砍根竹子拖回来。"我正要出门,婆婆又喊住我。

拿着镰刀走在乡间的小路上,却没有打着节拍哼着歌的心情,孤单的山路上只有北风在呼啸,冰冷的风吹折树梢,碾弯枯草,奔跑着向我扑来,针一般刺着我的双手和脸,再灌进袖子和衣领。那些年的冬天比现在冷,路边的陈水田里结着厚厚一层凌冰,溪沟里挂满长长短短的冰棍子。

到姑父家的路还远着呢,实在不想走了,前面有一片竹林,干脆砍一根回去好了,乡下的竹子不值钱,没人在意自家的竹林少了一根竹子。我溜下路边的小坡,看好一根,甩开镰刀开始砍,"嘭嘭嘭",竹子上出现几个印子。

"干啥子?哪个喊你砍竹子的?"一声巨雷在我身后炸响,我一下子愣住了。

秦毛子出现在我身边,一把夺下我手中的镰刀。

啊?!我一下子全蒙了——咋会遇得上他呢?这人是个怪脾气,四邻八乡的都不愿招惹他,这片竹林咋会是他的呢?早晓得是他家的,死活我都不会去碰。

他拖着我向竹林外走去:"敢来偷我的竹子,看我不弄死你。"我死命地向后坠不让他拖着走,可胳膊拧不过大腿,泥地里划出两道深深的槽,那是我的双脚蹬出来的。

我被吓蒙了。

"说,砍竹子干啥?不说今天不要想回家。"秦毛子边拖边对我吼叫。

"拿回去串萝卜荚儿。"我的声音带着哭腔,眼泪开始流出来。

我被拖到了秦毛子家，他打开一间房门，把我扔进去，他的劲真大，我被扔了个扑爬，身后一下子黑了，只留下他扣门的声音。

我站起来使劲地拍打沉重的木门。"放我出去，我要回家。"我边哭边拍门。可是没有任何回音，这该死的秦毛子把我锁在这里了。

我有一些恐惧。

哭着闹着有点累了，我找了个板凳靠墙坐下，双眼慢慢适应了屋子里的黑暗，这是他家的灶屋，灶门前燃着的疙瘩柴还没熄灭，熏得黢黑的墙壁空空荡荡，案板上的瓶瓶罐罐又破又旧，房梁上只吊着可怜巴巴的两条腊肉。这个可恶的秦毛子，你个穷鬼，你把我锁在这里干啥，我要回家，婆婆还在家里等我拿青篾条回去串萝卜荚儿，晚上还要炸酥肉呢。

他会不会把我打晕用麻袋装起来卖给外地人？还是会把我的腰子挖出来卖给医院？听大人说哪里又有小孩找不到了，就是被坏人拐跑了。

灶屋里越来越暗，我开始崩溃了。

连喊叫的力气都消失无踪了，我感觉世界末日到来了。

"哐当"一声，门打开了，一阵冷风疯抢着跑进来。

"出来。"秦毛子对我喊。

我往后退去。

他进来把我拖出门。

"把这个拿着。"他递给我一圈青篾条。"应该够你们串萝卜荚儿了。"

我不敢接，惊恐地望着他。

他抓住我的手，给我套在胳膊上，把我的镰刀也还给我了。

我一转身拔腿就跑，害怕他反悔打什么坏主意。

"等一下。"他抓住我。

糟了！他要干啥？

秦毛子塞给我一包草纸包着的东西。

"娃儿，拿到起，给你包了几个酥肉路上吃，过年了！"

腊　肉

"王师傅，劳烦你把猪毛刮干净些哈，不要坏了你的手艺哦。"李孃一边忙前忙后，一边对杀猪匠老王头说。

"杀这么大一头猪，你们老两口咋吃得完呢？"老王头并没有直接理会李孃的要求。

"我们心口子莫得那么厚，两个人当然吃不了，要给娃娃们灌些香肠，腌一些腊肉嘛。"

"他们大城市里天天都可以买到新鲜肉，还稀罕个啥子腊肉。"

"你还莫说，他们就是说腊肉比新鲜肉好吃。每年都打电话回来喊我做腊肉香肠，今年养的这头猪一点饲料都没喂，差不多看了十来个月。你还记得当年生猪站的王小琼不？就是那个从县城里来的女娃子，个头矮矮的，蛮劲却大得很，不要人帮忙，一个人就能把猪杀了。她最喜欢吃腊肉，经常用新鲜肉跟我换腊肉。不过那时候家里一年也就只做得了几块腊肉，杀头猪一大半都交国家了……"

晚饭后，送走老王头，收拾停当锅碗瓢盆，李孃和她的丈夫就要开始腌肉了。这个干活麻利的老太太，说话也同样利索，尤其当她干得越高兴，话也就越来越多。那天晚上就听得她一直在边干活边说个不停：

"老头子，赶快把灶膛里的柴退出来，烧这么大的火干啥子？又不是上蒸笼,就只是把几斤盐炒热。你烧个火,还不如二女子能干,以前每次腌肉,都不用我说,她看两眼就晓得该退柴火了。……出去这么些年了,摸不到她还会不会烧柴火灶哦。

"这次买的花椒还不错,老远都闻到一股子麻味,颜色也红,和盐拌匀了,还好看呢!就是现在的盐不晓得是咋回事,腌出来的肉总不够红亮。你说那些年用的散装盐,看起来乌黢黢的,腌出来的肉却好看,不仅瘦肉红艳艳的,那肥肉才安逸得很,就像一张张当年做伞用的红油纸,红得透亮。

"在院坝头晾了一下午,这猪肉外头硬是没得一点水了,外边天气冷,肉也凉透心了。有的人莫耐心,肉还没凉透就开始抹盐,腌出来的肉十有八九有怪味,他不晓得这猪肉的魂还没升天呢!

"不用劲就能把肉腌好?你以为像你那年腌的肉,娃娃们都不欢喜吃,只是那一次我害病了,手上没得力,才喊你来做,结果做成个啥样子出来?把盐抹遍了就算了事噢?要把盐一把一把地往肉上面按,一边按一边揉,要用劲,就得把盐揉进肉里面去,光靠盐水慢慢浸进去咋行?上次老大回来说用锥子把肉锥些眼,盐就容易进去,这是啥子话嘛,莫法打懒主意的,非得把盐和肉揉相生了才行。

"坐墩肉和前夹肉才费力,这些地方的肉瓷实得很,不像五花肉松松垮垮的,不过这些肉腌出来最好吃,切出来一片是一片。不晓得现在的娃儿们口味和喜好咋都变了,说五花肉才好吃,还要瘦肉多一点。嘿嘿,瘦肉有个啥吃头?

"再烧把火,把花椒和盐再炒一下,锅头有些凉了。

"不多不少,刚好放满一缸,比去年还多一点儿。老头子,用点力气,把缸往边上移一点,咋个软趴趴的?以前劲大的时候,又只有几块肉拿来腌,娃儿们围着锅边看,馋得很,看到他们那样子,心头难受啊，我也恨不得马上切一块炒了吃，可是有啥办法，不腌几块肉留着，一年到头就不要指望吃肉啰。"

腌肉缸慢慢地挪回到往年待过的地方，一年的空虚只留给这十来天的盛放。这个夜晚开始，去年、前年还有二三十年前的盐粒将被唤醒，在曾经的陶土里慢慢伸展。

五六天后，李孃揭开腌肉缸的盖子，一些盐水开始渗出，有一点点红色在成长。李孃将腌肉翻转一遍，起初放在下面的肉，这时候翻身了，到面上来呼吸口新鲜空气，瞧瞧阳光，不过一会儿又被李孃盖住了，它们还得在里面待几天。

十多天过去，不知道是十二天或者是十五天，反正是李孃说了算："肉腌好了，烧锅热水，准备挂起来了。我说腌好了就好了，老头子，这些事不能依你的，我看一眼就晓得，你懂个啥？你说怪不怪，上次幺儿说外国人炒菜还要用温度计量油温，哼哼，去年腌十二天，今年腌十四天，三个月的饲料猪和九个月的粮食猪，膘厚都不一样；去年一个冬天雪都没下，今年都下两场了；再说了，今年你喝个三两酒就醉，咋不跟十年前一样喝那么多？"

李孃的丈夫摇着头去烧热水了。

一块块泛着暗红色的腌肉被李孃从缸里取出来，用热水洗净，李孃的丈夫已架好梯子，等着把她递过来的腌肉，挂上去。灶屋里，黑黝黝的房梁上，长短不齐的腌肉在晃荡着。

第二天，房梁上挂着的腌肉不再滴盐水了，李孃从院子里抱进来一捆柏枝，铺在灶门前的地上，柏枝是老头子前两天去屋后的山上砍下来的，干湿正好。李孃又在柏枝上撒了些花生壳，点燃一把稻草，放在柏枝上，等烟雾起来，柏枝将燃未燃时，把火压熄了。一束阳光透过亮瓦，青烟在灶屋里妖娆地升腾，柏枝的香味包裹了腌肉，黑色的房梁注视着它们的相遇，纵然经过三十来年，它依然无法参透，这缕缕细烟如何将这些肉变成了暗红色，还带着香味。

"老头子，给我把火看好哈，不要燃起来了，也不要熄，注意到随时加柏枝哦。现在的人偷懒，熏个腊肉听说就只要几个小时，焖在炉子里，一阵烟熏火燎，就好了？那也叫熏腊肉？送给我都不要。"

十来天后，李孃和丈夫背着背篼，里面放满刚做好的腊肉，搭车进城，他们要去城里给儿女们办快递。一路上，李孃走得很沉默，她在想着杀年猪前给娃儿们打电话的事呢：

"老大，今年回来吗？我提前把腊肉熏好，走的时候带回去嘛。"

"哎呀，今年过年不回来了，我们要出去旅游，你给我寄过来，现在快递很方便……"

"二女子，今年回来吗？我提前把腊肉熏好，走的时候带回去嘛。"

"哦，妈，今年回不了，过年路上人多，累得很……"

"幺儿，你今年该回来嘛，好几年都没回家了……"

酸水豆腐

豆腐是个好东西。

读中学的时候,国家还不富裕,老百姓的荷包更瘪,很难保证每天吃到肉食,对于正长身体的年轻人也不例外。有一次生物老师在课堂上讲:"每天吃一顿豆腐,基本上可以保证蛋白质的需求。"于是在一周的午餐中,至少有五顿饭不是红烧豆腐就是家常豆腐,食堂是天天有豆腐供应。

豆腐于很多人也喜欢。汪曾祺编完《知味集》,后记中写道,"谈豆腐的倒有好几篇,豆腐是很好吃的东西,值得编一本专集,但和本书写到的和没写到的肴馔平列,就有点过于突出,不成比例。这是什么原因呢",原因么,"我们的作家大都还是寒士。……于是,作家就只能写豆腐"。那是二十年前的事情了,今天的所谓作家,身价已今非昔比,吃点豆腐不是他们的理想,我也从来不把这些作家当作"士"。

"麻婆豆腐"常吃,老外知道的为数很少几样中国菜,其中就有它。在外就餐,点到这份菜,我会问一个题外话:"点豆腐有几种卤水?"几乎所有人都回答是"两种,石膏和胆水"。他们不知道,世界上还有第三种可以点成豆腐的,叫酸水豆腐。

我们老家那一片吃酸水豆腐的地方大致在北起汉中,南至阆中、南部一段（其他地方有类似，但好像酸水不一样），老百姓一年四季都会做一种叫酸菜的食物。酸菜在大江南北都有，可是这里的酸菜同其他地方的不一样，我们叫它土酸菜，因为它实在拿不出手，更无法包装出来，放到商场超市销售，也只有这里的人才习惯土酸菜的味道，外地人很难接受。

  土酸菜从什么时候在哪里开始发源的，无从考证。在老家，家家都有一个酸菜缸，口大肚小的那种，一年四季都不会空着。做酸菜很简单，没有哪家媳妇不会做。菜园子里摘一些青菜，洗净切细，起一锅水，烧到冒热气的时候，把细菜叶倒进去，翻几个滚，掺一些面水，再翻滚均匀，熄火，舀到旁边的缸里，最好是加一些老酸水进去，盖上盖子，一缸酸菜就初步成了。做出来还不能马上吃，要放上一天时间，让它发酵，第二天就能用它来做酸菜面，炒酸菜干饭，煮酸菜稀饭，点酸菜豆花，或者做酸菜豆腐。

  不像其他的酸菜，做土酸菜不需要特别品种的青菜，菜园子里有什么就用什么。一年四季中，我最喜欢吃萝卜缨子做的，口感细腻而酸味十足；其次像家菜（有点像大青菜）、包包蓝（卷心菜）、小白菜等略输一筹；最不好吃的是红苕叶子酸菜，梗多叶粗，更有一股难闻的味，偏偏红苕叶子又易得，常常用它来做酸菜。老家有一句顺口溜，大人小孩都会讲，"过河西，点儿低（八字不好），红苕叶子两筲箕，吃了吆喝的猪声气"。以嘉陵江为界，苍溪被分成河东河西，河西更贫困，女孩都不愿嫁过去。多年前，我的一个孃孃自由恋爱，找了个河西的婆家，外爷一家很生气，她的婚礼就没娘家人出席，过了好几年，气消了，才认的这门亲。

  在物资极度缺乏的年代，酸菜帮助家乡的人们渡过了艰难。煮稀饭，下面条，拌面疙瘩，炒干饭，等等，每天都离不了酸菜。把酸菜捏干了,用点油一炒,就可以下饭。我认为极好吃的是酸菜炒魔芋。魔芋在制作过程中,用了含碱的草木灰浸泡,伙着土酸菜一起炒,能中和掉魔芋的碱味,吃起来就不那么糙口。老百姓不知道其中蕴含的科学,但他们用实践创造出了美食。

从老家出去的人,怀念那些酸菜的味道,都会想法做出一缸酸菜来。城市餐馆里,偶尔看到菜单上有酸菜干饭,或者酸菜面疙瘩,这家的老板一定是从这块地方出去的,因为自己离不开那个味,兼卖给在城市的家乡人。母亲不管是到西安还是成都,到了后一件重要的事就是做酸菜,不然她适应不了城市。

炎热的夏日,最是酸菜显身手的时候。夏季暑热湿重,胃口不好,吃点酸东西能开胃。晌午,顶着炙热的阳光回到家,口渴难耐,从酸菜缸里舀一勺酸水喝下去,立马浑身舒畅。夜晚,自家院子里,星空下,打着蒲扇,乘着凉,喝一碗豆花稀饭,这时,每个毛孔都会爽透,一天的劳累在家人的絮叨中,一点点、一点点消失在夜风中,只有蚊子被拍打在大腿上的响声。

要做豆花,得提前泡好黄豆,用石磨磨出豆浆,倒进锅里加热到冒热气的时候,从缸里舀一瓢酸水,掺杂点酸菜也没有关系(汉中叫菜豆腐,我想应该与此有关吧),慢慢掺进锅里,这时要压住火苗,温度不能太高,一锅白色的豆浆,渐渐凝聚成一团一团的,在水面上浮现,豆花就成了。锅里的白色不见了,变得有一点点浅黄。

把豆花捞出装进纱布包里,把口扎起来,放在筛子上,上面放一块木板,再把磨扇压在其上,水分从纱布眼中渗出,豆花就渐渐凝结成豆腐。豆腐的老嫩取决于石头压制的时间长短。感觉差不多好了的时候,取开磨扇和木板,打开纱布,一整块豆腐就呈现在面前,上面印着纱布的纹路。

豆腐可以做很多菜，剑门关和西坝都有豆腐宴。老家有两种豆腐吃法，在外地少见。豆腐切细颗，同酸菜一起炒，用来做面条的臊子，俗语云"正做不做，豆腐放醋"，豆腐有酸味就坏了，但老家的豆腐就是用酸水做出的，与酸菜同炒反而有一种意想不到的妙处。也会在包包子的时候，放豆腐颗颗，在外地很难吃到放豆腐馅的包子。

做豆腐还是比较麻烦，家里不会经常做。以前过年的时候，豆腐是家家都要做的食物之一。有时，哪一家做了酸水豆腐，都会送给邻居尝尝。几年前在小镇上有了机制豆腐，就更少人在家做豆腐了，能吃到酸水豆腐的机会也越来越少。

去年春节，几个中学同学聚会。面对一桌美味，谈到老家的豆腐，仍不免思念之情。一个同学说："腊月三十的晚上，我妈妈给我做了酸水豆腐。"得意和幸福之感记忆至深。

酸菜炒灰菜

我曾经接到一个特别的任务,离家多年的老同学打电话,打算最近回老家看看。期间要宴请一下亲朋好友、街坊邻居,就在老房子的院坝里摆上几桌,让我物色一个好厨师,最好亲自去吃一次厨师做的酒席。

"你在大城市待了那么多年,还这么'老土',乡下现在都时兴上馆子包席,撇脱又不贵。"我告诉他。

老同学在电话里跟我说:"我本来就是老土,往上多少代人都是种地的,从来没离开泥土,'土'是命根子。我们这一代人才离开土地好多年嘛?住在几十层高的楼上,接不到地气,还是坐在院坝头吃饭喝酒感觉踏实。"

我大概是听明白了,是他自己想念"坝坝席"了。"这还不简单,我问几个乡下办酒席的厨师电话,加个微信,拉你建个群,直接沟通就是了,还可以视频看他做菜,何必用那种土办法?"

老同学叹了口气,说:"既然是老土,当然土办法管用。你认为'面对面建群'和'面对面的群'哪个好?现在的生活是快捷方便,随便哪几个人,见面不到几分钟,扫几下就建好一个群,就是一个团体了,可是每个人对其他人了解多少?在乡下,都是多少年的'面对面的群'了,大家知根知底,有啥事见面吼两嗓子就解决了,文字都用不着，还用啥视频？吃饭这事，是讲味道的，味'道'要靠味'觉'，要夹一筷子菜，刨两口饭，慢慢去品，品出味，味出道，合你的口味，才是同道，你才会告诉亲朋好友，说这个厨师菜做得不错。现在网络上热衷的'口碑营销'，不晓得在我们乡下用多少辈人了，更不得拿钱找人去刷好评。"

话说到这分上，我自然推辞不得，这天安排了去吃个酒席，考察一下厨师。

先坐到席上吃一盘。凉菜中规中矩；接着上的蒸酥肉、咸烧白、夹沙肉、坨子肉等几个蒸菜，火候到家，不像有些酒席，肉坨子一口咬不断，蒸笼漏气了蒸不上气，厨师都没看到；随后上了一道宫保大虾，我认为做得不错，现在农村生活好了，办席的食材也越来越多样化，虾蟹上酒席已不足为奇，乡下厨师处理起海鲜总有些力不从心，尽管这道菜里海虾用的是冻货，却处理得当，毫无腥味，虾肉嫩滑，调味把握得恰到好处，典型的小酸小甜煳辣荔枝味，更难得的是，当天十席一开，平常猛火爆炒一两份，火候容易拿捏，一次炒十份就不是简单的食材和调料的堆砌了，俗话说，"大锅饭好吃，大锅菜难炒"。听席上和厨师熟悉的人说，这位李师傅在广东打了几年工，还在粤菜馆子做过厨师，难怪呢！

吃完席还不能走，老同学特别交代，要看看厨师给自己做啥子吃，背后用意何在我也懒得猜，正好趁机和李师傅聊聊天。

最后一轮席是主人家和帮忙的，凉菜上席，还不见李师傅入座，帮厨的去厨房喊李师傅，我也跟了进去。

"李师傅，快点哟，就等你了。"帮厨的喊道。

"马上过来，你们先吃，我又不喝酒。"李师傅一边在灶台前忙着一边说。

酸菜干饭

把萝卜缨子或者红苕叶子或者家菜，洗净切细了，开水汩一下就舀到大缸里，加一瓢烧开了的面水，再加一些老酸菜水，在缸里捂个一两天，菜叶子变黄，就成酸菜了。把酸菜用油盐炒一炒，拌在孔好的干饭上，做出来的酸菜干饭，外地人也喜欢吃。

锅里的水已经烧开了，他用菜刀铲起案板上切好的灰菜条子，倒进开水锅里，放入半勺盐。趁着汩灰菜的时间，他从酸菜缸里舀出半碗酸菜，稍微挤了挤酸菜水。锅里的灰菜条子变硬了，倒在锅边的漏瓢里，滤掉水。刷干净锅，放了点菜油，下酸菜炒几铲子，铲出来，再倒进菜油，放几片姜蒜爆一下锅，倒进去滤干水的灰菜条子，炒几下，把刚刚炒过的酸菜再放进去，操转，撒盐，关火，起锅。

他从甑子里舀了半碗米饭，一手端饭碗，一手端上酸菜炒灰菜，来到席上。远远的我看着，他基本上没动其他菜，吃完那盘酸菜炒灰菜和半碗米饭，跟席上的人打个招呼就先下席了。

李师傅端着杯浓茶，在院子边站着，我凑过去跟他打招呼。

"李师傅，咋个只吃点酸菜炒灰菜呢？是不是厨师做完菜都没胃口？"我问他。

"那倒不是。"李师傅淡淡地说。

"我晓得灰菜碱性重，用酸菜可以中和。还有啥子说道？给我摆一摆嘛。"

李师傅从旁边扯了根板凳坐下，对我说："坐嘛！"咽了口茶，跟我摆起了龙门阵。

"1985年的时候，我二十来岁，看到有人倒卖农用物资赚了不少钱，我也到处打听看哪里有机会。7月间的时候，听说阆中老观有一批呋喃丹，还是老价格在卖，我们乡上供销社卖的价格翻两倍，还莫得货，如果拉一拖拉机回苍溪可以赚两千块，那时候莫得手机，电话只是乡上有一部，信息闭塞。"

"所以当时有个词，叫投机倒把。"我接了句嘴。

"我转了几趟车，到了老观，供销社确实有一批呋喃丹，还是老价格，我跟供销社主任谈好，全部买了，他们帮忙找个拖拉机，运费我各人谈。到出纳那儿交款,我一摸表包,完了,一分钱都莫得了,一看表包被划了一个口子,路上被摸干全部摸走了。我一买子吓蒙了不说,主任还当我是个骗子,喊我爬远点。"

"损失有些大哦!"我同情地说。

"借的钱,还在信用社贷了些款。"李师傅喝了口茶,"身无分文,人生地不熟,钱也借不到,坐不了班车,就只有甩火腿往回走。遇到顺路的拖拉机,搭一截,又下来走。天黑了,看不到路,在桥洞子眯了一夜,还好是7月间,天热,就是遭蚊子咬惨了。走了一天一夜没吃饭,那时候年轻,不好意思开口找人家要一口饭吃。第二天晌午,天热得遭不住,又饿又累,靠实走不动了,看到有户人家,就去讨口水喝。

"喝了碗凉开水,终于缓了口气。晌午太阳大,莫法下地做活路,主人家跟我摆起龙门阵,我就一五一十地跟他摆了,他听我一天一夜没吃饭,就喊他老婆做点吃的给我。他老婆端了碗嫩苞谷疙瘩稀饭,一盘现炒的酸菜炒灰菜,一碟泡咸菜。我不停地劳慰他们,一边想:这家人抠里抠夹的,堂屋里摆了台电视,那时候有台电视是个啥概念?相当于现在买了台奔驰车,真是越有钱越抠门,一盘酸菜炒灰菜就把我打发了,下决心吃了这盘以后再也不吃酸菜炒灰菜。"

"那你咋个出完席后偏偏炒一盘酸菜炒灰菜呢?"我奇了怪了。

"投机倒把不敢做了,那次饿怕了,我就去学厨子。师父看我从来不吃酸菜炒灰菜,就问我咋回事,我把那件事跟师父摆了。师父听完就骂我:你个瓜娃子,人家救了你一命,你还摸不到好歹。我问咋回事,师父说:你饿了一天一夜,还走那么远的路,肚子饿空了,你又年轻,就是端上几品碗肉坨子和毛米子干饭都吃得下去,可是你吃下去就遭了,就算没把你胀死,你还要急到赶路,走到半路,肚子撑得也会疼死你。饿久了只能慢慢进食,喝点稀的,一盘酸菜炒灰菜正好下饭,酸菜是苍溪人的喜好,灰菜看到多,填肚子快,可是纤维多,易消化。日本人为啥喜欢吃?减肥啊!听说'魔芋'就是他们叫出来的,魔术一般的芋头。"

我一边听李师傅摆龙门阵,一边想:该不该给老同学推荐他呢?

醪　糟

后面我会谈到为什么在盛夏写这个题目。

小时候，我们多是在过年的时候才可以吃到醪糟。进入腊月间，家家开始准备过年的食物：熏腊肉、灌香肠、点豆腐、吊汤圆粉子等，而发醪糟是最讲究技巧并需要一点点运气的细致活。看一个好日子，把所有能接触到糯米的器物清洗得干干净净，不沾半点油星。糯米泡上一夜，滤干水，甑子底部铺好纱布，装入糯米，用大火蒸透心，翻倒在竹簸箕里，用筷子抖散，晾至不烫手的时候把糯米赶到簸箕一端，边洒温开水边捏散糯米，每一颗都沾上水，分散开的糯米慢慢堆积到另一边。接着一点点摊开糯米，拌匀磨细的醪糟曲子，让每一颗糯米都能裹上酒曲。拌好的糯米装进洗干净的盆里，用手在中间掏一个小坑，抹平表面，均匀地洒上剩下的酒曲，盖好盖子。在一口不常用的大铁锅底下铺上稻草，上面垫一床棉絮，放进糯米盆子，用棉絮捂严实，盖上大锅盖。这时候套用现在节目里的一句流行语——剩下的事就交给时间了！两个对时（这个时间词下一辈人可能不明白，翻译过来就是两天两夜）后等着喝醪糟。事实上这两天可不敢大意，我们那儿冬天气温低，室内没暖气，温度不够醪糟发不起来，隔一段时间要摸一摸盆子，如果一直没有发热，就要烧把火加一点温。终于，隔着厚厚的棉絮都能闻到一阵阵带着甜味的香了，醪糟发好了。揭开盖子,浓浓的年味一下子溜出来,满屋子窜。

　　印象中,过年的醪糟都是煮给客人喝的,不管是走亲戚的还是来串门的,只要家里来了人,都要给他们煮醪糟。如果是刚吃过饭,就在醪糟里搅一些蛋花;要是来的人少,常常会把蛋花换成荷包蛋;远客来了或者离吃饭还有些时间,就搓几个汤圆煮在醪糟里。我们去亲戚家也是一样的待遇,那时候的冬天比现在冷,光秃秃的山峰,冷清清的田野,一路走过,干冷的山风吹得露在外面的脸和手快要失去知觉,到了亲戚家,屁股还没坐热和,一碗热气腾腾的醪糟就端上来了。喝一口下肚,一瞬间,一身的风寒被逼了出去,一路的疲惫卸下了,只留下暖暖的甜蜜,那是亲情在流淌。自家人倒很少专门煮醪糟吃,只是偶尔早上煮汤圆时放一些醪糟。而醪糟的香甜味从盆子里飘散出来,不断地诱惑着少年的胃,于是偷偷地趁着大人不在,掀开盖子,用小调羹舀几勺子醪糟喝下去,没有兑水的醪糟,味道自然好极了!这时候舀醪糟是有技巧的,如果从上面舀,大人一眼就可以看出被偷吃了,轻轻地推开面上漂浮的糯米,舀下面的吃,然后再喝几勺醪糟水,那滋味比直接端一碗在你面前更香更浓。

　　要是平常时候看到哪户人家在发醪糟,街坊邻居多半会问:"快抱孙子了吗?"主人家的回答中有压抑不住的喜悦:"就这几天了。"我们老家,红糖醪糟是女人坐月子的专享。而除了月母子,还有一个外人有资格享用一碗红糖醪糟。这人不知道自己那天为啥来到主人家,或许有事,或许是想找口水喝,或许是无缘由就迈进了大门,主人看到来了人,赶快让座,男主人陪着喝茶聊天,女主人匆匆走进厨房,不一会儿端出一碗煮了荷包蛋的红糖醪糟,捧给来人。这人一下子懵了,这是咋回事?内屋断断续续地传出婴儿啼哭声,看着一碗热气腾腾的红糖醪糟,来人一下子明白了:赶上"逢生"了。

"这、这、这,你看我来的时候咋个这么巧?可不能让娃娃像我这脾气。"来人歉意地说。据说这娃娃长大后的脾气并不是随父母,而是像"逢生"的人。一碗甜得醉人的红糖醪糟,黏住了嘴,脾气再不好的人这时也变得如此温和,他们都祝愿娃娃未来与这世界能更和谐相处!

有几年的夏天,一个远房亲戚每到赶场天,会在我家屋前卖凉水醪糟。毒辣的太阳下,熙熙攘攘的人群中挤来挤去半天,累了也渴了,找阴凉处坐下,来一碗凉水醪糟。舀一勺醪糟,加一瓢井水,再放一些白糖,搅一搅,喝一大口下去,"浑身的毛孔都舒坦了"!我记得她有时候卖两种醪糟,一种是用糯米做的,另一种却是用小麦酿的,叫作"麦米醪糟",有时候赶完场醪糟没卖光,她会兑一碗给我喝,那是我仅有的机会尝过小麦做的醪糟,后来再也没喝过。据说做麦米醪糟,要用碾子把小麦碾成几瓣,后面的方法和发糯米醪糟一样。我已经记不清小时候喝下去的是整粒的还是碎成几瓣的小麦了,甚至都无法想起它们在大土碗里呈现出来的颜色。

后来,看到家乡有位作家写他的母亲做"苞谷醪糟",才知道还可以用磨碎的苞谷米发醪糟。

用小麦或者包苞米发醪糟,是因为那时候糯米很珍贵,因为珍贵,所以不会经常做来吃,也因为吃的次数少,愈显得珍贵,愈觉得醪糟很甜很好吃。

我知道有一些小朋友会看到这篇文章,我写下的东西和经历离他们很遥远。古人云:"夏虫不可以语冰。"我在室外接近四十度的高温下写这篇文章,多数人不会在这个季节大喝特喝醪糟,对于醪糟的感觉离他们很遥远。

在这个愈来愈缩短了距离的扁平世界,在这个分子料理、太空料理等层出不穷的时代，或许我们的后代只能想象甚至轻视漠视那些即将逝去或慢慢逝去的事物，而我却执着地沿着记忆的小路回到偏僻的一角去回溯即将消失的体验，体味记忆中曾经带给某些人快感的食物，因为我觉得每样微不足道的东西都会因曾经的出现带给我们特有或专属的价值和意义，这些因岁月久远而更加弥足珍贵！

鲊 肉

从B站找到D站，这是放第三个小视频了，冬娃子故意把手机音量调到最大，是为了让在厨房里忙碌的母亲听到。又不是他自己想当然地这样做蒸鲊肉，为啥母亲把他从厨房里撵出来？

两小时前，母亲说晌午饭蒸个鲊肉吃，冬娃子自告奋勇申请让他来做，这菜他最拿手，自己在家经常做来吃。不过回到老家的这间灶房，名义上是冬娃子做，洗肉、炒米粉，都是母亲帮他做好的，甚至把各种调料都要从厨柜里找出来在他面前摆规一。

冬娃子认为这事不能怪他，换了个灶台，样样都不如在自己家顺手。

首先说蒸肉的米粉子。到楼下超市买一袋多方便，五香味麻辣味随便挑，可母亲却说"哪有自己炒的好吃"。好嘛！从炒米粉子开始干。锅里倒两碗米，放半把花椒，小火慢慢炒到大米变色，撒一些五香粉，关火，拌匀，舀到盆里。母亲又掺了一小碗糯米拌好。

小妹已经把搅拌器从角落里找出来，收拾干净，等着倒上炒好的大米按动开关。"妈，搅拌器给你买回来用过几次啊？看起来咋这么新！"母亲右手端着米盆，左手拿着一个高粱颠子做的小笤把，朝阳台上边走边说："把你们那高级武器收起来，电机转那么快，一阵蛮搅，打出来的米粉子，魂都莫得了。哪有石磨子推的好吃？粗细合适，花椒和米才相生。"阳台上有个石磨子，用很多年了。

石磨推好的米粉子装了一小盆。"哪用得了这么多？这一盆够做十几席的鲊肉了，搁家里一年都吃不完。"冬娃子认为母亲太浪费，啥东西都怕不够，常常用不完又扔掉。"哪个说一定要一次吃完，耗子都晓得要存些口粮，你们没饿到过。过完年，一人装一口袋拿走，又不是放不得。"小妹默默地去寻保鲜袋了。

也就是这时候，冬娃子被母亲撵出了厨房。他刚切了几片肉，没想到母亲看见了，叫起来："你切肉干啥呢？"

冬娃子搁下菜刀，怕说话时切到手："肉切了好码味。"

"哪是你那样子做的，把这几片照你的方法做好，过去一边，我自己来。"

视频里大师们和我蒸鲊肉的方法是一样的，冬娃子想让母亲明白。以前冬娃子是翻菜谱看，现在直接放视频，母亲再不会说：要是看书就把菜学会了，学校里还要老师干啥？

把红酱油、醪糟、红豆腐乳水、姜米子、红糖、花椒面这些调味品伙在一起拌匀，有的视频中还要放点剁碎的郫县豆瓣，这样做出来叫家常味，把肉片倒进调味盆中，拌匀，米粉倒进去，再操匀净。需要加点鲜汤进去，让每一片肉都能裹上米粉子。接着定碗，肉片皮子向下，一顺风地竖排整齐，两边再各镶摆一片肉，这种定碗是"一封书"，还有一种是定"万字形"，横四片、竖四片，再横四片、竖四片。然后是做底板，新鲜豌豆、南瓜、红苕都可以，用它们把调料盆里巴底的米粉子裹干净，把底板填满在摆好的肉片上。最后，放进蒸笼中去蒸。冬娃子家用竹蒸笼，蒸出来不会水渣渣的，因为水蒸气可以从竹蒸笼的缝隙中透出去，不会凝聚成水珠滴落到菜上，行业里叫"上水"，也有叫"返水"。

冬娃子一边放视频，一边看母亲做。她不是切的生肉，先把肉放在锅里煮定型就捞起来，擦干肉上的水，给肉皮抹上糖色，母亲说莫得糖色就用老抽。炒锅烧热，少倒点油，荡开，肉皮朝下放进热油锅挲，这一步叫"酥皮"。酥好后切成大片放盆里，加盐、酱油、姜片、葱节子，冬娃子问起母亲咋就只放这几样。"放那些乱七八糟的调料干啥？"她用劲拌匀后把姜、葱拣出来不要。在蒸碗里一片一片摆好，又把冬娃子开始拌好米粉子的几片摆在一起。接着，母亲在锅里烧开少量的水，放了一勺子猪油，再放点盐，把米粉子倒进开水里，操匀、熄火，把稀米粉子铺在摆好的肉片上，最后上笼蒸。

这天晌午饭的蒸鲊肉端上桌有点怪怪的。"这叫鸳鸯鲊肉。"冬娃子的女儿说。一边的肉片裹着米粉，白白胖胖；一边是净肉片，酥过的肉皮红亮红亮的。

"你喜欢吃哪个？"母亲问小孙女。

"裹了米粉子的口感有点干，不如垫底子的米粉子润口。"孙女儿老老实实地回答道。

冬娃子各尝了一片，女儿没乱说，平心而论，母亲做的更香润。尽管肠胃很诚实，冬娃子的嘴上却不服气："啥子叫鲊肉？就是米粉蒸肉，当然得把肉和米粉子裹起来。赣州有个地方做'粉笼床'，与这个差不多。我们是'湖广填四川'过来的，'湖广'又是从江西等地填过去的，因此饮食有相同的地方。他们办酒席、过年要做一种叫'荷包胙'的，用荷叶包起来的大鲊肉，蒸五六个小时才能蒸熟，但他们为什么叫'胙'（zuò）呢？'胙'的意思是：古代祭祀用过的酒肉等祭品。与鲊肉有啥关系？好久有机会去赣州看看，是不是当地方言发音不一样。"冬娃子晓得自己的这些话不过是想让桌子上的人明白他不仅知道如何做菜。

"我摸不到你说的啥子'zhá'啊'zuò'的。以前办酒席,鲊肉也是一道菜,席上大半都是用猪肉做的菜:咸烧白,底下垫冬菜;夹沙肉,底下垫糯米,也有换成做龙眼肉的;蒸肘子,底下垫海带丝;鲊肉嘛,底下垫米粉子。肉皮子都要亮出来,要见'四道皮'。"母亲说。

冬娃子刚好夹起一片自己做的鲊肉,赶紧把看不见的那道皮往嘴里塞。

酥 肉

平常人家偶尔也要炸点酥肉吃，只是在过年过节家家才会炸上好多。

李孃家里正在炸酥肉。难得一家人这么齐整，今年娃儿们都回来过年，幺儿还淘神费力地把奶娃儿带回老家让爷爷婆婆欢喜欢喜。这会儿李孃把小孙子诓睡着了，腾出手来，赶紧进厨房炸酥肉。娃儿们在客厅里烤着火，刷朋友圈。

"二女子呢，你切的啥子肉哦，大的大小的小，你切成一指条长就合适了，要连肥带瘦，专门买的五花肉呢。"李孃用筷子翻着切好的肉条。

"妈，你将就着用哈，炸酥肉哪有那么多讲究，炸出来还不是一样吃，大人吃大的，乜娃儿吃小的。"

"用姜葱水漂过没有？"

"用水漂了一个多小时，加了姜葱的，已经拣出来丢了。"

"肉里面码盐和花椒面没有？"

"都码好了的，还授了点白酒，你再尝尝味道够不够嘛。"

"妈，要不要我们帮忙？"老大跑过来问。

"你们要你们的，一会儿过来帮忙吃就行了。"

锅已经烧热，李孃倒上半锅菜籽油，往碗里打了几个鸡蛋，用筷子朝一个方向使劲地搅，金黄色的蛋液冒起来了，李孃把肉条放进去，又放了一把整粒花椒，搅拌得每一根肉条都均匀地浸泡在蛋液里，接着往里面加了几瓢羹粉面子再搅拌，她挑起一块肉，看看粉面子落下的速度，来判断稀稠是否合适，最后终于让李孃感到满意了。

菜籽油的青烟已经冒过，油泡子也散干净了，李孃关掉火，让油温降低一点。清油的香味穿过门缝，牵过来大大小小的几个馋货。

"妈，我来帮忙啦，要我做啥子？"老大满脸堆笑地凑过来，拍拍母亲袖口沾上的一点粉面子。

"我来下肉，你用筷子翻，拿个漏勺，看到炸好了，就捞在漏勺里，滴滴油。"李孃打开了炉火。

她挑起一根肉条，上面裹满蛋液和粉面子，挂着三两颗花椒，轻快的肉条靠近热热的油锅，她把筷子一松，"吱"的一声，肉条窜了下去，然后又浮上来，立刻就换了个马甲，蓬松的白罩衣裹得严严实实，在油锅里游来游去，被一团细浪追逐。李孃却不理它，飞快地放肉条，锅里一会儿就挤挤攘攘了，那些酥肉你挨我，我挤你，抢占着地盘。炉火"哧哧"、热油"吱吱"的声音里飘满香味，是过年的味道。

"可以起锅了，颜色都变黄了。"

"这一锅多炸一会儿，炸熟了好直接吃。下一锅时间炸短点，蒸起吃的、煮汤的炸个七八成熟就可以了。"

老大把炸好的酥肉一个一个地捞起来放在漏勺里，倒进大盘子，不过，这盘子只沾了酥肉的一点香味，一下子全都没了——到他们手上了呢！

"好烫！"酥肉从左手跳到右手。

"好香噢！"听得见咂嘴的声音。

"慢点吃,看你那个饿痨相。"才懒得理会,立马去抓下一个。

"爸爸,我给你拿一个过来,趁热吃。"小家伙跑得屁颠屁颠地。

"婆婆,花椒好麻哦,下次不要放花椒了。"小孙女嘟着个嘴巴。

"花椒香着呢!外婆,我要吃肥肉炸的。"

……

客厅里、厨房里,大声小声碰来碰去。

"小点声,不要把奶娃儿吵醒了。"话音刚落,就听到婴儿的哭叫声响起。

"老二,你来炸,我去抱乖孙儿。炸完酥肉,记得把茴香叶子炸了,下午专门去菜园子割的。"李孃朝客厅跑去。

山对面的张家大院也在炸酥肉。

张大叔的儿子娶媳妇,一家人和帮忙的左邻右舍正在忙前忙后,准备明天的酒席。大红灯笼高高挂,院子里红艳艳的一片,驱散了冬夜的寒冷。明亮的灯光下,大厨王师傅正在炸酥肉,他的阵仗可大了,你看:装肉的是澡盆那么大的家伙,大油锅锅口有三尺多宽,一个铁制的大笊篱油黑沁亮,锅里漂满了半成品的酥肉,王师傅才了不得,左手拿着大笊篱,在锅里划来划去,右手更没闲着,他一手伸进肉盆里,抓起一把裹满粉面子的肉条,然后在油锅上左抖两下,右抖两下,那些肉条子就听话地散开了,往油锅里钻来钻去。旁边一个大筲箕里,已经装满了酥肉。

"帮忙的,可以过来码酥肉碗啦。"王师傅朝一帮叽叽喳喳正聊着家长里短的女人们喊道。

"好，来啰！"哐啷哐啷抱来几摞大碗，老远闻到香味，是花椒拿来了，菜板上有节奏的敲击声是在切姜片、葱段子，"搞快，桌子上垫个大盘子。"两个人抬着大筲箕酥肉在催促。

"王师傅，你先来定个碗嘛。"

"没做过清蒸酥肉吗？饭都吃老了的人啰。"王师傅边说边走过来，拿过一个碗，从筲箕里抓起一把酥肉，大概瞧了瞧数量，放进碗里，用手压了压，又加了两块酥肉进去，差不多离碗口还有两指头的距离，然后扔进去两三片姜、两截葱段子、四五粒花椒、两个红辣椒，还撒了点胡椒粉，完了他把头朝后仰了仰，端详了片刻，露出得意的神采。"好啰，就按照这样子来。清早上蒸笼前，把清汤掺进去，蒸上一个多小时。翻碗你们会不会？"

"那恐怕还得你亲自来哦！不利索的话滴汤洒水的。"

王师傅一转身，油锅旁边几个矮矮的影子一下子溜走了。

"小东西，又跑来偷嘴，再来，我把你们扔到油锅里炸。"王师傅大声吼道。

"娃儿们呢，这个酥肉只是将将炸定型，还莫法吃，王师傅给你们复炸两个，吃完就各人回去睡觉了哈，酒席上有你们吃的。"冬夜里妈妈们的声音好像在炉火上烤过一般温暖。

转过山弯，罗大婶听见屋后摩托车的响声，停下来片刻又开走了。她打开灯走出院子，一个人影闯了进来，再仔细一瞧，自己的男人回来了，她伸出手去接背包，男人摆摆手，自个儿背进了堂屋。

"回来啦？"

"回来啦。"

"路上还顺利嘛。"

"还顺利。"

……

"娃儿们和老人都睡啦?"

"都睡下啦!还没吃饭吧?我给你煮点吃的。"

"路上吃了碗面。"

"那我给你煮碗酥肉汤,下午刚炸好的。"

"行,少弄点。"

罗大婶走进灶屋,掺上水,点燃柴火,又来到菜园子里掐些豌豆颠儿。腊月的夜晚,周遭一片寂静,一钩弯月微弱的光下,罗大婶看不清豌豆颠儿的样子,她摸索着那些微微鼓起来的芽头掐下去,片刻工夫,两只手上各捏了一把,这些豌豆颠儿都只带着一个芽苞苞。她又掐了两苗葱。淘洗好豌豆颠儿,切好葱花,锅里的水也开了,罗大婶抓一把酥肉放进去,等锅里煮起来两三分钟,把豌豆颠儿放进去,又往汤里放了几滴醋,然后舀到大碗里,撒上葱花。

热热呵呵的酥肉汤带着罗大婶双手的温暖递给男人,他埋下头"哧溜哧溜"地喝下一大口,然后夹起一块酥肉放进嘴里。

一瞬间,男人的口舌酥了,身子酥了,院子酥了,乡村酥了,整个腊月都酥了。

汤　圆

一阵阵低沉的"吱唔吱唔"声，把我从午睡中唤醒。

母亲在推汤圆粉子了。中午吃饭的时候说过，下午把糯米在石磨子上推了，吊起来，这样初一早上包汤圆，粉子的干湿度正合适。母亲在腊月初几头就把做汤圆的糯米泡上了，隔一天换一道清水，据说时间泡短了，汤圆吃起来就没有那么糯和细腻。

冬天的阳光，懒懒地斜照在阳台上，空气中有了一丝丝春天的气味。我从母亲手上接过石磨的木把子，说："我来推一会儿。"母亲便去到厨房做汤圆心子，她要把剥好的花生、核桃和芝麻分别用文火炒过，剁细，加上红糖、猪板油继续剁，有时候遇到有人送过来秋天用白糖糯好的桂花，放一些进去，汤圆就染上了桂花的味道。

外婆搬了把椅子，坐在阳台上晒太阳，看我推汤圆粉子，我陪着她摆龙门阵。

"推磨子是个辛苦活，一推一拉的，看起来轻松，其实磨人得很。"外婆说，"还是个耐心活，有的人开始还有耐心，推到半中央，就耐不住性子了，一勺子一勺子往磨眼子里头添糯米，想几下子推完，那样推出来的粉子，口感多粗！"

我好久没有推过石磨子了，几圈下来胳膊渐渐发酸，歇下来喝口水，我问外婆："你们以前过年的时候有汤圆吃吗？我记得小时候糯米好稀缺啊！年年饭米都不够吃，糯米亩产低，还是包产到户后，爸爸专门用一块小一点的水田种了稻谷，那一年打了谷子，中秋节用新糯米做的糍粑。过年我们煮了半缸醪糟，泡了半桶糯米推汤圆。可是那时候红糖紧俏得很，很难买得到，爸爸托人在元坝区上买了两斤，喊我赶场的时候去取，到元坝要走二十多里路，腊月二十八的赶场天，元坝街上挤得走不动路，我抱住那两斤红糖，生怕挤掉了。"

外婆跟我说："以前糯米是金贵，过年吃汤圆咋办？用高粱米做汤圆，高粱把壳去了，碾细，用筹子筹下来的细面面，掺水拌匀，包成汤圆。莫得糖，就包咸的汤圆心子。"

母亲在厨房里走出来，一股混杂着猪油香、花生香、芝麻香的味道飘过来，对我们说："高粱做的汤圆不好吃，那是确实莫得吃的了。"

"我大概晓得高粱可以做汤圆，有一次我去酒厂参观，堆了一地刚蒸好的高粱，我抓了一把，黏手，高粱是糯的。"我向外婆点点头，接着说，"还有些地方用苞谷面做汤圆。"

"我们也用苞谷面做过汤圆。南部人用苞谷面做汤圆卖，汤圆心子切成坨坨，放在铺了苞谷面的簸盖子里，边洒水边滚，所以叫滚汤圆。苞谷面做的汤圆吃起来莫得好糯，但是有个好处是不隔食。我们用糯米做，是包汤圆，包好后在手掌心里搓得圆圆的。"

外婆絮絮叨叨地跟我讲了很多关于汤圆的故事，关于过年的旧事，我也想跟她讲一些她不晓得的事，想了想，对她说："我给你讲个汤圆的小笑话。有个写书的，叫汪曾祺，写了篇文章，说一帮京剧团的演员到重庆体验生活，天天吃辣椒吃怕了，去吃汤圆，一进门就说，'不要放辣椒'，卖汤圆的以为遇到了装怪的，冷冷地不想搭理她们，'汤圆莫得放辣椒的'。"

阳光一寸一寸地倾斜过去，我一下一下地往磨眼子里灌糯米，金黄的阳光就一闪一闪地照在白色的米浆上，外婆拉长的身影在墙壁上缓缓移动，她还在跟我摆着龙门阵："也有过好日子，从前过年，初一那天，客户来拜年，提一绺二指宽的刀菜，来了先敬神，然后给每个客人上一碗醪糟汤圆，不能只吃醪糟汤圆，还要上五个干碟子，有火米渣、米酥、金条、麻圆等等。那时候的人讲礼性。"她顿了顿，加重了语气，"都讲礼性。"

外婆已经过了很多个年，做过很多种汤圆，她在即将到来的又一个新年阳光里，缓慢而轻声地唠叨着，陪着我推汤圆。阳台外面的街道上，时而放响几个火炮，还可以听见"嗤嗤嗤嗤"的烟花声，是孩子们如同等不住新年的到来一样，等不住夜晚的到来，提前点燃一支支小烟花，在街道边奔跑着，跳跃着，摇曳着手中的烟花，每一支烟花后面都跟随着一串大大小小的男娃女娃。

盆子里还有一层层糯米，"吱唔吱唔"的推磨声伴随着胳膊一转一转地响着，还会持续一段时间。石磨，连接着城市的我同过去的生活。我想起在过去，腊月里，推磨的声音此起彼伏，因为街上的人家都会在相似的日子里做相似的事。他们都会扳着指头数新年是哪一天到来，他们都沐浴着同样的阳光，吹着同样的风，感受着同样的冷暖；而现在，只有一扇孤零零的石磨出现在城市高楼的阳台上，只有一阵阵低沉的推磨声被淹没在城市的上空。

在这扇石磨周围的人家里，人们方便地从超市购买各式各样的速冻汤圆，甚至不用走出家门，直接在网上下单，过年都能收到快递，享受着新时代的便利。

端午节前栽秧，中秋节前打谷，腊月初几头泡糯米，腊月二十八推汤圆，农民的举止，出现在一个不是农民的场景中，不过，在祖先的土地上,我们不都是这样过来的吗?先是创造出一件件值得传承的做法,然后又一件件消失在时间里。

包 面

包面是个啥子东西？

把馅料包在面皮里，使之熟，可能是包子，也可能是包面，前者用发面做皮，后者不用发面。

呵，原来包面就是北方人说的馄饨，广东人口中的云吞，一部分四川人叫的抄手嘛！

对食物不同的叫法，映射了不同地域人们的性格。

为啥叫"馄饨"？"馄饨，以象浑沌。"把若干种作料混集在面皮里，自成一天地，故称之为"浑沌"。吃一个馄饨，咬开如盘古开天地。馄饨，叫的是文化。

抄手的叫法有三种说道。一则：包抄手时，两只手捏住面皮向前一抄；再云：包好的抄手像一个人抄起手坐在那里；又说：食客喊道，"老板，二两抄手"，店家把抄手往锅里一扔，抄起手在旁边候着，片刻即好。无论怎样，抄起手是一种闲适。抄手，叫的是生活态度。

包面，就是把馅料包在面皮里。叫法有点"土"？完全没有想象力啊！这种叫法的四川人生活在盆地周边北部山区，老实巴交的，玩不出个花样，就我老家那地方。包面，叫的是生活的本分。

听说湖北人也叫"包面"。老家说是"湖广填四川"过来的，这

包
面

包面，就是把馅料包在面皮里。包面，叫的是生活的本分。

样看有一些道理，顺河而上不到十里路是地道的四川人，八大王剿四川时，杀到我们镇上，杀累了，问："前面何处？"奏报："前面史家河。""既然都是死家伙，撤。"（读此段子请用四川话）史家河的人也说包面，文化无是非，人多是非多。

老家过年，正月初一早上吃包面，如同北方过年吃饺子一样，习俗。

清代《燕京岁时记》记载："每逢大年初一，无论贫富贵贱皆以白面做角而食之，谓之'煮饽饽'，举国皆然，无不同也。"崔岱远文章里说："北京人的年夜饭吃的是大鱼大肉，图的是解个馋。那么什么时候吃饺子呢？是大年初一刚过了子时，俗话叫作'五更饺子'。"但这"子时"和"五更"有什么关系？

吃饺子还是包面，什么时间吃，有什么关系？灵魂早已回到故乡，回到从前。

吃过腊月三十中午的团圆饭，和邻居家的小伙伴们玩够一阵子，母亲把我们喊回家，端出一盆面："快去把包面皮子擀回来再耍，天黑了面店要关门了。"抓起茶盘里的花生瓜子和糖果塞满裤包，擀面排队的时候好吃呢！

头顶着面盆，弟弟妹妹跟在后面。街道上弥漫着鞭炮还没散尽的火药味，大半个腊月和正月的空气里都掺杂着这种味道。挨家挨户的红灯笼和红色的对联，四处堆积着红色的鞭炮碎屑，女娃娃们都穿红色的新衣服。这些色彩和味道总让我联想到一个词：喜气洋洋。走在街上，我提醒自己要用两只手把面盆端得牢牢地，说不清从哪个角落里就会飞出一个鞭炮或者"地老鼠"，在脚下爆开，吓一大跳，面盆打倒，然后听见背后开心的大笑。

场上有三家压面店，这天下午都要排队，我和弟弟妹妹分开去侦察一番，选一家排队人最少的。面店里挤满了人，有人在和面，有人把和好的面团放进压面机，有人在案板的另一端切面皮，还有很多人无所事事，坐在板凳上聊天。他们在谈论中午吃的什么，过年要不要走人户，好久回娘家……人们抬高说话的音调，以超过压面机"吱吱呜呜"的响声和菜刀切面皮时切到案板上的声音。

轮到我们家了，我和弟弟妹妹都不会和面，后面排队的孃孃或者姐姐就帮我们和好，包面的面团要和得软一点。一旁的叔叔或者哥哥看我们搅机器那么吃力，让我们去用面辊卷面，他们转动压面机的轮子真轻松！擀我们家的面皮时，都要调整压面机，因为父亲要吃很薄的面，面店主人常常抱怨："再薄，面皮就要破了。"那时候的压面机没有人工智能，只有人工调节，没有厚度传感器，只有靠手去感觉，如果压出来的面皮不合适，又得重新卷回去再压。不过这一天可没人抱怨，因为过年大家都很高兴。

有时候我们在面店切好四方形的面皮，有时就直接把整张面皮卷在面辊上带回家。

母亲已经剁好包面的馅子，记忆中几乎家家是、永远是一种馅，猪肉和小葱，加一点姜末、花椒面等调味料。过年吃的包面也是一样。

晚饭后，一家人坐在一起，烤着火，开始包包面。电视分开了我们曾经的两种岁月。在没有电视的年代，我们一边包包面，一边听大人讲故事，讲他们的从前，那些过去的故事里穿插着对未来的期望。我们换着花样包，船形的，菱形的，以及奇形怪状的。如果带回家的是没切的整卷面皮，那是要包"豌豆角角"包面。父亲准备好的工具是从电筒头子上拆下来的铁皮圆圈，一个人举着面皮，退出一些铺在桌上，一个人用电筒圈圈在面皮上使劲压下去，压出一个圆圆的面皮，放入馅子，把面皮对折，顺着边缘捏出花纹，包出来好像"豌豆角"一样，在簸箕里挨个放好，水灵灵如同一篮子刚摘下的豌豆角。父亲说这种包面好吃，以前爷爷很喜欢。母亲则说这样包出来的当然好吃，里面都是馅，可是切下来的边角要浪费好多面皮子。只有过年才会包这种包面，才会听到父母这样谈论。

我问父亲，爷爷又是怎么想到这样做的呢？他说不出来。后来，我看到书里面讲："颜之推云：今之馄饨，形如偃月，天下通食也。"偃月，就是豌豆角那样形状。颜之推的话在他的文章里找不到了，我也无法从父亲那里得到答案。

我们继续在除夕夜包着包面，屋外响起断断续续的鞭炮声，弟弟妹妹玩累了，歪在椅子上睡着了，他们一定在做着梦。

一顿饭、一个年

腊月三十的晚上要守夜不能早睡，可是这天还得早起做团圆饭。

一阵寒风袭来，睡梦中不自觉地拉紧棉被，母亲推开房门："快起床，把早饭吃了，锅腾出来好煮晌午。"天才蒙蒙亮呢就不让人睡觉了，好气人！今天年三十，是真正的过年了，为啥还要起这么早？午饭后就可以穿新衣裳；裤兜里装上父母给的过年钱，要去买一盒甩炮；红甘蔗比白甘蔗甜，得让弟弟掏钱买两根，去年都是我花的钱；边吃边逛边放火炮；一直到正月十五天天都可以吃腊肉香肠；红糖醪糟蛋想吃就吃；走亲戚还有新年钱……脑袋缩进被子里，想到这些就没那么生气要早起了。

还没踏进灶屋，就看到一团团热气从门窗飘散开去，好香啊！味道中混着腊肉、香肠、新鲜二刀坐墩肉、猪脑壳、猪肚子、猪舌子，还有……？母亲今天在大锅里到底煮了些什么？我们几兄妹打赌谁猜得准，输了的中午就少吃两片香肠。"赶快把汤圆吃了，不然赶不上午饭了。"听到我们在外面吵吵嚷嚷，母亲在灶屋里叫起来。

也难怪母亲着急，今天中午的团圆饭还有好多活要干呢！父亲依然在裁缝铺里忙碌，一大早就有几个人守着在等着取新衣服，昨夜又只眯了一两个小时，能赶上准时吃午饭就不错了，别指望他有空来帮忙。猪头肉和坐墩肉煮上了，这叫"有头有尾"；母亲正在砍昨天杀好的鸡，还要再生一个炉子，把鸡肉炖上，看了三年的老母鸡，时间短了可炖不杷；还要去菜园子拔几个萝卜切成滚刀块下在鸡汤里，割几根蒜苗炒回锅肉，掐几把豌豆颠儿给清蒸酥肉垫底，多扯一些小葱，挽一把炖鸡、凉拌心舌的切成葱弹子、马耳朵葱放在爆炒猪肝里、鱼上要撒一些葱丝、汤里要的是葱花、晚上包包面也要用……为啥昨天去菜园子时不一起弄回来嘛？"隔夜的哪有现拔的好吃？"母亲说，一夜的霜冻让地里的萝卜更甜了；鱼还没有杀，前几天从河里打起来的鲢鱼在洗衣池里活蹦乱跳；竹蒸笼里才放了一个码好的酥肉，旁边还空着位置，等着糖糯米、扣肉、烧白……来做伴，一起去享受蒸汽浴。

　　活路一多就手忙脚乱，去园子里摘菜的咋个还没回来？又不是要守着萝卜长大；半天也没把鱼抓出来，一条鱼比一个人的劲还大？炉子里该加炭了，不然一会儿要熄火；坐墩肉可以捞起来了，香肠早该捞起来了，再煮就过火候了。有些活却不能慌，糖糯米的糖色要小火，一着急火大了炒煳了又得重新炒；鸡汤烧开了，要调成文火炖。母亲在灶屋里不紧不慢地干着活，任凭我们几兄妹吵吵闹闹。在父亲屋子里等新衣服的老乡却看不下去了。"来来来，我来帮你杀鱼。"一个挽起袖子走过来；另一个在火炉旁帮忙择葱蒜。此刻他们的家里也一样忙碌着吧！

　　一晃眼，时间到了十点半，父亲的徒弟在急急忙忙收拾东西，他们也要赶回家吃团圆饭，有一个都急得快掉眼泪了，她家有些远，害怕赶不上这顿饭。这时候是不需要说太多客套话的，没有人会留在外面吃三十中午的团圆饭，再远再累，在外的人都要赶回去和家人吃上一年中最重要的一顿饭。

　　离中午十二点只有不到一个小时了，还要去祖母墓前烧纸上香，一来一回要花上大半个小时,得马上出门。"路上走快点,不要边走边耍,不然赶不上回来吃午饭。"母亲对着我们喊。

回家的路上,听到有鞭炮响起来,就像挂在我们屁股后面放一样,让我们飞奔起来。搞快啊!放鞭炮的这家人要吃午饭了。老家的习俗,三十的团圆饭,一定要赶在十二点前开席,吃饭前要放鞭炮,谁家都不肯落在他人后面,接着第二家、第三家……鞭炮声次第响起,在山谷回荡。一进家门,我们赶快拿起鞭炮,跑到屋外,点燃捻子,躲到一边,捂着耳朵看鞭炮炸开。屋里,父亲已经送走最后一个等新衣服的人,母亲已经摆好碗筷和凉菜,一家人坐在一起,忙碌了一上午,忙碌了一年,让我们好好地享受这一顿团圆饭。

除夕晚上,看着电视里主持人说饺子包好了,该吃年夜饭了。我在想,中国人年三十的这一顿饭,无论在哪里,都是那么看重,只是,为什么我们那地方放在了中午吃呢?

走出山村,来看整个版图。地理学家在地图上划了两条著名的线,一条是沿秦岭淮河的南北分界线。

还有一条从瑷珲到腾冲的"胡焕庸线"。

中国是一个有着南北差异的国家,南北方的气候、地理条件差异导致生活方式大不同。以前我在北方(大连)读书时,冬天,有的大学食堂在星期天只供应两顿饭。北方冬季大雪覆盖,在农耕时代,是没多少事干的,早上不用起来那么早,夜晚又来得早,因此到了冬天基本上吃两顿饭。年三十那顿饭吃的时间长,吃着喝着聊着天就黑了,是不是该叫年夜饭?同样,靠近东边的地区时区上都差不多。

我的老家就靠近这两条线(或者叫两个带)的交会处,属于南方,一年四季都是吃三顿饭。

其次在主食习惯上，大致形成了南稻米北面粉的局面。尽管老家主食是米面基本上对半，不过仍以稻米为重。一来是我们那里的人认为面食不经饿，干一阵活儿肚子就空了，在冬季，白天仍然要干一整天农活，晚上清闲点才吃面条；二来，吃饭都要弄几个菜，吃米饭可以慢条斯理吃菜下饭，甚至可以边喝酒边吃饭吃菜，面条就不行了，不赶快吃就糊成一团不好吃了。因而老家是重午饭，吃米饭下菜，年三十也不例外。

为什么南方也有些地区在三十晚上吃团圆饭呢？原因有多种，我能猜到的有两个，第一，中国几千年来人口大流动造成的。湖广填四川，客家人的聚落遍布各地，宋朝军队最后一战是在中国极南端的江门进行的，等等，家族村落地理位置发生迁移，很多传统和习俗一同带过去并得以保留；第二，地理学家按照人们的努力和地表做出的反应为标准，将地表划分为容易生存区和生存艰难区，再细一点的可以划分为七种类型，某些地区，种子撒下去就可以躺在床上等收获，另一些地区，年年辛苦劳作，收成还不够播下的种子多，就没必要同天斗同地斗，还有一些地区，你只要不停地努力，就会有更多的回报。不同地表类型，决定了人们的生存生活方式，其中包括一天吃几顿饭。

午夜的钟声响起，又一年到来，无论是中午饭还是年夜饭，都是团圆饭，是家人最放松的欢聚，是我们从做了整整一年的社会人回归为自然人的一顿饭，一天，一年！

好好享受吧！

归家的年货

"娃儿们呢，还是有两样东西忘了带哦，皮蛋和海椒面。"车子刚停进小区楼下，就听到母亲发在群里的语音信息。从昨天开始收拾行李，还在手机上列了个备忘录，却仍有东西忘记带走，不过哪一次过年不是这样？

"这一袋子菜好重啊！"女儿吃力地提起一个大口袋，上车是她二爸提的，各人扛才知道轻重。

"当然啦！底下几个大萝卜就够你背。"里面的蔬菜是昨天上午跟母亲去菜园子里择的。

"豌豆颠儿全掐了，老三带回去，北京哪里能吃到豌豆颠儿？"母亲一边陪我们扯菜一边安排。

"现在北京也有了，啥子蔬菜都有呢！"老二替妹妹解释。

"就算有，那也是大棚蔬菜，哪像我们自己种的，不施化肥不打农药，就靠阳光雨水，灌点农家肥。"母亲总是为她种的菜自豪。

"我给你缝了个纱布口袋，豌豆颠儿装在里面既透气又不会压坏。这豌豆颠儿上一点水都没有，干干梢梢的，放一个星期都莫问题。"父亲在菜地边上撑开纱布口袋往里面装刚掐下的豌豆颠儿。

初春的阳光真好！晒得豌豆颠儿亮闪闪，晒得背上热乎乎。

"再掐点蒜苗，带回去炒回锅肉；花菜放得久，一人带两个；把红萝卜、白萝卜全部拔了……"

"够了够了，哪里带得了那么多，你们还要吃呢。"地上已经堆了一大堆萝卜、白菜、花菜、蒜苗、茼蒿、茴香、芫荽、莴笋……

"我们两个吃得了多少？再说也要把园子腾了，开春就该种南瓜、丝瓜、豆角、辣椒……"母亲仍然弓着背为我们扯菜。

白天的菜园子里热闹，晚饭后家里更是闹麻了！

去阳台上取腊肉香肠，这是必带的。

"颜色红一些的是给老三的，他们不喜欢吃肥肉。老大带右边这些，你们说要多灌些肥肉。再给老二多取几节，他喜欢吃香肠。"母亲在一旁指挥着。

"有一些就行了，别带那么多。"沉甸甸的竹竿一下子卸下了重担，挺直腰杆，竹竿上没剩多少香肠了。

"给你们爸爸妈妈拿一些，还要送朋友呢，一分下来就不嫌多了，把这些也带走，我来取。"母亲把老二往身后拉。

母亲把腊猪舌、腊排骨等取下来，分成三份，接着往下取腊肉。

"都是在乡下买的肉，不是饲料猪。我晓得老大要没熏过的肉，滢滢喜欢吃肉煎饼。熏过的也带一些，这块是坐腚，这块是五花肉。今年酱肉的花椒放得少，老三你们肯定不会觉得麻。"

"我们带一块就行了。"

"一块咋够？你喜欢待客，吃两顿就莫得了。"

总是同样的对话，父母总觉得你带少了。算了，由着母亲分装，还是去跟妹夫聊聊酒的事。

"散酒带不上火车，回去后我给你寄一桶。"因为妹夫对这次团年喝的酒赞不绝口。

"别、别、别，我说给你带两瓶二锅头，你坚持不要。"

"现在的二锅头没那股独特的味了,包括老二带的西凤,少了那股冲劲,没个性了就没意思。"

"你们拿点柿饼,我回来带得多。"老二递给我和妹妹一人一袋富平柿饼。

一晃都十点过了,动作得放快点,还要舀酸菜。

"你们明年记得把瓶子带回来,我好给你装酸菜。"母亲晃着个塑料瓶。

"值钱的东西都装不下,还装个空瓶子回来?"

"妈,今年别给我装酸菜了,去年放在箱子里,漏了,一股子味道,洗箱子花我半天时间。"

"我给你封好就不会漏了,嘉祎天天说要吃酸菜米糊糊,你们回北京做不好酸菜。"

"我说不要就不拿了。"老三提高了语气,母亲便默不作声了。

"哎呀,快把外面的苞谷馍馍端进来,别搞忘了。"这是昨天才炕的嫩苞谷馍馍,小朋友们爱吃,推磨的时候争前恐后。

还有汤圆粉子和心子,每个人都去推了磨,说要把自己吃的推出来,不过推几圈后就歇气了,还是母亲接下来推好的。

"把花生带上,你二孃给你们拿的;这一篮子土鸡蛋是你小孃家养的鸡下的蛋;青杠菌是热天我和你爸去山上捡的;这口袋米是你尧昌表叔年前吃酒送过来的;哦,对了,你同学年前还送了一只野兔,晒干了的……"

不能再往下写了,你看还多着呢:干豇豆、萝卜荚儿、豆豉、挂面、酥肉、包子……问题是每装一样都要为拿多拿少争吵一阵子,一看时间快到深夜十二点了。

"赶快洗了睡了,明天还要早起。

"冷冻的东西明早起来装,有肥肠、心子、肚子……

"我明天早上去菜市场给你们买米豆腐,只有我晓得哪家卖的是柴灰做的。

"说不定睡一觉起来又想起要带哪些回去了。"

第二天,老大先开车回成都,一家人提着大包小包,围着车子叽叽喳喳讨论如何安放。

"明年换个SUV回来装。"外甥女建议。

"干脆开个皮卡回来,绝对装得下。"老二拎着鸡蛋盒子不知道往车子哪里放,正烦着呢。

再大的车也拉不完,归来的年货那么深那么长!深的是亲人的情意,长的是一年的期盼!